Iris Rösner

Das Lächeln der Hexe

Iris Rösner

Das Lächeln der Hexe

Ein Taunus-Krimi aus Idstein

Taunus-Krimi

Rösner, Iris: Das Lächeln der Hexe. Ein Taunus-Krimi aus Idstein. Hamburg, edition krimi 2025

3. Auflage 2025
ISBN: 978-3-946734-25-3

Dieses Buch ist auch als eBook erhältlich und kann über den Handel oder den Verlag bezogen werden.
ePub-eBook: ISBN 978-3-946734-27-7

Lektorat: edition krimi
Satz: edition krimi
Umschlaggestaltung: © Annelie Lamers, edition krimi
Umschlagmotiv: © Iris Rösner

Bibliografische Information der Deutschen Nationalbibliothek: Die Deutsche Nationalbibliothek verzeichnet diese Publikation in der Deutschen Nationalbibliografie; detaillierte bibliografische Daten sind im Internet über https://dnb.d-nb.de abrufbar.

Die edition krimi ist ein Imprint der Bedey & Thoms Media GmbH,Hermannstal 119k, 22119 Hamburg.
E-Mail: kontakt@bedey-media.de

Die edition krimi ist ein Imprint der Bedey Media GmbH, Hermannstal 119k, 22119 Hamburg.

1

Ein kühler Wind zerrte an den grauen Wolken und zog die Regenbringer in Richtung Osten. Pfeifend lief Steffen Brandner über das nasse Kopfsteinpflaster der Obergasse. Der Geruch von feuchtem Holz hing an diesem Morgen in der Luft, als der großgewachsene Mann mit den Geheimratsecken in den graubraunen Locken seinen Weg in Richtung König-Adolf-Platz fortsetzte. Der Sturm der vergangenen Nacht hatte die Holzelemente der Fachwerkhäuser, die entlang der Obergasse Spalier standen, durchweicht. Es schadete dem Charme der geschichtsträchtigen Häuser nicht. Vor 14 Jahren war Brandner der Liebe wegen von Hannover nach Idstein gezogen. Bis heute bereute er diese Entscheidung nicht. Sein alter Herr hatte damals den Umzug in das verschlafene Städtchen im Taunus mit ganz anderen Augen gesehen. Er hätte ihm zu einer politischen Karriere in Hannover verholfen. Als ehemaliger niedersächsischer Finanzminister besaß sein Vater die allerbesten Kontakte, wenn es um die Besetzung einflussreicher Ämter ging.

Brandner hatte dankend abgelehnt und stattdessen die Stelle als Standesbeamter der Stadt Idstein übernommen. Die ehemalige nassauische Residenz glich einer Schatzkiste. Im Inneren verborgen schlummerten wahre Schmuckstücke architektonischer Baukunst des 15. Jahrhunderts. Sein täglicher Spaziergang zur Arbeit führte ihn an zahlreichen sanierten Fachwerkhäusern vorbei. Autos musste Brandner keine fürchten. Der Fußgängerzone sei Dank.

Bevor der Standesbeamte die Stufen zum Rathaus hinaufstieg, in dem sich sein Büro befand, hielt er ein paar Minuten inne, um die Kulisse auf sich wirken zu lassen. Am König-Adolf-Platz präsentierte sich die ehemalige nassauische Residenz von ihrer charmantesten Seite. In direkter Linie vor ihm erhob sich die blaue Fassade des sogenannten schiefen Hauses. Linkerhand erstrahlte das farbenprächtige Killingerhaus, das seine zweite Arbeitsstelle beheimatete: die Touristeninformation. In der Rolle des Türmers führte Brandner die Besucher durch die Altstadt und bestieg mit ihnen den Hexenturm, das Wahrzeichen der Stadt.

Vorsichtig schritt Steffen Brandner die ausgetretenen Treppen zum roten Rathaus empor. Nach heftigen Regenfällen verwandelten herabfallende Blätter die Stufen in eine Rutschbahn.

Brandner seufzte, warf einen Blick in den wolkenverhangenen Himmel. Er hatte seiner Kollegin Julia, die als Gartenweib verkleidet Besucher durch Idstein führte, versprochen, im Hexenturm nach dem Rechten zu sehen. Im Klartext bedeutete diese Bitte, dass er Müll und Plastikflaschen, die Jugendliche in Partynächten rund um den Turm hinterließen, aufsammeln durfte.

„Der Turm ist dein Hoheitsgebiet", flötete Julia manchmal und unterstrich die Bitte mit einem verführerischen Wimpernaufschlag.

Steffen Brandner eilte mit langen Schritten durch das imposante Kanzleitor. Auf der anderen Seite offenbarte sich ihm eine vergangene Welt: Fachwerkdächer in Kombination mit vom Wetter gegerbten Mauern. Seit dem Mittelalter hatte sich die einstige Residenzstadt zwar flächenmäßig ausgebreitet, doch der Kern schien in einer Zeitkapsel zu verweilen.

Entschlossen setzte Brandner seinen Weg in Richtung Hexenturm fort. Der strahlend weiße Bau des Schlosses, das seit 70 Jahren die Pestalozzischule beheimatete, erhob sich majestätisch am Horizont.

Auf dem Platz zwischen Schloss und Hexenturm erwischte ihn eine kalte Böe. Der Herbst war im Anmarsch. Vorsichtig bestieg Brandner die in den Felsen gehauene Treppe, die direkt zum Eingang des Turms führte. Diese Stufen, in Kombination mit Stöckelschuhen, waren der Tod eines jeden Knöchels, wenn Bräute mit Kleid und Pumps vor dem Wahrzeichen der Stadt für die Hochzeitsbilder posierten.

Brandner riet regelmäßig den Frischvermählten, die Hochzeitsfotos möglichst im Schlossgarten zu knipsen. Mit mäßigem Erfolg.

Bedächtig stieg er die unebenen Stufen hinauf. Entlang der Steintreppen wucherte dichtes Gestrüpp. Piksende Dornenbüsche, leuchtende Hagebuttensträucher und scharfkantige Felsen umschlangen den Fuß des Wahrzeichens. Ein Turm, wie gemacht für Dornröschen, dachte Brandner, wenn er die buckeligen Felsentreppen passierte. Auf der Ebene vor dem Zugang ins Innere des Turmes griff er in seine Jackentasche, wo der längliche, massive Eingangsschlüssel quer lag.

Brandner fuhr sich durch die graumelierten Haare, bevor er die Holztür aufschloss. Für heute Abend stand eine Veranstaltung der Weinhandlung auf dem Programm, in deren Verlauf er zwei Gruppen durch seinen Turm führen würde. Eine Kontrolle der unebenen Wege und knarzenden Holztreppen war keine schlechte Idee, damit der Abend ohne Zwischenfälle verlaufen konnte.

Vorschriftsmäßig verschloss er nach dem Betreten die Tür, damit ihm keine Eindringlinge unerlaubt ins

Idsteiner Wahrzeichen folgten. Dezente Lichtquellen, die hinter dicken Balken ein verstecktes Leben führten, empfingen den Türmer. Er sah unter die Treppe und machte sich gedanklich eine Notiz, beim Verlassen den überquellenden Mülleimer mitzunehmen. Brandner erklomm die Holztreppe im Anbau und schmunzelte über die Herrschaft der Spinnen, die ihre großzügigen Netze auf der Unterseite der Stufen spannten. Nachdem er die ersten 38 Tritte gemeistert hatte, hielt er inne, um eine Atempause einzulegen. Anschließend schlenderte Brandner den kurzen Gang in Richtung Verlies, zeitgleich saugte er den Geruch der dicken Steinmauern auf, der ihn an feuchte Erde erinnerte. Der Berufsverkehr brauste unten an der Straße entlang, aber im Inneren des Hexenturmes lag eine friedliche Ruhe. Bevor der Türmer die letzten Stufen zur Spitze in Angriff nahm, warf er einen Blick sieben Meter in die Tiefe, auf den Grund des Kerkers. Dank einer Deckenlampe konnten Touristen bis auf den Boden sehen. Es würde Brandner ein ewiges Rätsel bleiben, warum Besucher gewillt waren, Geld hinunterzuwerfen. Es handelte sich um ein Verlies und nicht um einen Wunschbrunnen. Innerhalb kurzer Zeit bemerkten die Touristen, dass ihre Münzen den Weg nach unten nie antraten. Aus Sicherheitsgründen hatte die Stadt vor Jahren eine Plexiglasscheibe vor die Öffnung gesetzt. Zusätzlich diente ein massives Eisengitter als Schutz, dessen angerostetes Vorhängeschloss ein unerlaubtes Eindringen ins Verlies erschwerte. In der Hoffnung, ein paar Münzen zu finden, beugte Brandner seinen Oberkörper über die Plexiglasscheibe. Mit dem linken Oberarm stützte sich der Türmer ab und tastete mit der rechten Hand über die Scheibe. Dabei sah er durch das verdreckte Plexiglas auf den Grund des Kerkers. Erschrocken hob er den Kopf, blinzelte mit den Augen und schluckte, bevor er in den Taschen seines Jacketts nach einem Schnupftuch suchte und begann, damit energisch die Scheibe von Dreck sowie toten Krabbeltieren zu befreien. Er spuckte auf das Plexiglas und rubbelte intensiv, sodass das Taschentuch sich in seine Bestandteile auflöste. Erneut sah er auf den Grund des Kerkers. Sein Herz fing an zu galoppieren, sein Hals verwandelte sich in eine Wüste. Auf dem Boden des Verlieses lag eine Frauengestalt auf dem Rücken. In ein schwarzes Gewand gehüllt, die grauschwarzen Haare ordentlich um das Gesicht drapiert. Die Hände vor der Brust gekreuzt, die Augen weit aufgerissen. Ein Lächeln war im toten Antlitz der Frau eingefroren.

2

Lautlos flitzten die schlanken Finger über die altersschwache Tastatur. Der Bericht über die Einbruchsserie im Taubenbergviertel hatte es verdient, ein Ende zu finden. Wie zu erwarten, verlief die Suche nach den Tätern im Sand. Diebesbanden aus Osteuropa gingen flink und leise an die Arbeit. Thea Wagner strubbelte durch ihre goldbraune Kurzhaarfrisur. Als Leiterin der hiesigen Polizeistation zählte es nicht zu ihren Aufgaben, Berichte über Einbruchsserien zu tippen. In der ursprünglichen Version reihten sich jedoch unzählige Rechtschreib- und Grammatikfehler aneinander; von der geschwollenen Sprache einmal abgesehen. Hauptkommissarin Wagner stand vom Schreibtisch auf, um eine Tasse frischen Kaffee zu brühen. Die Versetzung von Darmstadt nach Idstein brachte durchaus positive Aspekte mit sich. Ihr Büro war geräumiger, und der italienische Kaffeeautomat diente ausschließlich Thea und ihren Besuchern.

„Etwas Abstand täte dir gut, Mama", hatte ihre Tochter Charlotte, von Familie und Freunden Charly genannt, damals vor knapp zwei Jahren gesagt. Noch immer hallten ihr die Worte im Ohr, genau wie der Satz, dass nach dem Tod ihres Mannes ein Neuanfang nicht die schlechteste Option sei.

Die Kommissarin nahm vorsichtig einen Schluck des heißen Kaffees. Er schmeckte wie Kais selbstgebrühter Wachmacher, für den der geerbte Keramikfilter seiner Großmutter zum Einsatz kam. Das Gefühl, ein Eisenpanzer umschlösse ihre Brust, überkam sie bei dem Gedanken an den plötzlichen Tod ihres Mannes. An diesem Tag hatte ihn das Glück verlassen, das als Schornsteinfeger an ihm haftete. Es war der 18. November vor zwei Jahren. Um 11:34 Uhr gab Theas Smartphone die Musik des Survivor-Klassikers „Eye of the Tiger" in elektronischer Form zum Besten. Ein Kollege des Darmstädter Präsidiums vergewisserte sich, ob der Bezirksschornsteinfeger Kai Wagner ihr Mann sei. Thea bejahte die Frage. Zeitgleich krampfte sich ihr Magen zusammen.

„Ihr Ehemann Kai Wagner ist von einem Dach in der Moosbergstraße abgerutscht. Leider hat er den Aufprall nicht überlebt."

Thea schloss für einen Moment die Augen. Sie beschwor in ihrem Kopf ein sonniges Bild am Strand herauf, um die bedrückenden Erinnerungen zu vertreiben. Es dauerte ein paar Minuten, bevor sie erneut entschlossen in die Tasten haute. Der Bericht musste endlich zu einem Abschluss kommen. Kollegin Seiler, frisch von der Polizeiakademie nach Idstein abkommandiert, saß seit drei Tagen an der Ausfertigung. Jedes Wort legte sie auf die Goldwaage, als sei sie gezwungen, eine Rede an die Nation zu verfassen. Dabei handelte es sich lediglich um eine Fingerübung. Für den Einstieg in den Polizeidienst die ideale Aufgabe. Kurze Zeit später setzte Thea die Lesebrille ab. Das Schriftstück war fertig. Erleichtert atmete sie auf. Unzählige Berichte hatte sie im Verlauf ihrer Karriere geschrieben. Jedes Mal tauchte sie erneut in den Fall ein. Ob Verkehrsdelikt, Diebstahl, Drogenhandel oder Mord; erst mit Beendigung der polizeilichen Dokumentation war für Thea der Fall abgeschlossen.

Der Wind schob die Regenwolken der vergangenen Nacht kräftig Richtung Osten. Ein zarter Sonnenstrahl kämpfte sich durch das himmlische Dickicht und hinterließ seinen Abdruck auf der Spitze des Hexenturms. Die Kommissarin reckte ihre Arme und Beine, stand auf, ging hinüber zum Fenster und bestaunte das Verkehrschaos. Die runde Wanduhr gegenüber ihrem Schreibtisch zeigte 7:48 Uhr an. Durch den Verkehrskreisel, der direkt vor ihrem Bürofenster lag, schoben sich PKWs und Busse gleichermaßen. Zur Rushhour und samstagvormittags erweckte Idstein den Eindruck, es könne einer Millionenmetropole den Rang ablaufen.

„Der Rheingau-Taunus-Kreis zählt zu den Landkreisen mit den wenigsten Verbrechensdelikten", hieß es bei den Begrüßungsworten des Bürgermeisters zu ihrer Amtseinführung. Im Klartext bedeutete diese Aussage, in ihrem neuen Wirkungskreis lag der Hund begraben. Abgesehen von dem Verkehrschaos zu Stoßzeiten. Ein Chaos ähnlich der Ansammlung auf ihrem Schreibtisch. Papiere und Dokumente flankierten die Seiten ihrer Tastatur. Dienstpläne, Urlaubsanträge sowie Formulare zur Anforderung von Toner oder Klopapier warteten darauf, mit Theas Unterschrift versehen den vorgeschriebenen Dienstweg zu gehen. Hinzu kam die Aufgabe, als Schnittstelle zwischen Bevölkerung und Polizeiarbeit zu vermitteln sowie ein gegenseitiges Verständnis zu fördern. „Networking" nannte das der Polizeipräsident.

Theas Herz hing nicht an ihrem aktuellen Aufgabengebiet. Sie wollte jedoch nicht undankbar sein. Viele ihrer männlichen Kollegen leckten sich die Finger nach einer derart gut dotierten Position. Nicht zu vergessen die regelmäßigen Arbeitszeiten.

„Du solltest dich schämen, Mutter", schimpfte Charly, als Thea über die Routine in ihrem Job klagte. „Würdest du lieber Mördern hinterherjagen, Vergewaltiger in die Enge treiben und mit der Knarre unter dem Kopfkissen schlafen? Du bist 56 Jahre alt und seit über 30 Jahren im Polizeidienst. Es ist an der Zeit, die aufreibenden Jobs den Jüngeren zu überlassen."

Thea saß, während ihr die Standpauke gehalten wurde, schmollend am massiven Holztisch in der behaglichen Wohnküche von Charlotte.

Wie konnte sie von einer Lehrerin für Latein und Mathematik erwarten, dass sie den Adrenalinstoß kurz vor einem Zugriff verstehen würde. Das berauschende Glücksgefühl, zu erfahren, wenn der Mörder seine Tat gestand.

„Genieß' das Ansehen und die Routine, die dir der Job beschert."

Thea sah in das missmutige Gesicht ihrer Tochter, deren braune Haare zu einem Dutt hochgesteckt waren. Die schwarze Skinnyjeans schmeichelte den gazellenartigen Beinen.

„Meine Spürnase verrät mir, dass du vor allem an einem günstigen Babysitter interessiert bist", sagte Thea ihrer Tochter auf den Kopf zu.

„Warum nicht? Nimm' dich mehr der klassischen Großmutter-Aufgaben an."

„Echt jetzt? Socken stricken, Kuchen backen und Märchen erzählen?"

Charly wackelte mit ihrer niedlichen Stupsnase, dabei riss sie die mahagonifarbenen Augen auf. Die Mimik erinnerte Thea an die Disneyfigur Bambi.

„Aber einmal in der Woche Babysitten ist doch ein Geschenk für jede Oma", flötete Charlotte.

Thea seufzte leise. Die Entfernung Darmstadt – Idstein erschien ihr an diesem Abend wie die ideale Distanz für ein harmonisches Familienleben.

* * *

Mit einem kaum vernehmlichen Tick bewegte sich der Zeiger der Wanduhr auf 8:05 Uhr. Die Kommissarin griff zum versilberten Kugelschreiber, ein Geschenk des Polizeipräsidenten zur Amtseinführung. In Gedanken versunken ließ Thea den Stift zwischen ihren Fingern kreisen. Ein Gefühl der Einsamkeit überfiel sie. Scherzhaft sprach Thea von ‚Isolationshaft', wenn sie ihren neuen Posten beschrieb. Noch gehörte sie nicht zur Truppe der Polizeistation Idstein, sondern fungierte als höhere Machteinheit. Theas Anweisungen galt es ohne Protest zu folgen. Vor allem die männlichen Kollegen misstrauten ihr. Noch sieben Jahre würde Thea den Posten innehaben und sich dann in den Ruhestand verabschieden. Bis dahin stand das Tagesgeschäft im Fokus. In einer knappen halben Stunde war es Zeit für die wöchentliche Dienstbesprechung. Danach verlief Theas Tag gemäß ihrem Terminkalender.

Mit hängenden Schultern trottete die Kommissarin zu ihrem Bürostuhl. Sie öffnete die Aktenmappe und nahm den vorliegenden Papierkram in Angriff. Anstatt eine neue Dienstvorschrift durchzuarbeiten, wanderten ihre Gedanken zu jenem Freitagnachmittag kurz vor Weihnachten, der zu ihrer Versetzung geführt hatte. Fünf Wochen waren damals seit Kais Beerdigung vergangen. Dunkle Regenwolken hingen über

Darmstadt. Im Inneren des Kommissariats brannte die Luft. Ein geschäftiges Treiben drang aus jedem Büro. Gemeinsam mit ihrem Kollegen Karsten Kröger hatten sie kurz zuvor einen Inder festgenommen, der seine Ehefrau angezündet hatte. Einsicht oder Reue wegen seiner Tat zeigte der Mann nicht. In gebrochenem Deutsch argumentierte er mit den Worten „andere Sitten in meine Heimat" und „Frau hat nix zu sagen", während er auf Theas Füße spuckte. Kurzerhand drückte sie dem Täter das Gesicht in den brennenden Adventskranz.

Das war keine ihrer weisesten Entscheidungen. Vor allem in Anbetracht dessen, dass jede Form der klassischen Polizeiarbeit mit der aktuellen Stelle in Idstein für sie passé war. Statt einer Dienstaufsichtsbeschwerde legte ihr Vorgesetzter Thea nahe, die Position des überraschend verstorbenen Leiters der Polizeistation in Idstein zu übernehmen.

„Kollegin Wagner, verstehen Sie mich nicht falsch. Sie sind eine ausgezeichnete Kriminalistin. Aber", dabei zwirbelte Oberhauptkommissar Steiner die Spitze seines Ziegenbärtchens, „aufgrund ihrer familiären Situation wäre der Wechsel an einen unaufgeregten Dienstort die bessere Alternative."

Daher lebte Thea seit achtzehn Monaten im „aufstrebenden Mittelzentrum", wie die Stadtväter Idstein gerne bewarben. Es hätte sie schlechter treffen können. Die kleine Stadt im Taunus besaß ein Schwimmbad, eine Reihe von Restaurants und ein Kino, das nicht nur Blockbuster vorführte. Doch Thea war ein echtes Darmstädter Gewächs, dessen Wurzeln brutal aus der südhessischen Erde herausgerissen und in den kalten Norden verpflanzt worden waren. Sie vermisste ihren Arbeitskollegen Karsten und seine mitunter dreckigen Witze sowie Olga, die Abteilungssekretärin, und das Borschtsch, das sie jeden Freitag für alle kochte. Von kniffligen Mordermittlungen ganz zu schweigen. Bevor sie das nächste Mal einem Mörder den Adventskranz ins Gesicht drückte, würde Thea versuchen, ihre Wut zu bändigen und innerlich bis zehn zu zählen.

Ein Gepolter auf dem Gang vor ihrem Büro schreckte Thea aus ihren Gedanken. Bevor sie sich zur Tür begab, wurde diese aufgerissen und Sarah Steinbecker, eine engagierte Mitarbeiterin, brüllte in den Raum: „Morgen Chefin. Wir haben einen Mord. Endlich passiert etwas Aufregendes in unserem Groß-Dorf. Wollen wir gleich zum Tatort? Ist fußläufig."

Thea versah die hochgewachsene Frau mit einem düsteren Blick. Die Figur ihrer Mitarbeiterin erinnerte die Kommissarin an die Elbenkönigin Galadriel aus den „Herr-der-Ringe"-Filmen: eine leuchtende, übernatürliche Schönheit. Wenn die junge Beamtin durch die Gänge der Idsteiner Polizeistation wehte, wirkte sie extrem deplatziert. Kommissarin Sarah Steinbecker gehörte auf das Cover der „Cosmopolitan" oder auf die Laufstege dieser Welt. Bisher wagte Thea nicht zu fragen, was eine klassische Schönheit wie Steinbecker auf die Polizeiakademie verschlagen hatte. Dafür blieb aktuell ebenfalls keine Zeit.

„Ist anklopfen old school? Oder wie darf ich mir Ihr Verhalten erklären?", fragte Kommissarin Wagner scharf. Tadel jeglicher Art prallten an der 1,84 Meter großen Blondine ab. Lächelnd stand die 29-jährige Polizistin vor Theas Schreibtisch, freudig mit den Händen klatschend.

„Was ist denn wo passiert?" fragte Thea mit einem leicht genervten Unterton.

„Unser Standesbeamter hat eine Leiche im Hexenturm gefunden."

„Ein Unfall, nehme ich an. Jemand ist die Treppe hinabgefallen und hat sich das Genick gebrochen", vermutete die Kommissarin, „dann wäre es unser Zuständigkeitsbereich."

Steinbecker zögerte. „Dem Anruf nach zu urteilen, liegt die Leiche im Verlies des Hexenturms. In dunkle Gewänder gehüllt."

Thea horchte auf.

„Wissen Sie etwas Genaueres?"

Steinbecker schüttelte den Kopf. Thea dachte kurz nach, während ihre rechte Augenbraue unkontrolliert zu zucken begann. Die Dienstbesprechung musste warten. Bevor sie die Kollegen des Morddezernats in Wiesbaden aufscheuchte, würde sie persönlich vor Ort einen Blick auf die Umstände werfen. Bei Bedarf konnten sie immer noch Verstärkung rufen. Kommissarin Wagner griff ihren grauen Cordblazer, gab Sarah Steinbecker ein Zeichen, ihr zu folgen, und rief im Vorbeigehen Kollege Balter zu: „Verschieben Sie die Dienstbesprechung. Ich bin kurz außer Haus."

3

Ein muffiger Geruch, wie Thea ihn aus Grabkammern von Kirchen kannte, stieg ihr in die Nase, als sie sich über das beleuchtete Verlies beugte. In sieben Meter Tiefe lag unübersehbar eine Frau mittleren Alters in eine schwarze Decke, einen Mantel oder Ähnliches gehüllt. Die offenen Augen starrten hinauf, als suchten sie noch immer den rettenden Kontakt zur Außenwelt. Wie mussten sich verurteilte Menschen früher in diesen feuchten Wänden gefühlt haben? In einem Drecksloch sitzend, umgeben von Ratten und anderen Krabbeltieren? Thea wollte darüber nicht nachdenken. Mit den Händen stützte sie sich vom Rand des Kerkerlochs ab und kam zurück in eine aufrechte Position. Mit vor der Brust verschränkten Armen forderte sie Streifenpolizist Seifert auf, von den Vorkommnissen zu berichten.

„Herr Brandner fand die Leiche heute Morgen gegen halb acht. Er hielt es zuerst für eine Sinnestäuschung oder einen Scherz. Bei genauerer Betrachtung wurde ihm klar, dass da unten eine Frau liegt. Dann alarmierte Herr Brandner den Notruf", beendete Seifert seine monotone Ausführung.

Mit wachsamen Augen taxierte Wagner den Rand der Öffnung zum Verlies. Mit dem Absatz ihrer Stiefeletten trat sie kräftig gegen das Vorhängeschloss, das sich dem Angriff standhaft widersetzte. Sie winkte Kollegin Steinbecker näher heran und umfasste deren Oberarme. „Nicht loslassen, falls meine Theorie stimmt." Entschlossen betrat Wagner das Gitter über der Öffnung zum Verlies und sprang mehrere Male kraftvoll auf und ab. Das Plexiglas unter dem Gitter zitterte angesichts der plötzlichen Gewalteinwirkung. Mehr bewegte sich nicht. Das Gitter saß bombenfest.

Anschließend begutachtete Wagner erneut die Position der Toten.

„Mord oder Selbstmord?", sinnierte sie und runzelte die Stirn. „Einen Unfall schließe ich nach meinem sportlichen Einsatz aus. Würde es sich um einen Unfall handeln, hätte die Frau von unserem Standort aus in die Tiefe fallen müssen. Dann würde sie nicht derart akkurat auf dem Boden liegen. Außerdem wäre im Fall eines Unfalles das Gitter samt Plexiglas mit ihr in die Tiefe gestürzt. Bleiben noch Mord oder Selbstmord übrig. Von hier oben sieht es aus, als würde die Tote eine Rolle verkörpern. Die schwarze Kleidung, die weiße Blume, was meinen Sie?", fragte Wagner ihre Mitarbeiter Seifert und Steinbecker.

Steinbecker beugte ihren schlanken Körper über den Zugang zum Verlies. Als die junge Beamtin wieder aufblickte, wirkte sie nachdenklich.

„Keine leichte Frage", gab Wagner zu bedenken. „Nehmen wir an, es handelt sich um Mord. Dann hat der Täter sein Opfer nicht durch diese Öffnung hinabgelassen. An den Rändern sehe ich keine Verankerung für dicke Seile oder Taue." Wagner ging in die Knie und suchte mit den Augen den Bereich rund um den Zugang zum Verlies ab. Abrupt stand die Kommissarin auf und fragte Kollege Seifert, welche anderen Wege zum Verlies führten.

Der Streifenpolizist kratzte sich grüblerisch am Kinn.

„Keine."

„Sind Sie sicher?"

„Das ist allgemein bekannt. Nach Aussage unseres Türmers Herrn Brandner ist dieses Loch der einzige Weg zum Grund des Kerkers."

Kommissarin Wagner verzog den dezent geschminkten Mund zu einer Schnute.

„Es muss einen alternativen Zugang geben. Steinbecker, informieren Sie bitte die Kollegen in Wiesbaden. Hier brauchen wir Unterstützung. Falls es sich im vorliegenden Fall um eine Todesfolge durch Fremdeinwirkung handelt, fällt es in deren Zuständigkeitsbereich. Verschweigen Sie nicht den absonderlichen Fundort. Die Spurensicherung muss mit spezieller Ausrüstung anrücken."

Wagner vernahm ein Murren aus Steinbeckers Mund, als diese in Richtung Ausgang lief. Der Handyempfang im Turm war von bescheidener Qualität. Die Kommissarin schaute im Turm umher, ging ein paar Treppenstufen hinauf, inspizierte das hängende Eisenkreuz an der Steinmauer und verließ im Anschluss ebenfalls den düsteren Ort. Da sie keine Absonderlichkeiten entdeckt hatte, hieß es, den Weg zur Polizeistation anzutreten. Ein Stapel Papiere wartete darauf, von Thea gesichtet zu werden. Darüber hinaus musste sie den Bürgermeister über die Geschehnisse in seinem Städtchen informieren, und die lokale Presse würde unter Garantie in der Folge an ihre Tür klopfen. Wagner schüttelte sich bei dem Gedanken, dass sie der Chefredakteur der Nassau News mit Fragen bombardieren würde. Zum aktuellen Zeitpunkt erhielt die Presse ausschließlich die Information, dass eine tote Frau im Hexenturm gefunden worden war. Welche

Gründe zum Ableben geführt hatten, das unterstand derzeit reinen Spekulationen. Die Augenbraue der Kommissarin begann erneut unkontrolliert zu zucken. Geräuschvoll stieß sie Luft aus.

Ihr Gehirn begann von selbst, einen Faltplan zu entwerfen. Die Tote im Verlies. Der Zugang nur über ein verschlossenes Gitter möglich. Wie musste Thea das Papier knicken, um Antworten zu erhalten?

Einen Kriminalfall verglich sie gerne mit Origami, der japanischen Faltkunst. Während ihrer Zeit im Archiv hatte Thea sich an Origami versucht. An manchen Tagen kam einfach nicht genug Arbeit herein. Sogar einen Papierkranich, eine komplizierte Faltvariante, konnte Thea nach unzähligen Versuchen anfertigen. Ein Papierkranich saß immer auf ihrem Schreibtisch, um sie daran zu erinnern, dass keine Aufgabe, kein Fall zu kompliziert ist, um ihn zu lösen.

Die Kommissarin versuchte alle Fragen im Ansatz zu ersticken. Schließlich war die Tote im Verlies nicht ihr Problem. Mordfälle gehörten nicht zum Aufgabenbereich der Idsteiner Polizei. Das hielt Theas Gehirn nicht davon ab, die Lage zu sondieren und Spekulationen anzustellen. Sollte es sich um Selbstmord handeln, dann wäre ihr Kompetenzbereich gefragt. Bis dahin musste die Kommissarin sich zurückhalten. Die Kapazität in ihrem Kopf nicht voll ausschöpfen. Daher beschloss Thea, den geschichtsträchtigen Ort schleunigst zu verlassen. Mit einem Hauch Wehmut stieg sie die Treppe in Richtung Ausgang hinab. Auf dem Platz, der zwischen Hexenturm und Schloss lag, sah die Kommissarin Herrn Brandner auf einer Bank sitzen. Den Kopf hielt er in die Hände gestützt, die Augen starrten auf den Boden, eine Zigarette hing ihm im Mundwinkel.

Die Kommissarin trat vor ihn und räusperte sich.

„Ihre erste Leiche?"

Steffen Brandner sah auf. Er schob die Kippe von der einen Seite des Mundwinkels auf die andere.

„Normalerweise bekomme ich Verstorbene nicht zu Gesicht. Zwar die liebe Verwandtschaft, die den Tod anzeigt, aber Leichen sind mir bisher nicht über den Weg gelaufen."

Brandner nahm einen letzten Zug, warf die Zigarette auf den Boden und vernichtete die Glut mit der Spitze seiner Lederschuhe.

Die Kommissarin legte ihre Pläne, auf direktem Weg ins Büro zu gehen, ad acta. Ihr kriminalistischer Spürsinn wollte keine Ruhe geben.

„Herr Brandner, als Türmer sind Sie im Prinzip ein Experte für das Idsteiner Wahrzeichen?"

Der Standesbeamte nickte.

„Dann können Sie mir gewiss verraten, welche alternativen Zugänge zum Verlies führen. Ich meine, ein alter Turm, ein Schloss in der Nähe, da gab es doch unter Garantie eine Reihe von Fluchtwegen. Führte einer davon zum Kerker?"

Brandner stand von der Bank auf und stopfte die Hände in seine Hosentaschen.

„Ich habe bereits ihrem Kollegen erzählt, dass der einzige Weg ins Verlies durch die armselige Öffnung führt."

„Und die Tote?"

„Ich habe nur eine Erklärung für die Frau am Boden des Turmes", er hielt inne, als würde sein Kopf die Wirkung der nachstehenden Bemerkung abwägen, „Hexerei."

Schlagartig schossen Wagners Augenbrauen in die Höhe.

„Hexerei? Sie meinen Hokuspokus und derartigen Humbug?"

Steffen Brandner krümmte sich innerlich unter den Worten der Kommissarin.

„Ich weiß, es klingt abwegig, aber … eine andere Erklärung habe ich nicht. Eine Frau in schwarze Tücher gewickelt, auf dem Boden des Verlieses im Hexenturm. Das spricht doch eine eindeutige Sprache. Oder wie sehen Sie das?"

Thea erwiderte nichts. Sie fand es unfassbar, dass Menschen im 21. Jahrhundert gewillt waren, ernsthaft Magie und Zauberei in Erwägung zu ziehen. „Was ist mit der Veranstaltung heute Abend? Die Schlenderweinwanderung?", fragte Brandner nach. „Kann die stattfinden?"

„Das müssen Sie den ermittelnden Kommissar fragen. Ein Wiesbadener Kollege wird in Kürze eintreffen", antwortete Thea. „Aber, wenn ich ehrlich sein soll, dann werden Sie die Veranstaltung vermutlich absagen müssen."

Eine leichte Blässe erschien auf Brandners Gesicht.

„65 Karten hat der Gerd von der Weinhandlung verkauft. Wir können die Tour nicht absagen. Sie ist eine Attraktion bei Einheimischen und Touristen."

Kommissarin Wagner stöhnte innerlich auf. Sollte doch der Kollege aus Wiesbaden sich mit solchen Fragen herumärgern. Es war höchste Zeit für ihre wöchentliche Dienstbesprechung.

„Vielleicht gehen Sie jetzt am besten nach Hause und erholen sich von der Aufregung. Meine Mitarbeiter haben ja Ihre Kontaktdaten aufgenommen. Um eine schriftliche Dokumentation der Geschehnisse kümmern sich die Beamten der Mordkommission."

Mit einer knappen Handbewegung verabschiedete sich Steffen Brandner und schlurfte in Richtung Kanzleitor.

Wagner sah ihm nach. Bevor ihre Gedanken zu dem turmhohen Papierstapel auf dem Büroschreibtisch wanderten, kam der Kommissarin ihre junge Kollegin mit langen Schritten entgegen. Sarah Steinbecker musste sich nicht mit dem glitschigen Kopfsteinpflaster herumärgern. Sie trug jederzeit Turnschuhe in allen erdenklichen Farben. Heute blitzten ein Paar roséfarbene mit Leopardenmuster unter den Skinnyjeans hervor.

„Die Wiesbadener Mordkommission ist informiert. Sie müssten in Kürze hier eintreffen. Kollege Seifert wird sie in Empfang nehmen. Die Spusi ist hinsichtlich des gewöhnungsbedürftigen Tatortes in Kenntnis gesetzt und wird das erforderliche Equipment …"

Wagner fiel ihr ins Wort.

„Das Verlies ist nur der Fundort. Die Leiche wurde aus einem speziellen Grund dort drapiert. Ein Gefühl sagt mir, dass es sich beim Kerker nicht um den Tatort handelt."

In Steinbeckers grünen Augen blitzte es hoffnungsvoll auf.

„Ermitteln wir jetzt in dem Mordfall?"

„Nein! Daher begeben wir uns augenblicklich zur Polizeistation zurück. Unsere Arbeit erledigt sich nicht von selbst."

Steinbecker ließ die Schultern hängen. Dann verzog sie ihre sinnlichen Lippen zu einem Schmollmund, Marilyn Monroe wäre vor Neid erblasst: „Fünf Minuten für einen Kaffee im N&J haben wir aber noch, oder?"

Kommissarin Wagner schmunzelte. Alle auf der Polizeistation kannten Steinbeckers Vorliebe für hochpreisigen Kaffee aus Brasilien oder Jamaika. In dem hippen Tee- und Kaffeegeschäft, dessen Inhaber mit Vollbart, Schirmmütze und einem lockeren Spruch seine Kundschaft begrüßte, servierten sie ein vorzügliches Bohnengetränk.

„Ein paar Minuten unserer wertvollen Zeit können wir erübrigen", meinte die Kommissarin und lief in Richtung König-Adolph-Platz. Auf den Vorschlag von Steinbecker einzugehen, war nicht ganz uneigennützig. Thea hoffte, aus der näheren Ferne etwas von dem geschäftigen Treiben, das in Kürze um den Hexenturm stattfinden würde, mitzubekommen. Nicht aus professionellen Gründen. Rein der Erinnerung an alte Zeiten wegen.

4

Thea nippte an ihrem schwarzen Kaffee, der einen hübschen Kontrast zur hellblauen Tasse bildete. Sie stützte den Kopf auf ihrem linken Arm ab und sog die frische Herbstluft ein. Der Ahornbaum vor dem Löwenbrunnen strahlte in gelb-orange und entließ in angemessenen Abständen seine Blätter in die Freiheit. Den unkonventionellen Kaffeeshop im Herzen der Idsteiner Altstadt hatte die Kommissarin direkt nach ihrem Umzug entdeckt und zum persönlichen Lieblingsplatz erkoren. Aufgrund des eigenwilligen Ambientes fühlte Thea sich wieder wie Anfang 20, wenn Sie das N&J betraten.

Jetzt saß die Kommissarin auf einem der grazilen, leicht schmuddeligen Stühle, ihre Tochter nannte es ‚shabby chic', vor dem Bistro und wartete auf Kollegin Steinbecker, die mit dem Eigentümer in einem Disput über Kaffeesorten steckte.

Thea genoss derweil die Ruhe in der Fußgängerzone. Am Wochenende fielen die Touristen über die schmucke Altstadt her, aber montags gehörte Idstein wieder seinen Bewohnern.

„In Idstein ist es ausgesprochen idyllisch", äußerte sich Charlotte lobend über die ehemalige Residenzstadt, als Thea vor ihrem beruflichen Wechsel stand.

„Genau das Richtige für dich", fand ihr Schwiegersohn Mats.

„Wie meinst du das?", herrschte Thea den Zwei-Meter-Mann an. Mats zuckte angesichts des scharfen

Tonfalls seiner Schwiegermutter zusammen. Ob es Bären auch so erging, wenn sie einen Rüffel erhielten? Mats besaß erstaunliche Ähnlichkeit mit Meister Petz. Sein dunkelblondes Haar fiel in Locken um das Gesicht und ging in einen üppigen Vollbart über. Die Hände erinnerten Thea an Tennisschläger, und es war schwer, für die Füße passendes Schuhwerk zu finden. Größe 52 zählte nicht zum Standardsortiment.

Mats druckste herum und wagte letztendlich den Vorstoß.

„Wir müssen uns weniger Sorgen machen, wenn du nicht mehr bei der Kriminalpolizei arbeitest. Die Gefahr, dass du erschossen oder erstochen wirst, tendiert in Idstein in Richtung Null."

Thea erinnerte sich genau, dass Mats' Worte sie geärgert hatten, zugleich rührte sie seine Sorge. Ihr Schwiegersohn behielt Recht. Die Leitung der Idsteiner Polizeistation erwies sich als vergleichsweise harmloser Job. In sieben Jahren würde Thea den Dienst quittieren. Ihre Kondition schwächelte, ebenso die Zielgenauigkeit. Der Wechsel in das verträumte Taunusstädtchen schien aller Voraussicht nach die beste Entscheidung gewesen zu sein. Wenn auch keine freiwillige.

Thea nahm einen Schluck Kaffee und schaute auf die Ziffern ihrer Armbanduhr: kurz nach neun. Die Frühstückspause war längst vorüber. Als hätte sie ihre Gedanken gelesen, trat Sarah Steinbecker aus dem Laden und ließ sich grazil auf einem der Stühle nieder, in der Hand eine Tasse intensiv duftenden Kaffee balancierend.

„Sind die Wiesbadener Kollegen schon eingetroffen?", fragte sie mit leuchtenden Augen.

„Keine Ahnung. Aber für uns wird es Zeit, den Rückzug anzutreten. Ich bin ohnehin viel zu lange abwesend."

„Haben Sie Sorge, Ihr Chef könnte meckern?", bemerkte die junge Beamtin mit einem frechen Grinsen im Gesicht.

„Liebe Kollegin Steinbecker, ich habe eine Vorbildfunktion inne. Wo kämen wir denn hin, wenn ich meine Tage in Cafés und nicht hinter meinem Schreibtisch verbringen würde?"

Die Polizistin streckte ihre Beine aus. Sie nahm einen Schluck Kaffee und erwiderte mit einem schelmischen Lächeln: „Aber einer Untergebenen werden Sie doch nicht die Pause verwehren, oder Chefin? Obendrein muss ich mich von meiner ersten Leiche erholen."

Thea horchte auf.

„Sie haben bislang keine verstorbenen Menschen gesehen?"

„Doch, aber die starben nicht gewaltsam", erwiderte Steinbecker, „mit Verkehrstoten, draufgegangenen Junkies oder klassischen Herzinfarkten hatte ich es schon zu tun. Aber eine Ermordete ist ein anderes Kaliber."

Thea runzelte die Stirn und sah das Aufblitzen in den grünen Augen der jungen Polizistin. Davon abgesehen, dass Steinbecker eine echte Augenweide mit losem Mundwerk war, besaß sie das Talent, zügig Informationen zu liefern. Die junge Beamtin hatte ein Händchen für Rechercheaufgaben und wäre gleichfalls eine ausgezeichnete Enthüllungsjournalistin geworden. Thea musterte ihre Mitarbeiterin, die ihre zartgliedrigen Finger um die Tasse legte, um sie zu wärmen.

„Wenn Sie sich derart für Mordfälle begeistern können, warum wechseln Sie nicht zur Kriminalpolizei? Eine Frau mit Ihrem Recherchetalent wäre für die Kollegen ein echter Gewinn", sagte Kommissarin Wagner.

Eine leichte Röte überzog Steinbeckers Gesicht.

„Wegen Tom. Und meinem Vater zuliebe", stammelte sie.

„Das müssen Sie mir genauer erklären."

Steinbecker seufzte.

„Meine Mutter starb, als ich acht Jahre alt war. Ich bin Einzelkind, und mein Vater hielt mich an einer sehr kurzen Leine."

Wagner nickt verständnisvoll.

„Als ich nach dem Abitur beschloss, zur Polizei zu gehen, traf meinen Vater beinahe der Schlag. Das Gleiche galt für Tom. ,Ein Leben mit einer Polizistin kann ich mir nicht vorstellen', eröffnete er mir am Abend unseres Abiballes und schickte mich in die Wüste."

Thea blieb bei dieser Bemerkung der Mund offen stehen.

„Sprechen wir von demselben Mann, dem sie im Frühjahr das Ja-Wort gegeben haben?"

Steinbecker zuckte mit den Schultern.

„Scheint sich um wahre Liebe bei uns zu handeln."

Die Kommissarin schluckte. Ihre Meinung über Tom Steinbecker behielt sie für sich. Als Consultant einer amerikanischen Beratungsfirma bereiste er den Globus. Das ,Business' stand für ihn an erster Stelle. Ihm zuliebe war Steinbecker von der Idsteiner Kernstadt ins beschauliche Dorf Oberseelbach gezogen, denn ,Tom braucht am Wochenende seine Ruhe'. Obwohl Wagner ihre Kollegin für deren pfiffigen Verstand und impulsive Art schätzte, konnte sie nicht nachvollziehen, warum die taffe Frau in Gegenwart ihres Ehemannes eine Mutation zum Superweibchen durchlief. Fehlte nur noch, dass er Steinbecker verbot, weiterhin im Polizeidienst tätig zu sein. Aber die Privatangelegenheiten ihrer Mitarbeiter gingen sie eigentlich nichts an.

Thea stellte demonstrativ die Tasse auf den Unterteller und gab damit zu verstehen, dass es an der Zeit war, ins Büro zurückzukehren. Im nächsten Augenblick vernahmen sie das Geräusch von Autos, die über Kopfsteinpflaster zuckelten. Türen knallten, und eine männliche Stimme brüllte mit militärischem Drill Anweisungen über den Platz hinweg.

„Was für ein erstaunlicher Tonfall, wenn wir ihn selbst durch das fünf Meter lange Kanzleitor hören können", bemerkte Wagner anerkennend.

Kollegin Steinbecker sprang auf. Thea stand ebenfalls vom Tisch auf, doch sie hielt in der Bewegung inne und schloss kurz die Augen. Sie bemühte sich, den Drang zu unterdrücken, den Tatort Stück für Stück zu inspizieren, um anschließend dem Gerichtsmediziner Löcher in den Bauch zu fragen. Jedes Steinchen wollte Thea umdrehen, Spuren suchen, Verdächtige befragen, Hinweise sammeln und zuschnappen. Eine Abfolge logischer Prozesse, das war eine Mordermittlung. Und diese Arbeit vermisste Thea. Sie musste lernen, keinen weiteren Gedanken an die Tote zu verschwenden. Es war nicht ihr Mordfall. Es würde auch nicht ihrer werden. Mordermittlungen gehörten der Vergangenheit an. Ein dezenter Seufzer entfuhr ihren Lippen.

„Ist alles in Ordnung?", fragte Steinbecker besorgt.

„Lassen Sie uns zum Hexenturm laufen und die Kollegen aus Wiesbaden ins Bild setzen. Bei einer Mordermittlung heißt es, ein zügiges Arbeitstempo an den Tag zu legen."

„Glauben Sie bei diesem Todesfall wirklich an Mord?"

Kommissarin Wagner hielt inne.

„Sie meinen, die Frau hat Selbstmord begangen? Warum im Verlies des Turmes? Warum war sie in eine schwarze Decke gewickelt? Wie gelangte sie nach unten? Wieso lag eine weiße Blume in ihren Händen? Nein, für einen Selbstmord steckt zu viel kriminelle Energie in der Art, wie sie vom Mörder drapiert wurde."

„Aber … wenn es sich um eine Hexe handelt", gab die junge Polizistin zu bedenken.

„Ich bitte Sie", Wagner lachte kurz auf, „Hexen gibt es heute genauso wenig wie vor 400 Jahren. Das sind alles nur Hirngespinste. Glauben Sie mir, Magie oder Zauberei spielt in diesem Fall keine Rolle."

„Aber wenn die Tote ein Mitglied der hiesigen Hexenvereinigung war?"

Die Kommissarin stoppte abrupt ihren flotten Gang in Richtung Tatort.

„Jetzt hören Sie bitte auf, mich zu veräppeln. Wollen Sie mir ernsthaft erzählen, in Idstein leben Frauen, die davon überzeugt sind, magische Kräfte zu besitzen? Haben Sie zu viel Harry Potter gelesen?"

Steinbecker verzog den Mund.

„Wissen Sie, wir leben quasi auf dem Dorf. Alte Mythen halten sich standhaft, und Spinner, die an Magie glauben, gibt es doch überall. Außerdem, wie erklären Sie sich das Lächeln im Gesicht der Frau?", konterte Steinbecker, ohne mit der Wimper zu zucken. Thea musste zugeben, dass ihre junge Kollegin Chuzpe besaß.

„War es de facto ein Lächeln? Ich gestehe, aus der Entfernung konnte ich die Gesichtszüge nicht genau erkennen. Möglicherweise handelte es sich nur um die Wirkung einer Vergiftung."

Die Polizistin holte kräftig Luft und hielt anschließßend inne. Thea schmunzelte und legte Steinbecker beschwichtigend die Hand auf die Schulter.

„Kommen Sie, wir müssen den Kollegen aus Wiesbaden unsere Aufwartung machen."

Gemeinsam stiegen sie die Stufen zum Rathausvorplatz empor. Als sie die zweite Gefängnistür, die im Kanzleitor lag, passierten, erschloss sich ihnen das gesamte Ausmaß der kriminalpolizeilichen Spurensicherung. Rund um den Turm stand eine Ansammlung dunkler Fahrzeuge. Menschen in weißen Arbeitsanzügen stiegen die ausgetretenen Stufen zum Eingang des Turmes empor. Polizisten in blauen Uniformen riegelten den Bereich großzügig ab. Die Beamten sperrten in diesen Minuten den Zufahrtsweg über das Kanzleitor. Thea nahm Haltung an, setzte eine bedeutsame Miene auf und zückte blitzschnell ihren Dienstausweis, während sie energisch sagte: „Oberhauptkommissarin Wagner. Ich will den verantwortlichen Ermittler sprechen."

Ein junger Beamter, Thea vermutete, dass er höchstens seit zwei Jahren im Dienst von Vater Staat stand, salutierte und wies mit ausgestrecktem Zeigefinger in die betreffende Richtung. Wagner nickte dankend und lief den Weg oberhalb des Schlossgartens entlang. Polizisten, gekleidet wie für eine Bergtour, eilten an ihnen vorbei. Auf den Treppen zur Straße „Am Hexenturm" hüpften Beamten der Spurensicherung die Stufen hinab. Gerade, als die Kommissarin sich zum Turm hinauf schwingen wollte, erschien im hölzernen Türrahmen ein selbstsicherer Mann mit angegrauten schwarzen Löckchen im Nacken. Die Kommissarin verharrte in der Bewegung. Schokoladenbraune Cowboystiefel stiegen breitbeinig die Treppen abwärts, während ein gezwirbelter Bart auf und ab wippte. Eine rote Lederjacke, die über breiten Schultern hing, half nicht, das Gesamtbild des Mannes, Thea schätzte ihn auf Ende 40, in ein vorteilhafteres Licht zu rücken.

„Kommissarin Thea Wagner, wenn ich mich nicht irre? Oder sollte ich Sie besser ‚Diana' nennen", begrüßte sie der Salvadore-Dali-Verschnitt. Er reichte Wagner die Hand, und ein kehliges Lachen erklang.

„Hauptkommissar Dagobert Saba. Ich bin der leitende Ermittler in diesem Fall." Thea drückte die Hand des Kollegen kräftig und bereute diese demonstrative Darstellung ihrer gehobenen Position. Kommissar Saba neigte zu Schweißhänden. Sie nahm etwas Abstand von dem schlanken Mann, der dem Geruch nach Kettenraucher war. Die Enden von Sabas Zwirbelbart deuteten eine Art Lächeln an.

„Wie schön, Sie endlich einmal persönlich kennen zu lernen. Ihr Ruf ist ungebrochen. Wegen dieser ‚Lappalie' hätten Sie Darmstadt nicht den Rücken kehren müssen. Die Kollegen vermissen Sie. Aber das bleibt unter uns."

Thea verzog keine Miene. „Wir sollten uns besser über die Leiche im Verlies unterhalten. Was wissen Sie bisher, und wie können meine Leute Ihr Team unterstützen?"

„Sie sind eine Frau der Tat. Das gefällt mir ‚Diana'", entgegnete Saba augenzwinkernd. Thea presste die Lippen aufeinander. Unvermittelt schnappte sie Saba an seinem roten Lederkragen, zog ihn kraftvoll auf ihre Augenhöhe hinab und zischte ihm ins Gesicht: „Nennen Sie mich nie wieder vor meinen Leuten ‚Diana', oder ich zeige Sie bei der Dienstaufsichtsbehörde wegen sexueller Belästigung an. Verstanden?"

Saba nickte schweigend. Die Farbe war ihm schlagartig aus seinem Gesicht gewichen.

„Dann können wir jetzt endlich über den Fall reden." Thea klopfte sich die Hände an ihrer Jeans ab, als müsste sie ihre Finger vom Dreck befreien. „Sie sind der leitende Kommissar. Also, wie können wir Sie bei den Ermittlungen unterstützen?"

Saba kratzte sich an der Stirn. Mit kühler Stimme fing er an zu berichten.

„Nun ja. Meine Leute bergen aktuell die Tote und suchen den Fundort ab. Das ist kein Kinderspiel bei diesem minimalen Einstiegsloch. Der Pathologe hat sich geweigert hinabzusteigen. Höhenangst. Unfassbar!"

„Glauben Sie, dass es ein Mord war", fragte Steinbecker aufgeregt. Der Anflug eines Lächelns legte sich um Sabas Mund. Ein grimmiger Blick von Wagner genügte, um Sabas Grinsen in die Versenkung zu schicken.

„In Anbetracht dessen, dass der Hinterkopf der Toten die Konsistenz von Brei aufweist, können wir von Mord ausgehen."

Thea nickte. Sie wollte auf dem Absatz kehrtmachen, als Kommissar Saba sich räusperte.

„Wie Sie gegebenenfalls wissen, sind wir im Polizeipräsidium Westhessen chronisch unterbesetzt."

„Was wollen Sie damit sagen?", fragte sie misstrauisch. Der hünenhafte Kommissar fuhr sich durchs Haar. Dann versuchte er sich an einem charmanten Lächeln und fügte spitzbübisch hinzu: „Sie wollen den Fall. Habe ich Recht?"

„Das liegt nicht in meiner Entscheidungsgewalt." Thea bemühte sich, die Worte möglichst gefasst über die Lippen zu bringen. Innerlich baute sich eine Welle der Vorfreude auf.

„Sie sind mehr als kompetent, diesen Fall zu lösen, und mir käme es gelegen. Die ständige Fahrerei nach

Idstein würde ich mir gerne ersparen." Dagobert Saba zwirbelte den Zeigefinger um das Ende seines schwarzen Bartes.

Thea schwieg. Sie dachte nach. Nur zu gerne würde sie erneut einen Fall verantworten. Die Witterung aufnehmen, den Angstschweiß des Täters riechen. Die Anspannung wahrnehmen, wenn sich die Schlinge um den Hals des Mörders gemächlich zuzog.

„Mir ist klar, dass dieser Fall nichts für Sie ist. Hier ist weibliche Intuition gefragt", antwortete Wagner von oben herab, auch wenn Saba sie um rund zwanzig Zentimeter überragte. „Holen Sie die Erlaubnis des Polizeipräsidenten ein. Im Anschluss daran können wir über eine Übernahme der Ermittlungen reden."

Saba schien bei ihren Worten innerlich aufzuatmen.

Ohne eine weitere Bemerkung schritt Thea in Richtung Treppe, die sie direkt zu ihrer Polizeistation führte.

Hoffnung keimte in ihr auf. Was würde sie dafür geben, in diesem Fall zu ermitteln. Nur noch ein einziges Mal Hinweise ineinander flechten, den Täter jagen. Auf dem Weg in ihr Büro betete Thea heimlich zum lieben Gott, er möge ein Herz für Ermittler im fortgeschrittenen Alter haben. Nur dieses eine Mal.

5

Eine kräftige Windbö schubste die Fußgänger über den Zebrastreifen am Kreisel vor der Polizeistation. Zarte Sonnenstrahlen ließen die Blätter des Ahornbaumes, der vor der Grünfläche des Amtsgerichtes stand, goldrot leuchten. „Wie ein zum Leben erwachtes Aquarell", philosophierte Thea, während sie sehnsüchtig nach draußen sah. Perfektes Wetter zum Drachensteigen lassen. Sie kratzte sich mit dem Finger nachdenklich am Kinn. Ob vierjährige Kinder Drachen steigen lassen können? Oder war das für die Kleinen zu verzwickt. Sie würde Charly fragen müssen, ob ihre Enkelkinder Tom und Lilly Spaß daran hätten. Alternativ wäre heute auch ein idealer Tag für einen Waldspaziergang inklusive dem Sammeln von Kastanien. Es musste in jedem Fall eine Outdoor-Aktivität sein. Im Büro hatte sie bisher genügend Zeit verbracht. Leider nicht mit der gewünschten Ruhe. Gefühlt alle fünf Minuten riss Steinbecker die Tür auf und fragte: „Hat der Polizeipräsident sich schon zum Mordfall geäußert?" Nach der siebten Störung wurde es Thea zu bunt. Kurzerhand schloss sie die Tür zu ihrem Büro ab. Kollegin Steinbecker entwickelte sich zu einer fähigen Polizistin, nur an der nötigen Disziplin mangelte es ihr. Der Aufprall einer schwungvollen Frau gegen ihre Bürotür, gefolgt von einer Aneinanderreihung nicht jugendfreier Flüche, holte Thea gedanklich zu dem Stapel Papier auf ihrem Schreibtisch zurück.

„Für Sie backe ich morgen keine Muffins", rief die aufgebrachte Kollegin durch die Tür. Bedauerlich für

Theas Geschmacksknospen, aber ausgezeichnet im Kampf gegen das wachsende Hüftgold. Gemächlich wanderte der Minutenzeiger vorwärts. Der Nachmittag schien sich im Winterschlaf zu wähnen. Thea kaute auf dem Ende ihres Bleistiftes herum und starrte auf das Telefon. Mittlerweile standen die Zeiger der Wanduhr auf halb vier. Ihre Hoffnung, in diesem mysteriösen Mordfall ermitteln zu dürfen, sank. Wenn ihr Dagobert Saba das nächste Mal über den Weg lief, würde sie ihm die Schnurrbartenden abschneiden.

Der blöde Schwätzer! Alles platte Versprechungen!

Dabei schwirrten in Theas Kopf unterschiedliche Ansätze, wie sie an den Fall herangehen würde. Das war ärgerlich, denn diese Gedanken lenkten sie von ihren primären Aufgaben ab. Das Verfassen eines Vortrages zur Vorsorge gegen Hauseinbrüche. Eine Reihe von Diebstählen hatte sich in den letzten Monaten ereignet, und die Bürger von Idstein forderten Informationen über Schutzmaßnahmen. Gottlob konnte Thea die Gründung einer Bürgerwehr abwenden. Dafür ließ sie am Gänsberg, auf dem Taubenberg und im Nassauviertel verstärkt Streife fahren. Übereifrige Rentner und Möchtegern-Sheriffs, die Selbstjustiz übten, hatten ihr noch gefehlt. Ein Vortrag über Sicherheitsmaßnahmen am Haus erschien ihr als das kleinere Übel. Dabei hasste Thea Auftritte vor Menschengruppen. Gelangweilt überarbeitete sie die PowerPoint-Präsentation. Das Läuten des Telefons erlöste Thea von der lästigen Pflicht.

„Wagner", rief sie in den Hörer.

„Wie gut, dass ich Sie direkt erreiche", lachte ihr eine kräftige Stimme am Telefon entgegen, „Polizeipräsident Burger am Apparat."

„Ich grüße Sie, was verschafft mir die Ehre, Sie persönlich zu sprechen?", fragte Thea.

„Als ob Sie das nicht wüssten, meine verehrte Kommissarin Wagner. Kollege Saba hat Ihnen doch angedroht, dass wir …", der Polizeipräsident hielt kurz inne, „eine Sonderaufgabe für Sie hätten. Selbstverständlich nur, wenn Sie es zeitlich einrichten können."

„Wie meinen Sie das?"

Thea vernahm einen Ächzer aus dem Telefonhörer.

„Wie Sie wissen, mangelt es uns an Personal in allen Bereichen. Kollege Saba ist in Wiesbaden mit der Aufklärung einer Diebstahlserie im Nordosten der Stadt ausgelastet. Wie kann ich Sie dafür begeistern, die Ermittlungen im Fall der verstorbenen Frau in Idstein übernehmen?"

Thea atmete ein, bevor sie in gelassenem Tonfall antwortete. „Ich bin an einer raschen Aufklärung interessiert. Ein freilaufender Mörder in unserer beschaulichen Stadt ist nicht förderlich für den Tourismus. Die Sicherheit der Bürger steht an erster Stelle. Aber Sie müssen verstehen, dass ich nicht zwei Positionen gleichzeitig ausüben kann."

Ein Brummen klang ihr aus dem Hörer entgegen.

„Wäre Ihnen geholfen, wenn wir eine Sonderkommission einrichten, deren Leitung Sie übernehmen? Ihre aktuellen Aufgaben übertragen Sie an Ihren Stellvertreter. Wie gefällt Ihnen das, Kommissarin Wagner?"

Thea musste an sich halten, um nicht vor Freude lautstark zu juchzen. Souverän merkte sie daher an: „Kollege Balter wäre unter den gegebenen Umständen hocherfreut, mich für eine gewisse Zeit zu vertreten. Ich werde ihm die Aufgaben übertragen und mich anschließend um den Mordfall kümmern."

„Ja, dann ist ja alles geklärt. Ich sorge dafür, dass die Beamten in Wiesbaden Sie mit den notwendigen Informationen versorgen und Ihnen jede erdenkliche Hilfe zukommen lassen, die Sie benötigen."

„Wie viel Personal darf ich für den Fall abziehen?"

Es folgte erneut eine brummende Stille, bevor der Polizeipräsident antwortete.

„Mehr als einen Beamten kann ich Ihnen für die ‚Soko Hexe' nicht gewähren. Sie verstehen, Personalmangel. Aber bei Ihren Talenten bin ich überzeugt, dass Sie den Fall in Windeseile aufklären. Kommissar Saba wird sich bei Ihnen wegen der Details melden."

In heiterer Stimmung beendete Thea das Gespräch. Anschließend schloss sie ihre Bürotür auf. Nur für den Fall, dass Kollegin Steinbecker die Regeln des guten Benehmens zum wiederholten Male vergessen würde. Rot schimmernde Beulen im Gesicht nahmen Polizeibeamten ihre Glaubwürdigkeit. Selbst bei einer hübschen Version eines Staatsdieners.

Genüsslich schloss Wagner die Datei mit dem angefangenen Vortrag und sendete ihn per Mail an Daniel Balter. Ihr Stellvertreter würde sich dieser Aufgabe mit Hingabe widmen und das Referat bravourös meistern. Die Zuhörer würden an seinen Lippen hängen. Betagte Damen liebten den Oberhauptkommissar wegen seiner stattlichen Größe, ergraute Herren mochten vor allem den militärischen Tonfall, in dem Balter seine Vorträge hielt. Vom Wesen her war der Mittvierziger eher ein unauffälliger Typ. Korrekt von der Fußspitze bis zum Scheitel. Nicht geplanter Urlaub hatte bei ihm nur in Ausnahmefällen eine Chance. Die Kollegen würden sich an ihm die Zähne ausbeißen. Ein erheiternder Gedanke.

Es klopfte zögerlich an der Milchglastür. Die Umrisse ließen keine Zweifel daran, dass Steinbecker vor der Tür stand.

„Herein", rief Thea zackig.

Schwungvoll öffnete sich die Tür.

„Und?", fragte die junge Beamtin, während sie in drei Schritten vor dem Schreibtisch stand.

„Haben Sie Interesse, eine andere Sparte der Polizeiarbeit kennenzulernen?", erkundigte sich Thea, während sie die Mine des Kugelschreibers mit dem Daumen ausdauernd in Bewegung hielt.

Steinbeckers grüne Augen nahmen die Größe einer Zwei-Euro-Münze an.

„Wir dürfen ermitteln?"

„Danken Sie dem hessischen Staat, dass wir aktuell derart unterbesetzt mit Beamten sind. Polizeipräsident Burger hat mich offiziell zur Leiterin der Soko ,Hexe' ernannt. Raten Sie mal, wie viele Kollegen mir bei der Suche nach dem Mörder zu Seite stehen dürfen."

Steinbecker zuckte mit den Achseln.

„Fünf?"

„Ihr jugendlicher Optimismus in Ehren. Nein, eine Person darf an meiner Seite ermitteln. Hätten Sie Lust, einen Abstecher in die menschlichen Abgründe zu unternehmen? Ist gewissermaßen die Kurzbeschreibung für eine Mordermittlung."

Ohne ein weiteres Wort zu verlieren, rannte Kollegin Steinbecker auf den Flur und schrie: „Mein erster Mordfall. Das Leben als Polizistin ist der Wahnsinn."

Kommissarin Wagner schüttelt verständnislos den Kopf angesichts des Enthusiasmus, den Steinbecker an den Tag legte. Zum aktuellen Zeitpunkt galt es für die Soko „Hexe", einen Berg zu erklimmen. Diese

Tour würde kein Spaziergang werden. Die Kommissarin erwartete, dass ihrem bescheidenen Team ein steiler Aufstieg gelang. Ihrer Erfahrung nach verhielten sich Mörder nach der Tat ganz unterschiedlich. Gesetzeshüter und Uniformträger wirkten auf die einen wie ein rotes Tuch, andere Kriminelle suchten die Nähe zur Polizei, um unschuldiger zu wirken. Thea kannte jedoch auch Fälle, in denen der Täter die Spuren verwischte und sein Leben fortführte, als wäre nichts geschehen. Es galt das geeignete Maß an Fingerspitzengefühl und Härte im Laufe der Ermittlungen herauszukristallisieren. Thea vertraute darauf, dass Steinbecker dieser Aufgabe gewachsen war. Nicht umsonst stand die junge Polizistin an erster Stelle auf ihrer Kandidatenwunschliste. Steinbecker war ein Idsteiner Gewächs. Dank ihrer Aktivitäten im Reit- und Bogensportverein besaß sie einen enormen Bekanntenkreis. Bei Ermittlungen im dörflichen Milieu ein nicht zu unterschätzender Faktor. Thea hingegen war eine Fremde. Geheimnisse oder Mauscheleien würde sie von den Einheimischen nicht erfahren. Aber in Steinbeckers Nähe fingen die Menschen an zu plaudern. Eine charmante hübsche Frau aus den eigenen Reihen – das lockerte für gewöhnlich die Zunge. Außerdem besaß Steinbecker den nötigen Biss, um nicht öffentliche Informationen ans Tageslicht zu fördern. Ein wertvolles Talent, das in ihrer überschaubaren Teamkonstellation unabdingbar erschien. Die Zeiger der Wanduhr wanderten in Richtung volle Stunde. Es war an der Zeit, die Mitarbeiter über die vorläufige Personalsituation zu informieren und die Leitung der Polizeistation kommissarisch an Balter abzugeben. Im Anschluss daran galt Theas komplette Aufmerksamkeit dem Mordfall. Ihre erste Amtshandlung würde darin bestehen, Kommissar Saba auf den Zahn zu fühlen. Ob der Gerichtsmedizin schon erste Befunde vorlagen? Und wer war die Tote? Existierten heute wahrhaftig noch Hexenverbände?

Bei der Vorstellung von spirituellen Ritualmorden stellten sich Thea die Nackenhaare auf. Esoterisch angehauchte Todesfälle entpuppten sich in der Regel als Unfälle. Eine Tötungsabsicht existierte nur in Ausnahmesituationen. Vorwiegend lag eine Verkettung misslicher Ereignisse zugrunde. Tragisch, jedoch nicht umkehrbar. Bei böswilligem Vorsatz fanden die Ermittler den Täter in der Regel in den Reihen der spirituellen Sonderlinge. Bei Ritualmorden galt es, das schwächste Glied der Gemeinschaft zu finden und erbarmungslos zu knacken. Eine Spezialität von Thea.

6

Ein zwei Quadratmeter ausladendes Whiteboard nahm die Wand gegenüber dem Schreibtisch ein, als Steinbecker das Büro ihrer Chefin betrat. Der Telefonhörer klemmte zwischen Theas linker Schulter und Ohr, mit der rechten Hand schrieb sie Notizen auf ein Blatt Papier. Zwischendrin erklangen zustimmende Laute, bevor Thea mit harschen Worten: „Ich erwarte den Bericht der Spurensicherung spätestens Morgen Mittag. Bis dann, Kommissar Saba", ein Ende des Gesprächs signalisierte.

Thea ließ den Kugelschreiber auf den Schreibtisch fallen, griff sich die Notizen und ging auf die überdimensionale Tafel zu, bewaffnet mit Stiften in den Farben blau, rot und schwarz. Aufgeregt trat die Kommissarin vor das Brett. Mit dem Aufschreiben des ersten Wortes knüpfte sie das Seil, das am Ende der Ermittlungen als Schlinge um den Hals des Mörders lag.

„Wo haben Sie denn das monströse Teil ausgegraben?"

„Im Keller gefunden. Sie werden sehen, diese Tafel wird uns bei der Lösung des Falles ausgezeichnete Dienste leisten."

Auf das jungfräuliche Weiß der Tafel schrieb die Kommissarin mit dem schwarzen Stift den Namen der Ermordeten. Sie griff zum roten Exemplar und notierte auf die linke Seite „Sonntag/Montagnacht ermordet, Fundort Verlies Hexenturm".

Mit kritischem Gesichtsausdruck trat Thea einen Schritt zurück und begutachtete die Tafel wie ein Maler sein Kunstwerk. Sie war mit den ersten Worten zufrieden. Steinbecker räusperte sich.

„Was hat Saba Ihnen erzählt? Und wie gehen wir jetzt vor?"

„Sie wollen gleich ans Eingemachte. Sehr gut! Wie Kommissar Saba mir soeben mitteilte, handelt es sich bei der Ermordeten um Sybilla Hauser, 49 Jahre alt, wohnhaft in Idstein."

„In der Kernstadt?"

Thea sah auf die Notizen und schob sich die Lesebrille auf ihre Nase. „Gemäß Saba wohnte die Ermordete in der Straße Im Altenhof 27. Liegt das in der Kernstadt?"

Steinbecker nickte.

„Sybilla Hauser war geschieden. Ihr Ex-Mann lebt seit der Scheidung im Ausland. Sie hat einen Sohn, Tyler, 25 Jahre alt. Kennen Sie ihn möglicherweise?"

Die junge Beamtin presste die Lippen aufeinander. Sie überlegte schweigend und schüttelte anschließend den Kopf.

„Das Opfer arbeitete an der Fresenius Hochschule im Bereich Bewerbermanagement. Die Eltern der Ermordeten leben in Offenbach. Die Kollegen vor Ort setzen Gerd und Ulla Hauser in Kenntnis über den Mord an ihrer Tochter und werden die Eltern bezüglich eines Mordmotivs befragen. Es besteht die Möglichkeit, dass der Mörder aus dem Umfeld der Eltern kommt. In diesem Fall würden uns Ermittlungen in Idstein der Lösung keinen Schritt näherbringen."

Steinbecker zwirbelte das Ende ihres Haarzopfes um den Finger.

„Hat niemand die Frau als vermisst gemeldet?"

„Vor 24 Stunden ist unser Opfer noch munter durchs Leben gelaufen. Es bestand noch kein Anlass zur Sorge."

Mit ihren grünen Augen fixierte die junge Beamtin die Worte auf dem Whiteboard. Eine Reihe von Fragen kreiste in Steinbeckers Kopf.

„Was halten Sie vom Fundort? Oder von den schwarzen Gewändern. Oder der weißen Rose in den gefalteten Händen? Mysteriös, finden Sie nicht?"

„Auch nicht aufsehenerregender als abgehackte Gebeine in einer Kirchenorgel oder die mausetote Schwiegermutter im Kühlhaus einer Metzgerei. Jeder Mord hat eine Ursache. Geld, Neid, Eifersucht, suchen Sie sich etwas aus."

Kurzerhand griff die Kommissarin nach ihrer Jacke und eilte in Richtung Ausgang. Im Vorbeigehen rief sie Steinbecker zu: „Zuerst erledigen wir die unangenehmen Aufgaben. Wir müssen dem Sohn mitteilen, dass seine Mutter ermordet wurde. Er arbeitet als Dachdecker und ist im Augenblick auf einem Wohnhaus im Ziemerweg im Einsatz. Kommen Sie, vielleicht treffen wir ihn dort noch an."

* * *

Der Ziemerweg lag in direkter Nachbarschaft zur Polizeistation. Ein älterer Herr mit grauem Schnauzbart und in einen Blaumann gekleidet deutete in Richtung des halbfertigen Dachstuhls, als sie nach Tyler Hauser fragten. Sie warteten in der Hofeinfahrt, wo ihnen ein paar Hühner vor den Füßen herumliefen. Die Kommissarin riss überrascht die Augen auf, als das Federvieh ihre Stiefeletten mit kantigen Schnäbeln bearbeitete. Kollegin Steinbecker zuckte lediglich mit den Schultern und murmelte „Dorf". In dem Moment,

als Thea beschloss, eigenhändig den Dachstuhl zu erklimmen, tauchte ein mürrisch dreinblickender Mann
in der klassischen, schwarzen Zunfthose der Zimmer-
mannsleute vor ihnen auf. Die braunen Haare hingen
dem Burschen strähnig ins Gesicht. Er wirkte erstaunlich schmächtig für diesen Job, doch ein Blick auf seine Hände verriet das schwere Handwerk. Steinbecker
trat aus der Hofeinfahrt und räusperte sich. Der Mann
lächelte, dabei kam eine Reihe gelblicher Zähne zum
Vorschein.

„Herr Hauser, mein Name ist Thea Wagner von der
Polizeistation Idstein. Das ist meine Kollegin Sarah
Steinbecker. Es tut uns Leid, Ihnen mitteilen zu müssen, dass Ihre Mutter heute Morgen leblos aufgefunden
worden ist."

Die Kommissarin hielt sich beim Überbringen
schlechter Nachrichten an die Devise „kurz und
schmerzlos", wie beim Abreißen eines Pflasters. Sobald
die Polizei ins Spiel kam, wussten die Angehörigen,
dass keine positiven Mitteilungen zu erwarten waren.
Die Gesichtsfarbe des schmächtigen Mannes wechselte
in einen aschgrauen Farbton. Seine rechte Hand umklammerte den verrosteten Gartenzaun, mit der linken
wühlte er in seinen Taschen und beförderte eine Packung Zigaretten ans Tageslicht.

„Sind Sie sicher, dass es sich um meine Mutter handelt?", fragte Tyler, nachdem er mehrmals gierig am
Glimmstängel gezogen hatte.

„Es gibt keine Zweifel. Die Fingerabdrücke sowie das
Gebiss haben Sybilla Hauser als Opfer identifiziert."

Tyler zog erneut kräftig an seiner Kippe. In seinem
Kopf schien es zu arbeiten. Thea wartete geduldig.
Das menschliche Gehirn musste schlechte Nachrichten

schrittweise verdauen, bevor in fünf Phasen die negative Information verarbeitet wurde. Tyler Hauser steckte in Phase Eins: Schock und Verleugnung.

„Wie meinten Sie das? Opfer? Ich dachte, meine Mutter wurde lediglich leblos aufgefunden."

„Aufgrund der Verletzungen und des Fundortes müssen wir leider von einem Gewaltverbrechen ausgehen."

Mit zitternder Hand griff Tyler erneut zur Zigarettenpackung, um die nächste Kippe zu entfachen. Steinbecker räusperte sich. Mit einem Nicken gab Thea ihrer Kollegin zu verstehen, dass sie das Wort ergreifen sollte.

„Ihr Verlust tut mir ebenfalls aufrichtig leid", druckste die Polizistin, bevor sie sich räusperte und mit gestärkter Stimme fortfuhr: „Wir nehmen an, dass Ihre Mutter in der Nacht von Sonntag auf Montag einem Gewaltverbrechen zum Opfer fiel. Ist Ihnen heute Morgen nicht aufgefallen, dass sie nicht zu Hause war?"

Die Augen von Tyler Hauser verengten sich zu Schlitzen. Wütend warf er die Kippe auf den Boden, um sie anschließend wie einen Wurm zu zertreten.

„Was wollen Sie damit sagen?", fauchte er Steinbecker an. „Glauben Sie etwa, dass ich ein Muttersöhnchen bin? Nicht in der Lage, mir morgens selbstständig einen Kaffee zu kochen? Ich bin ein erwachsener Mann. Verstehen Sie?"

Kommissarin Wagner trat zwischen den aufgebrachten Tyler und ihre Kollegin. Beschwichtigend hob sie die Hände. Während sie dem Zimmermann gegenüberstand, wurde ihr bewusst, dass Tyler Hauser sie nur um einige Zentimeter überragte, jedoch über eine ausgeprägte Oberarmmuskulatur verfügte.

„Herr Hauser", sprach sie in einem sachlichen Tonfall, „bitte beruhigen Sie sich. Die Nachricht war sicherlich ein Schock für Sie. Vielleicht nehmen Sie ein paar Tage Urlaub. Was meinen Sie? Sind Sie noch in der Lage, uns ein paar Fragen zu beantworten?"

Tyler zündete erneut eine Zigarette an, blies eine Rauchwolke in die Luft, kniff die Augen zusammen, auf der Stirn bildeten sich Falten. Da der junge Mann an seinem Platz stehen blieb, interpretierte die Kommissarin sein Verhalten als Zustimmung.

„Wissen Sie, wo sich Ihre Mutter gestern Abend aufgehalten hat?"

Hauser schnaubte wie ein aufgebrachter Stier durch die Nase und zertrat den nächsten Kippenstummel.

„Hat sich von ihrem Lover durchvögeln lassen. Dem alten Schnorrer."

Wagner überraschte die heftige Wortwahl, sie behielt dennoch ihren neutralen Gesichtsausdruck bei.

„Haben Sie einen Namen oder eine Adresse für uns?"

„Der Kerl heißt Detlev Siebert. Meistens lungert er bei uns zu Hause herum. Spielt sich auf wie der Hausherr, der Arsch."

Thea vermied jeden Kommentar, auch wenn sie sich beherrschen musste. Sympathien hegte sie keine für den jungen Mann, aber er hatte gerade seine Mutter verloren. Vielleicht sprachen das Entsetzten und der Verlust aus ihm.

„Kennen Sie seine Adresse?"

Tyler inhalierte den Rauch der nächsten Zigarette.

„Wohnt in einer schimmeligen 2-Zimmer-Wohnung in der Straße Am Hexenturm. Über dem leer stehenden Laden. Soll demnächst abgerissen werden, das Rattenloch." Tylers Gesichtsausdruck in diesem Moment erinnerte Thea an ein Frettchen. „Kein Wunder, dass der Verlierer sich an meine Mutter herangemacht hat. Der suchte eine neue Bleibe. Im Tausch gegen ganz spezielle Dienstleistungen." Ein anrüchiges Lachen folgte dem Gesagten.

„Wo waren Sie gestern Abend?", fragte Kommissarin Wagner unvermittelt.

„Das ist jetzt aber schon mehr als ein paar Fragen."

Genervt tippten Theas Fußspitzen auf und ab. Geduld gehörte nicht zu ihren Stärken. Etwas schärfer als angebracht zischte sie daher: „Wo waren Sie gestern Nacht, Herr Hauser?"

Tyler kratzte sich am Kopf und rieb seine Augen.

„Habe ein paar Bier getrunken, weil ich wieder zu haben bin", erklärte Hauser, wobei er Kollegin Steinbecker mit den Augen verschlang. Er zwinkerte ihr zu. Die junge Polizistin lächelte gequält zurück.

„Sie wurden verlassen und haben anschließend einen über den Durst getrunken", resümierte die Kommissarin, „kann das jemand bestätigen?"

„Der Wirt von der „Pfeife"."

„Wie lange waren Sie dort?"

„Weiß nicht?", Hauser zuckte mit den Schultern, kramte in der Tasche, um sich die nächste Zigarette anzuzünden. „Vielleicht bis Mitternacht? Ich habe die Kirchturmuhr schlagen gehört."

„Kann das irgendwer bezeugen?"

„Wenn ich gegrölt habe, dann die Tussi neben uns. Die ist im permanenten Meckermodus." Tyler Hauser zog kräftig an der Kippe. Ohne ein weiteres Wort zu verlieren, wandte sich der Mann von den Ermittlerinnen ab und verließ die Baustelle in Richtung Wörsbachauen.

Wagner sah ihm nach, bis er in die Friedensstraße abbog und aus ihrem Blickfeld verschwunden war.

„Kommen Sie, Steinbecker, ich lade Sie auf ein Saures ins ‚Ambach' ein."

* * *

Die Kellnerin servierte ihnen zwei Saure, eine Mischung aus Apfelwein und Mineralwasser. Sie prosteten sich zu und nahmen einen Schluck. Thea genoss das frische Getränk, als es ihre Kehle hinabrann. Auf der Straßenseite der imposanten Glasfront stand eine Reihe von Autos, die wegen der Fußgängerampel stoppen mussten. Thea mochte die Glaswand, die Schutz bot, aber zugleich Freiheit versprach.

Sie kam gerne auf einen Sprung im „Ambach" vorbei. Das Personal besaß das exakte Maß an Aufmerksamkeit, ohne dem Gast auf die Nerven zu gehen. Die Einrichtung im schmuddeligen Industriecharme entsprach nicht Theas Verständnis von Gemütlichkeit, aber es verlieh dem Restaurant das gewisse Großstadtflair. Ebenso wie die moderne Küche, die ihr das Gefühl vermittelte, in einer Metropole zu speisen und nicht in einer spießigen Kleinstadt. Die Kommissarin nippte an ihrem Apfelwein und fuhr mit dem Fingernagel über die Rippen des typischen Ebbelwoi-Glases.

„Was halten Sie von Ihrem ersten Mordfall?"

Steinbecker stellte das Gerippte ab. Sie runzelte die Stirn und ließ eine Fritte in ihrem Mund verschwinden.

„Ist mir ein kolossales Rätsel. Ähnlich wie lateinische Inschriften in Kirchen."

„Die klassische Einstiegsverwirrung. Jetzt gilt es das übermächtige Ganze in minimale Einheiten zu zerlegen. Es gibt Momente, da helfen abstruse Theorien, einen Fall zu lösen. Zum aktuellen Zeitpunkt wage ich folgende These: Wenn wir hinter das Geheimnis kommen, wie die Leiche in den Kerker gelangte, dann haben wir unseren Mörder."

Steinbecker kaute gedankenverloren an der nächsten Fritte.

„Wieso glauben Sie nicht, dass Sybilla Hauser eine Hexe war, die sich aufgrund eines Rituals im Verlies befand?"

„Sie meinen, das Opfer wollte eine spirituelle Handlung oder Ähnliches im Kerker ausführen, seilte sich von oben ab, verlor den Halt und knallte auf den Boden."

Steinbecker nickte.

„Finde ich zweifellos plausibel."

Thea zog skeptisch die Augenbrauen in die Höhe.

„Da stellen sich mir gleich mehrere Fragen: Wo ist das Seil, mit dem Sybilla sich abseilte? Hat sie zum Todeszeitpunkt noch die Muße gehabt, sich in Position zu legen, und nach der Blume zu greifen? Das bezweifle ich doch", belehrte die Kommissarin ihre Mitarbeiterin. Steinbecker zwirbelte eine blonde Haarsträhne um ihren Zeigefinger und nahm einen Schluck Apfelwein.

„Es existiert aber ein Hexenbund in Idstein", insistierte sie. Für diese Äußerung hatte Thea lediglich einen skeptischen Blick übrig.

„Wirklich", beharrte Steinbecker, „meine Cousine hat mich zu einem Wicca-Treffen geschleift. Ist natürlich alles geheim. Ich fand es spaßig, als wir im Vollmond Kräuter sammelten und Suppe kochten. Nur die anschließenden Gespräche über das Brauen von Zaubertränken und Tieropfer beunruhigten mich."

Die Kommissarin schüttelte verständnislos den Kopf.

„Das ist doch alles Humbug. Vergessen Sie augenblicklich die Hexen-Theorie. Wir gehen systematisch vor. Wer war Sybilla Hauser? Wie sieht es mit ihrem Umfeld aus? Hatte sie Feinde? Wie war sie finanziell aufgestellt? Lassen Sie uns Feierabend machen und morgen ausgeruht den Fall in Angriff nehmen", schlug sie versöhnlich vor. Thea bezahlte, und die beiden Frauen verließen das Lokal. Die Kommissarin lief zu Fuß in Richtung Gänsberg, während Steinbecker zur Polizeistation zurückkehrte, um ihren Wagen zu holen, bevor sie den Heimweg nach Oberseelbach antrat.

7

Thea schloss die Tür zu ihrer Drei-Zimmer-Wohnung auf. Den Cordblazer warf sie auf die cremefarbene Wohnlandschaft, die Stiefeletten flogen in Richtung Schuhschrank. Auf Strümpfen trippelte sie zur offenen Küche, um den Wasserkocher in Gang zu setzen. Nach diesem Tag hatte sie eine Tasse Rooibostee dringend nötig. Sie öffnete die Balkontür, lehnte sich über die Brüstung und genoss das Panorama der Altstadt. Ihr Zuhause, das Bauprojekt Hoch7, war umstritten in der alteingesessenen Bevölkerung. Zuvor hatte an gleicher Stelle das Kreiskrankenhaus gestanden, dessen Frontansicht von einer Baumgruppe verdeckt worden war. Jetzt strahlte die weiße Fassade der kubusförmigen Wohnbauten hinab auf die Fachwerkhäuser. Thea nippte am heißen Tee und ergötzte sich an der Aussicht, die unter anderem ein Grund für die Anmietung der Wohnung gewesen war. Zum Leidwesen der Bewohner drang jedes Geräusch aus der Altstadt bis zu den Wohnbauten von Hoch7. Obwohl das neugebaute 70-qm-Appartement an Modernität nicht zu übertreffen war, vermisste Thea ihr Darmstädter Altbauflair. Hohe stuckverzierte Wände, ein knarzender Dielenboden und Fensterritze, durch die im Winter ein kalter Wind gezogen war. Der Balkon war winzig gewesen, sodass lediglich vier Klappstühle sowie ein Tisch Platz gefunden hatten. Andererseits fehlte Thea nicht das Erklimmen der siebzig Treppenstufen hinauf in ihr Domizil, wenn sie beispielsweise vor ihrem Wagen auf der

Straße stand, den Autoschlüssel aber in der Wohnung vergessen hatte. Wäre Kai nicht verunglückt, hätte sie Darmstadt niemals verlassen müssen. Thea vernahm das Läuten der Rathausuhr, die eine fröhliche Melodie über die Fachwerkhäuser legte. Es musste mittlerweile kurz nach 18 Uhr sein. Ein leichtes Frösteln überkam sie, als ein kühler Wind den Einzug der Nacht ankündigte. Sie betrat das geräumige Wohnzimmer und schaute nach Edda, ihrer Vogelspinne. Das flauschige Tierchen war ein Symbol für Theas Neuanfang. Niemals wäre sie auf die Idee gekommen, sich eine Spinne als Haustier zu halten. Thea bevorzugte Schmusetiger. Doch Edda rührte das Mitleid in ihr. Kollegen retteten das Tier aus einem verunglückten Auto auf der A3. Der Besitzer, ein polizeibekannter Drogenhändler, hatte seinen 5er BMW geschickt in die Leitplanke befördert, während er gleichzeitig aus dem Wagen geschleudert wurde. Eddas Herrchen war verstorben, und die Spinne mutterseelenallein auf der Welt. Thea fühlte mit dem Tierchen und gab der Vogelspinne ein neues Zuhause, da sowohl Tierheime wie auch Kollegen es ablehnten, dem pelzigen Krabbeltier Obhut zu gewähren. Zwei von Eddas Beinen lugten aus einer Korkröhre heraus, die Plastikpflanzen erstrahlten immer noch in ihrem bildhübschen Grün. Sobald Thea ihre Vogelspinne betrachtete, überkam sie ein Gefühl der Zuneigung. Sie liebte Edda.

„Na meine Kleine, bist du noch dabei, deine gestrige Mahlzeit zu verdauen? Ich weiß, du bevorzugst Mäuse, aber als Nächstes stehen Heimchen oder Schaben auf deinem Speiseplan."

Eine schrille Melodie ließ Thea hochschrecken. Die Erinnerungsfunktion auf dem Smartphone offenbarte ihr erschöpfendes Ausmaß an hohen Tonlagen. Es war höchste Zeit, ihr Outfit zu überdenken. Pünktlich um sieben hatte Thea bei Charly auf der Matte zu stehen. Unpünktlichkeit schätzte eine Lehrerin weder bei ihren Schülern, noch bei der eigenen Mutter. Das wöchentliche Essen war Thea heilig und ein konstanter Termin. Daher tauschte sie die Jeans gegen eine Marlenehose aus, schlüpfte in Ballerinas und zog erneut die Lippen nach. Sie griff nach ihrer Handtasche von Prada und hielt in der Bewegung inne. Es war das letzte Geburtstagsgeschenk von Kai. Eine dunkelgrüne Lederhandtasche, die ein Vermögen gekostet hatte. Obwohl Thea eine Schwäche für hochpreisige Taschen besaß, konnte sie dieser Leidenschaft mit dem Gehalt einer Polizistin nicht im gewünschten Maß frönen.

„Ich bin dankbar für deinen Taschenspleen", pflegte Kai zu sagen, wenn Thea Schuldgefühle überkamen, „so weiß ich immer, womit ich dir eine Freude machen kann."

Sanft strich sie über das glatte Leder der flaschengrünen Henkeltasche. In der Innenseite steckte ein handgeschriebener Zettel von Kai. „Alles Gute für den größten Schatz meines Lebens." Thea schluckte, als sie die Notiz betrachtete. Entschlossen griff sie nach dem Autoschlüssel und fuhr mit dem Aufzug in die Tiefgarage. Seit Thea einen Arbeitsplatz in Laufnähe besaß, fristete ihr Toyota iQ ein betrübliches Dasein auf dem Kellerstellplatz.

Die letzten Sonnenstrahlen des Tages leuchteten in Orange und Violett vom Himmel, als Thea ihren kleinformatigen Flitzer über die Escher Straße in Richtung Heftrich steuerte. Sie drosselte, wie vom Straßenschild gewünscht, das Tempo, als ihr Wagen den Wertstoffhof passierte, drückte aufs Gaspedal, während sie durch das Wäldchen fuhr und rauschte schließlich am Ortseingangsschild des Idsteiner Stadtteils vorbei. Ein dörflicher Geruch nach Kuhdung zog ins Auto. Thea rümpfte die Nase. Rasant bog sie in die Langgasse ab, um kurz darauf ihren Wagen im Hof eines imposanten Fachwerkhauses zu parken. 1750 prangte über dem Eingang, Chrysanthemenbüsche und Dahlien flankierten die Haustür und verliehen dem urigen Gebäude eine idyllische Note.

„Es war Liebe auf den ersten Blick", verteidigte Charly den Kauf des Hauses, wenn Thea zum wiederholten Mal fragte, warum sie in die Einöde gezogen war. Noch bevor sie das Auto abschließen konnte, hingen zwei süße Blondschöpfe an ihren Beinen. „Oma", brüllte Tom von unten herauf, „da bist du ja endlich. Wann gehen wir Eis essen?"

„Ich will in den Zoo", plärrte seine Zwillingsschwester Lilly, deren lange Haare ein geflochtener Zopf bändigte. Eine Welle der Zuneigung durchströmte Thea beim Anblick ihrer Enkelkinder. Charly hätte sich mit Nachwuchs ruhig Zeit lassen können, anstatt sie mit 52 in den Oma-Stand zu erheben. Auf der anderen Seite war Thea nicht besser gewesen. Für ihre eigene Mutter lag der 50. Geburtstag noch in weiter Ferne, als Thea ihr eröffnete, bald Großmutter zu werden. Sie ging in die Hocke und umarmte ihre Enkelkinder, während sie den Duft ihrer Haare einsog. Anschließend zauberte sie zwei winzige Tüten Gummibärchen aus der Handtasche und drückte mit einem Augenzwinkern jedem der Kinder eines in die Hand.

„Wenn das mal Charly nicht sieht", ertönte eine dunkle Stimme von der Tür her. Einem Bären gleich stand ihr Schwiegersohn Mats im Eingang. Die blonden Locken hingen wild von seinem Kopf herunter, die muskulöse Statur nahm den Türrahmen ein. An den Beinen vorbei huschten die Zwillinge ins Haus. Thea drückte Mats einen Kuss auf die behaarte Wange.

„Ist dein Rasierer ramponiert?", neckte sie den stämmigen Kerl. „Oder hältst du andere Bären in dieser Einöde davon ab, bei euch einzuziehen."

Mats tätschelte ihr mit den Händen den Kopf.

„Hält Bären ab, aber keine frechen Schwiegermütter."

Gemeinsam betraten sie die Wohnküche, in der Charly gerade eine Flasche Weißwein entkorkte. Der einst ordentliche Dutt, den Charlotte zur Abschreckung ihrer Schüler trug, löste sich in seine Bestandteile auf. Einzelne Haarsträhnen hingen um ihr gerötetes Gesicht. Charly wischte sich die Finger an der Küchenschürze ab, drückte Mats die Weißweinflasche in die Hand und umarmte ihre Mutter.

„Schön, dass du da bist. Wenn mein Göttergatte die Flasche öffnen kann, bekommst du einen Schluck Riesling, und dann darfst du dich ausschließlich deinen großmütterlichen Pflichten hingeben."

Thea stöhnte. „Das Essen ist also lediglich ein Bestechungsversuch, damit ich deine Kinder ins Bett bringe? Glück für dich, dass du ebenfalls Beamtin bist. Sonst müsste ich dich wegen Bestechung anzeigen."

„Wenn wir einen entspannten Abend wollen, dann bändige deine Enkelkinder. Du bringst Verbrecher hinter Schloss und Riegel, dagegen sind Tom und Lilly ein Kinderspiel."

Thea nahm einen großzügigen Schluck Weißwein und rief mit erhobener Faust: „Na dann, auf in den Kampf."

Vor der Holztreppe streifte sie ihre Schuhe von den Füßen und schlich die Stufen empor, um das abendliche Gefecht in Angriff zu nehmen. Nachdem sie zwei Legoautos gebaut, einen Prinzessinnenpalast gemalt, drei Gute-Nacht-Geschichten gelesen und „La-Le-Lu" gesungen hatte, schloss sie lautlos die Tür.

„Die Kinder schlafen schon?", fragte Mats überrascht, als Thea die Küche betrat.

„Man möchte nicht meinen, dass deine Frau ihr Geld als Lehrerin verdient. Lilly und Tom sind zwei Engel, und es bedurfte nur ein wenig Überredungskunst, um sie vom Schlafen zu überzeugen", belehrte Thea ihren Schwiegersohn.

„Du hast Ihnen einen Deal angeboten", mutmaßte Charly, „hab' ich Recht?"

„Ich habe lediglich die Mittel eingesetzt, die einer fürsorgenden Großmutter zur Verfügung stehen", antwortete Thea, griff nach dem Weißweinglas, aus dem Mats gerade einen Schluck nehmen wollte und ließ sich am Tisch nieder. Es roch herrlich nach Kirschwasser und Schweizer Käse. Thea liebte Käsefondue, und Charly hatte aus ihrem Auslandssemester in der Schweiz ein Rezept als Andenken im Gepäck, das die perfekte Kombination aus cremiger Konsistenz und Würze enthielt. Genießerisch schnüffelte Thea am Caquelon, in dem der zähflüssige Käse langsam anfing, Blasen zu schlagen. Bevor Thea mit ihrem Fonduegabel in die Käsemasse eintauchen konnte, versperrte der Spieß ihrer Tochter den Weg zum Genuss. Erstaunt sah Thea auf.

„Erzähl' es", forderte Charly ihre Mutter auf.

„Was meinst du?"

Charly legte den Kopf schräg und fuchtelte mit dem Picker vor Theas Gesicht herum.

„Du hast fantastische Laune. Bringst deine Enkelkinder ohne zu murren ins Bett und bezirzt deinen
Schwiegersohn, dass es mir die Schamröte ins Gesicht
treibt."

Thea winkte ab und nutzte den Augenblick, um ein
Stück Brot in der Käsemasse zu ertränken.

„Ist es derart offensichtlich?"

Charly und Mats nickten unisono.

„Wenn ich es nicht besser wüsste", sagte ihre Tochter
und schwenkte mit dem Spieß vor Theas Nase, „dann
würde ich annehmen, dass dich das unerwartete Ableben eines Mitmenschen in dieses Ausmaß an Leicht-
füßigkeit versetzt hat."

„Mord ist dein Lebenselixier", kommentierte Mats
das Verhalten seiner Schwiegermutter. „Wen hast du
ermordet?"

Thea warf ein Stück Brot nach dem Zwei-Meter-Mann.

„Niemanden. Aber ich darf erneut ermitteln", erklärte Thea grinsend und schob sich eine Käseköstlichkeit
in den Mund.

Während die Flasche Riesling sich ihrem Ende näherte, setzte Thea ihre Tochter und Mats über die ge-
änderte Personalsituation auf der Polizeistation ins
Bild, nebenbei wischte sie den Caquelon penibel mit
herzhaftem Roggenbrot aus.

„Du bist zu alt für eine Ermittlung", erwiderte Charly unwirsch.

„Kein Mensch ist zu alt, um sein Gehirn in Schwung
zu halten. Vor allem für Personen im fortgeschrittenen Alter ist die aktive Nutzung des Denkorgans
überlebenswichtig, um altersbedingten Krankheiten
vorzubeugen", dozierte Thea mit einem schelmischen
Grinsen.

Wütend räumte Charly das benutzte Geschirr ab und schien es regelrecht in die Geschirrspülmaschine zu werfen. Mats stand auf, umarmte seine Frau und drückte ihr einen Kuss in den Nacken.

„Deiner Mutter wurde befohlen, diesen Job zu übernehmen. Von höchster Stelle", redete er sanft auf Charly ein. „Als Beamtin solltest du dafür Verständnis haben."

Mit verschränkten Armen drehte sich Charly zum Küchentisch um. Wut blitzte aus den schokoladenbraunen Augen hervor.

„Ich mache mir Sorgen, Mutter. Wer weiß, was das für ein Spinner ist, der Frauen überfällt, tötet und dann ins Verlies wirft."

„Kein Mensch kann vorhersagen, was im Kopf eines Mörders vor sich geht", versuchte Thea, ihre Tochter zu beruhigen, „aber ich war bisher vorsichtig und werde an dieser erprobten Methode auch in Zukunft keine Änderungen vornehmen. Freu' dich für mich und heb' dir den Unmut für deine Schüler auf."

Mit der linken Hand tätschelte Thea augenzwinkernd auf den Stuhl neben sich. Mats stellte derweil den Grappa auf den Tisch.

„Nachtisch ist angerichtet."

8

Die Fußspitze von Steffen Brandner tippte ungeduldig auf den Boden. Die Kommissarin bot ihm eine Tasse Kaffee an, doch der Standesbeamte lehnte ab.

„Da Sie jetzt die Ermittlungen übernommen haben, nehme ich an, dass die Absage der gestrigen Veranstaltung auf Ihre Kappe geht", fragte Brandner mit pikierter Stimme. Gemeinsam mit Kollegin Steinbecker saßen sie in Wagners eleganter Sitzecke, die ihr Vorgänger für das Büro ausgewählt hatte. Die nussbraunen Sessel wippten auf Metallfüßen und versetzten Besucher in einen entspannten Gemütszustand. In der Mitte der Sitzgruppe stand ein runder Metalltisch mit Glasplatte.

„Hören Sie. Es tut mir leid, dass der gestrige Abend nicht stattfinden konnte, aber wir sprechen hier von Mord.

Ich kann nicht zulassen, dass eine Horde angetrunkener Touristen durch den Turm läuft, Beweise vernichtet, das Verlies mit ihren Smartphones fotografiert und die Bilder ins Internet stellt."

Brandner erwiderte nichts. Er schmollte. Das erkannte Wagner an den zusammengekniffenen Lippen. Eine Geste, die die Kommissarin von einer Reihe männlicher Verdächtiger kannte. Doch es nutzte ihnen zumeist nichts. Auch in diesem Fall halfen ein paar schmeichelnde Worte, gepaart mit Hafercookies, die Steinbecker just vor Brandner auf den Tisch stellte. Eine Haarsträhne hatte sich aus der festgezurrten Frisur der jungen Beamtin gelöst und verlieh ihr eine charmante Ausstrahlung. Mit einem Lächeln, als wäre sie die Sonne persönlich, hielt Steinbecker Brandner den Cookie-Teller vor die Nase. Beherzt griff er zu und schien sich mit jedem Bissen zu entspannen.

„Danke, dass Sie sich die Zeit genommen haben, kurz bei uns vorbei zu schauen. Kollege Balter hat Ihre Aussage ja bereits aufgenommen", eröffnete die Kommissarin das Gespräch. „Ich habe Sie hergebeten, weil die Sache mit dem Verlies mir keine Ruhe lässt. Verstehen Sie mich nicht falsch, ich zweifle nicht an Ihrer gestrigen Aussage, aber der Täter kann unmöglich die Frau hinuntergeworfen haben. Es war eine Inszenierung. Daher schlussfolgere ich, dass es einen anderen Weg ins Verlies geben muss."

Brandner räusperte sich und nahm einen Schluck des Kaffees, den Sarah ihm wortlos hingestellt hatte.

„Hören Sie", begann Brandner genervt, „ich arbeite als Touristenführer, weil es mir Spaß macht. Als Türmer schlüpfe ich in eine andere Rolle. Da kann ich mein schauspielerisches Talent ausleben. Ich betonen es noch einmal: Ich weiß nichts von einem Geheimgang oder anderen Wegen ins Verlies. Und glauben Sie mir, eine derartige Information würde man dem Tourismusbüro nicht vorenthalten."

Die Kommissarin legte den Kopf zur Seite.

„Ihnen ist nichts in der Richtung bekannt. Aber die Möglichkeit besteht?"

„Alles ist möglich", antwortet Brander.

Wagner schrieb ein paar Notizen auf den Zettel und fragte anschließend des Standesbeamten: „Haben Sie schon mal etwas von einem Idsteiner Hexenzirkel oder Ähnlichem gehört", fragte Wagner den Standesbeamten.

„Gerüchteweise. Aber als Mann ist es eher unwahrscheinlich, dass mich potenzielle Hexen in ihre Geheimnisse einweihen."

„Versuchen Sie sich zu erinnern", forderte die Kommissarin ihr Gegenüber auf, „gab es nie eine Anfrage nach Turmführungen zu mitternächtlicher Stunde? Bei Vollmond oder an Walpurgisnacht?"

Brandner schüttelte den Kopf.

„Wissen Sie, jeder kann den Turm besichtigen, wann er möchte. Unsere Touristeninformation gibt den Schlüssel gegen ein Pfand an Privatpersonen heraus. Vielleicht hat sich jemand den Schlüssel kopiert, um ihn für solche Zwecke zu verwenden. Aber das ist reine Spekulation."

Nach einem demonstrativen Blick auf seine Armbanduhr stand Brandner auf, hob zum Abschied die Hand und eilte aus Theas Büro.

Wagner und Steinbecker saßen eine Weile schweigend zusammen. Jede hing ihren Gedanken nach. Mit einem Mal sprang die Kommissarin auf, zog ein dunkles Tuch von der weißen Tafel, die sie vor dem Besucher abgedeckt hatte, und bewaffnete sich mit einem Stift. Im Zentrum des Whiteboards prangte unbeirrt der Namen ,Sybilla Hauser'. Vom Namen zog Wagner zwei strahlenförmige Striche und setzte an deren Ende die Worte ,Verlies' und ,Hexen'.

„Ich dachte, Sie halten nichts von Hokuspokus", kommentierte Steinbecker die hinzugefügten Begriffe auf der Tafel.

„Dem ist auch so. Ich denke aber, dass der Täter uns glauben lassen will, dass Hexerei im Spiel ist. Oder dass die Legenden rund um die Hexenverbrennungen in Idstein ein Hinweis auf den Grund für die Ermordung sein sollen."

Steinbecker schürzte ihre Lippen.

„Wie meinen Sie das?"

„Vielleicht hat Sybilla Hauser sich wie eine Hexe verhalten."

„Sie ist nachts auf dem Besen geritten?"

„Nein. Ich dachte eher an unheilvoll, heimtückisch oder biestig. Attribute, die ich spontan mit dem Wort ‚Hexe' in Verbindung bringe", erwiderte Thea, „vielleicht hat sie Männer ‚verhext' und der Mord ist das Werk eines verschmähten Liebhabers."

„Klärt aber nicht die Frage, wie Sie in das Verlies gekommen ist", widersprach Steinbecker.

Entschlossen griff Thea zum Telefonhörer und tippte eine Nummer ein.

„Herr Bürgermeister! Ich grüße Sie. Oberhauptkommissarin Thea Wagner ist am Apparat", sie lächelte charmant und hörte aufmerksam Herrn Dyckerhoff zu, bevor sie erwiderte: „Nein, wenn der Mörder nicht gerade mit der Tatwaffe vor dem Opfer steht, braucht es etwas mehr als einen Tag, um ihn zu finden."

Steinbecker beobachtete interessiert ihre Vorgesetzte, wie sie auf ihrem Bürostuhl hin- und her schwang und zeitgleich auf den Block schrieb. Oder kritzelte. So genau konnte das die Beamtin nicht erkennen.

„Herr Dyckerhoff", rief Thea aufgebracht in den Hörer, „was heißt das, ich darf nicht ohne richterliche Genehmigung den Fuß des Hexenturmes von der Spusi absuchen lassen? Ein historisches Baudenkmal? Also bitte. Sie wollen doch auch, dass die Bürger der Stadt wieder ruhig schlafen können, oder?"

Die Kommissarin runzelte die Stirn.

„Da habe ich einmal eine Bitte an Sie, und die verweigern Sie mir", Thea erhob ihre Stimme, „wagen Sie es noch einmal, mir einen Vortrag im Seniorenkreis über einbruchssichere Fenster aufs Auge zu drücken. Da benötige ich dann auch erst eine Zustimmung des Bauamtes oder die Zustimmung meines Polizeipräsidenten. Ich wünsche noch einen schönen Tag."

Die Kommissarin warf den Hörer auf die Telefonstation, sprang aus ihrem Bürostuhl, stampfte zum Fenster und wieder zurück. Dabei schossen Worte wie „gewählter Ignorant", „Sesselpupser" oder „Amtsesel" aus ihrem Mund. Anschließend ließ Thea sich wieder in ihren Stuhl fallen. Sie schloss kurz die Augen und atmete ein paar Mal tief ein und aus. Als sie sie wieder öffnete, streifte Theas Blick die imposante Wanduhr.

„Planänderung. Heute keine Suche nach einem anderen Zugang zum Verlies. Kommen Sie. Stattdessen werden wir den Kollegen von Sybilla Hauser einen Besuch abstatten. Mal sehen, welche dunklen Geheimnisse sich hinter den Mauern der Hochschule verstecken."

* * *

Graue Regenwolken zogen über die Köpfe der zwei Ermittlerinnen hinweg. Ein kalter Wind suchte sich seinen Weg in Theas Jackenärmel. Glücklicherweise lag die Fresenius Hochschule vis-a-vis der Idsteiner Polizeistation. Der Fußmarsch dauerte keine zwei Minuten. In diesem Augenblick konnte Thea die Argumente von Kommissar Dagobert Saba und seine Abneigung, in Idstein zu ermitteln, bestens nachvollziehen. Er hätte für die Befragung der Hochschulmitarbeiter eine Autofahrt in Kauf nehmen müssen. Die Parkplatzsuche nicht einberechnet. Steinbecker und sie fielen quasi von Tür zu Tür. Einschüchternd erhob sich das Backsteingebäude der Europa-Fachhochschule, welche direkt an der Wiesbadener Straße lag, der Hauptverkehrsader der ehemaligen Residenzstadt. Der betagte Bau bot einen imposanten Anblick. Dank eines Eckfensters hatte Wagner sowohl den Hexenturm als auch den Backsteinbau im Blick.

Es war später Vormittag, daher nahm die Kommissarin an, alle Arbeitskollegen sowie den Vorgesetzten von Sybilla Hauser anzutreffen. Sie hatten Glück. Ein mürrischer Pförtner verriet ihnen, dass die Büros des Bewerbungsmanagements im ersten Stock zu finden seien. Schwungvoll nahmen Wagner und Steinbecker die Stufen hinauf und klopften an eine blaugraue Tür. Eine zierliche Frau, Ende zwanzig, blonder Pixie-Cut und Etuikleid, öffnete ihnen mit verheulten Augen die Tür. Das Erscheinungsbild erinnerte Thea an eine Figur aus japanischen Manga-Comics, die Kollegen vor ein paar Tagen bei einer Hausdurchsuchung konfisziert und im Besprechungsraum hatten liegen lassen.

Wagner wollte gerade ihr Anliegen vorbringen, als Steinbecker rief: „Tanja Brömer? Bist du es? Wo ist deine rote Mähne hin?"

Der Anflug eines Lächelns huschte über das blasse Gesicht der schmächtigen Frau.

„Sarah Rode? Dann hast du deine Drohung wahr gemacht und bist zur Polizei gegangen."

Die Kommissarin räusperte sich.

„Ich möchte Ihre Wiedersehensfreude nicht trüben, aber wir haben einen Mord aufzuklären."

Schlagartig wechselte Tanja Brömers Gesichtsfarbe von weiß zu aschgrau. Sie sah aus, als würde sie gleich aus den Pumps kippen. Wagner lenkte die Mitarbeiterin der Hochschule sanft in Richtung Bürostuhl. Steinbecker goss ihr ein Glas Wasser ein.

„Dem Schild an Ihrer Bürotür nach zu urteilen, waren Sie eine Kollegin von Sybilla Hauser?", die Kommissarin lächelte freundlich.

„Ja. Aber meine Stelle habe ich erst vor vier Monaten angetreten. Zuvor lebte ich ihn Berlin. Dort verdiente ich meine Brötchen als Assistentin beim Film."

„Was können Sie uns über Sybilla Hauser erzählen?", fragte Wagner nach.

„Sie war eine überaus hilfsbereite Kollegin. Von Anfang an stand sie mir mit Rat und Tat zur Seite. Sie war höflich, engagiert und ein ruhender Pol. Ihre Ermordung ist für uns alle unfassbar."

Die Kommissarin runzelte die Stirn.

„Wer hat Sie über den Tod von Frau Hauser informiert?"

„Ihr Sohn, Tyler, rief gestern Abend unseren Vorgesetzten Herrn Gilsa an und erzählte ihm vom plötzlichen Tod seiner Mutter. Von Mord war jedoch nicht die Rede", Tanja Brömer nahm einen Schluck Wasser, bevor sie weitersprach. „Frau Hauser und Herr Gilsa bildeten seit fünfzehn Jahren ein Team. Dadurch entstand eine Art freundschaftliche Verbindung. Sybillas Tod hat ihn sehr mitgenommen. Daher wollte ich nicht fragen, wie sie ums Leben gekommen ist. Aber Mord? Das ist unfassbar."

„Hast du eine Idee, ob Frau Hauser Feinde hatte? Oder wer sie umgebracht haben könnte?", mischte sich Steinbecker in die Unterhaltung ein.

Als Antwort erhielt sie lediglich ein Kopfschütteln.

„Ist Ihr Chef im Haus? Können wir mit ihm sprechen?", fragte Wagner.

Tanja Brömer erhob sich und bat sie, ihr zu folgen. Gemeinsam liefen sie über den blauen Linoleumboden, auf dem Steinbeckers Turnschuhe quietschende Geräusche verursachten, und klopften an die Tür von Dr. Peter Gilsa, Leiter des Bewerbermanagements, wie das Türschild verriet.

Da sich nichts rührte, hämmerte Steinbecker energisch noch einmal dagegen. Aus dem Inneren erklang ein krächzendes „Herein". Wagner drückte resolut die Klinke hinunter und betrat den großzügig geschnittenen Raum. Ein massiver Schreibtisch aus Holz dominierte das Zimmer, auf dem zwei Monitore thronten. Auf der rechten Seite neben dem Fenster wartete eine Sitzgruppe, bestehend aus einem grazilen Metalltisch und Stühlen im puristischen Design. An der fensterlosen Wand stapelten sich vor den hohen Aktenschränken zum Bersten gefüllte Ordner. Hinter dem Schreibtisch hing ein maritimer Sonnenuntergang, der den Betrachter in eine Urlaubsillusion versetzte. Die unordentlich übereinander gebauten Büchertürme direkt neben dem idyllischen Wandbild verstärkten den Eindruck, dass der Eigentümer sein Büro nicht wirklich im Griff hatte. Die vertrocknete Grünpflanze am Rande der avantgardistischen Sitzgruppe komplettierte das unorganisierte Bild. Die Kommissarin schnüffelte dezent und nahm einen süß-rauchigen Geruch wahr. Ein drahtiger Mann in Wagners Alter torkelte mit einem gut gefüllten Glas, Wagner tippte auf schottischen Whisky, auf das Frauentrio im Türrahmen zu.

„Willkommen, meine Damen", begrüßte der schwankende Mann seine Besucherinnen, „welch Glanz in meiner bescheidenen Hütte."

Wortlos hielt ihm Thea ihren Dienstausweis unter die Nase.

„Guten Tag, Herr Gilsa. Mein Name ist Kommissarin Thea Wagner, und das ist meine Kollegin Sarah Steinbecker. Wir ermitteln im Mordfall Sybilla Hauser. Wie uns Ihre Mitarbeiterin Tanja Brömer informierte, hat der Sohn der Verstorbenen Sie über das Ableben seiner Mutter in Kenntnis gesetzt."

Dr. Gilsa strich sich durch das schüttere Haar, schluchzte, griff nach einem Taschentuch, schnäuzte sich und plumpste auf einen futuristischen Stuhl. Mit zittriger Hand nahm er einen Schluck Whisky.

„Sie war fantastisch. Ein herzensguter Mensch. Hatte immer ein Ohr für die Sorgen ihrer Mitmenschen. Sie war eine herzensgute Seele", gab der drahtige Mann mit den wässrigen blauen Augen zu verstehen.

Steinbecker wies Frau Brömer per Handzeichen an, den Raum zu verlassen. Nachdem die Tür des Büros geschlossen war, übernahm die Kommissarin energisch die Gesprächsführung.

„Herr Dr. Gilsa", poltere Wagner los, „beruhigen Sie sich bitte und seien Sie ein Mann und kein Männchen."

Schlagartig verstummte das Gejammer und Peter Gilsa nahm Haltung an.

„Ich bitte Sie, mein Verhalten zu entschuldigen", stammelte der Abteilungsleiter, „es war nicht angemessen", murmelte er, „absolut inakzeptabel."

Er holte tief Luft, bildete mit den knochigen Fingern ein Dreieck und sah Wagner erwartungsvoll an.

„Erzählen Sie uns von Sybilla Hauser", sagte die Kommissarin mit auffordernder Stimme.

„Wir sind seit Jahren befreundet. Während ihrer Scheidung stand ich ihr zur Seite."

„Es gibt keine Frau Gilsa?", unterbrach Steinbecker neugierig und handelte sich eine tadelnde Miene ihrer Vorgesetzten ein.

„Doch", antwortete Peter Gilsa, „meine Mutter. Ich bin nicht verheiratet. Habe aber nie Gefühle für Sybilla gehegt. Frauen interessieren mich nicht. Wenn Sie verstehen. Wir waren Freunde und Arbeitskollegen. Die Scheidung vor neun Jahren hat sie extrem mitgenommen."

„Wissen Sie, wo wir ihren Ex-Mann erreichen können?", hakte die Kommissarin nach.

„Auf Hawaii. Dort führt er mit seiner neuen Ehefrau, einer ehemaligen Miss Oregon, ein überaus erfolgreiches Yoga-Ressort für reiche Amerikaner."

„Pflegten Sybilla Hauser oder ihr Sohn noch Kontakt mit dem Ex-Mann?", übernahm Steinbecker die Fragerunde, ohne auf die gerunzelte Stirn ihrer Vorgesetzten zu achten.

„Soviel ich weiß, hat Sybilla ihren Ex-Mann das letzte Mal am Tag ihrer Scheidung gesehen. Er überwies regelmäßig einen Geldbetrag für den gemeinsamen Sohn. Aber nachdem Tyler die Ausbildung beendet hatte, versiegte der Geldstrom."

„Sie pflegten ein freundschaftliches Verhältnis zu Sybilla, wie ich Ihren Äußerungen entnehme. Aber wie sah es mit den anderen Kolleginnen aus? Gab es Streit? Neid? Missgunst, weil sie eine Sonderstellung bei Ihnen hatte?", hakte Wagner nach.

„Sybilla hatte keine Sonderstellung", insistierte Peter Gilsa.

Skeptisch zog Wagner die rechte Augenbraue in die Höhe. „Die Kollegen sahen das vielleicht aus einem anderen Blickwinkel", mutmaßte die Kommissarin.

Gilsa schnalzte mit der Zunge.

„Wir sind ein gut eingespieltes Team und verstehen uns bestens. Ein harmonisches Betriebsklima ist das A und O einer optimalen Zusammenarbeit."

Während Wagner zum Fenster ging und auf den Hof sowie den Neubau der Hochschule schaute, arbeitete ihr Gehirn auf Hochtouren. „Verhielt sich Frau Hauser in den letzten Wochen auf irgendeine Weise eigenartig? Wirkte Sie nervös oder ängstlich?"

Mit einer Hand streifte Gilsa durch das schüttere Haar, während er den Eindruck vermittelte, intensiv über die letzten Wochen nachzudenken.

„Ist mir nicht aufgefallen. Das Gegenteil schien der Fall zu sein. Sybilla schien aufgeblüht. Sie sprühte vor Lebensfreude."

„Haben Sie eine Idee, welche Gründe es dafür gab?"

„Ich kann nur spekulieren. Hängt womöglich mit dem neuen Lebensgefährten zusammen. Diesem Detlev."

Diesem Detlev, wiederholte die Kommissarin im Stillen und beschloss, das Thema vorerst ruhen zu lassen.

„Wie viele Mitarbeiter gehören zu Ihrem Team?", erkundigte sich Wagner.

„Vier, das heißt, jetzt nur noch drei. Neben Tanja Brömer arbeiten Silke Weinbauer und Jerome Heischer als Ansprechpartner im Bewerbungsmanagement."

Die Kommissarin wandte sich vom Fenster ab und taxierte den schmächtigen Herrn Gilsa hinter seinem imposanten Schreibtisch. „Wo können wir Ihre Mitarbeiter finden?"

„Wir gehen in der Regel gegen 13 Uhr in die Mittagspause. Aktuell müssten Sie Frau Weinbauer und Herrn

Heischer in ihrem Büro antreffen. Es liegt direkt neben Frau Brömers Zimmer."

Aus ihrer Jackentasche zog die Kommissarin eine zerknickte Visitenkarte.

„Falls Ihnen zu Sybilla Hauser noch etwas einfällt, dann melden Sie sich bitte umgehend bei mir."

Sie reichte Peter Gilsa die Karte und verabschiedete sich mit Steinbecker im Schlepptau von ihm.

Heute würde Wagner von ihm keine weiteren Antworten bekommen. Aber sie hoffte, dass der Chef ihrer Ermordeten noch einmal über alles nachdachte. Nicht selten benötigten Freunde und Familienangehörige von Opfern ein paar Tage, um die Bedeutung von scheinbar harmlosen Äußerungen der Toten als bedeutsam einzustufen.

Die Kommissarinnen bogen gerade um die Ecke des Flures, als sie um ein Haar mit Tanja Brömer zusammengestoßen wären.

„Ich habe die Kollegen informiert, dass ihr im Haus seid. Bestimmt wollt ihr mit Silke und Jerome sprechen."

Tanja Brömer bedeutete den Kriminalbeamtinnen, ihr zu folgen. Sie öffnete ihre Tür, als aus dem nebenstehenden Büro ein schlanker Mann heraustrat. Wagner schätzte ihn auf Ende zwanzig und ließ ihren Blick über seine kurzen, rotblonden Haare und die dunkle Nickelbrille wandern. Schüchtern reichte er Steinbecker die Hand und sagte: „Hallo, kommen Sie rein. Meine Kollegin sitzt bei Tanja im Zimmer. Wir können hier reden."

Während die junge Polizistin dem knackigen Männerpo wie hypnotisiert hinterherlief, folgte die Kommissarin schmunzelnd Tanja Brömer. In dem funktional eingerichteten Zimmer saß eine mollige Frau mit stumpfen braunen Haaren, die auf Kinnlänge zu einem Bob geschnitten waren, und weinte. Ihre Wimperntusche saß auf den Augenringen und verlieh ihr ein übermüdetes Aussehen. Mit ihrer Hand presste sie ein Papiertaschentuch zusammen. Sie nickte knapp zur Begrüßung, als Wagner den Raum betrat.

Tanja Brömer schnappte sich ihre Handtasche und verließ den Raum. „Ich ziehe die Mittagspause etwas vor. Wenn Sie noch Fragen an mich haben, dann rufen Sie an. Ich schaue auch auf der Polizeistation vorbei, wenn das bequemer für Sie ist."

Nachdem die Fresenius-Mitarbeiterin die Tür hinter ihnen geschlossen hatte, herrschte für einige Minuten angespanntes Schweigen. Wagner sortierte zügig die Informationen in ihrem Kopf, die sie von Gilsa erhalten hatte.

„Wie lange arbeiten Sie bereits an der Hochschule, Frau Weinbauer?"

Ein erstauntes Augenpaar blickte die Kommissarin an.

„Seit zwölf Jahren. Ursprünglich hatte ich geplant, nach der Elternzeit nur Teilzeit zu arbeiten, aber da mein Mann seinen Job verloren hat, bin ich die Hauptverdienerin."

Ein kaum vernehmbares Seufzen folgte diesen Worten.

„Wie alt sind Ihre Kinder", wollte Wagner wissen.

Ein weiches Lächeln huschte über Weinbauers Gesicht.

„Drei und fünf Jahre alt. Zwei ganz liebe Jungs", flüsterte sie.

„Das ist bestimmt nicht leicht für Sie", versuchte die Kommissarin es auf dem sanften Weg, „Sie verpassen sicherlich eine Menge im Alltag Ihrer Kinder, oder?"

Silke Weinbauer nickte.

„So ist das Leben. Unplanbar. Und dass meine Mutter einen Schlaganfall erlitten hat und nun pflegebedürftig ist, erleichtert die Situation nicht", führte die mollige Frau aus, bevor sie sich besann und Wagner direkt in die Augen sah. „Aber Sie sind nicht hier, um über meine Familie zu reden. Ich erzähle Ihnen von Sybilla. Wir waren Kolleginnen und mehr nicht. Abends ging sie mit Herr Gilsa oder Jerome auf ein Bier in den ‚Schwan', aber wir hatten keinerlei persönliche Kontakte."

„Sie unterhielten sich in der Mittagspause nicht über Ihr Privatleben?", fragte Wagner. „Das erscheint mir ungewöhnlich."

Silke Weinbauer zuckte nur mit den Schultern. Dann zog sie die Augen zu engen Schlitzen zusammen und meinte: „Sie ging gerne tanzen, mit Jerome shoppen und faselte hin und wieder etwas vom ‚Einsatz weiblicher Waffen'. Sie war eigen."

„Wie meinen Sie das?"

„Dr. Gilsa hatte eine Schwäche für Sybilla. Er tanzte nach ihrer Pfeife. Aber da es meinen Arbeitsbereich nicht direkt betraf, kümmerte es mich nicht. Sie erledigte ihre Arbeit und kam gut mit den Bewerbern und deren Eltern zurecht. Mit Jerome kokettierte sie ebenso. Andere Frauen betrachtete Sybilla als Konkurrenz", beendete Silke Weinbauer beinahe trotzig ihre Ausführung.

Die Kriminalbeamtin schwieg. Sie überlegte, wie sinnvoll es war, die Befragung fortzusetzen. Es schien, als hätte Weinbauer sich mit ihren Worten ein Stück aus dem Schneckenhaus heraus bewegt, um jetzt eilig den Kopf einzuziehen.

„Danke, Frau Weinbauer. Das wäre es fürs Erste. Wenn Ihnen noch etwas einfällt, dann melden Sie sich bitte bei mir", verabschiedete sich Wagner und legte der Hochschulmitarbeiterin ihre Visitenkarte auf den Schreibtisch. Auf dem Flur blickte die Kommissarin sich um. Von Kollegin Steinbecker fehlte jede Spur. Lautlos schlich Wagner an die Bürotür von Jerome Heischer und lauschte. Aber außer Stimmengemurmel konnte sie nichts vernehmen. Daher entschloss sie sich, gemächlich zur Polizeistation zu laufen. In dem Moment, als sie die Eingangstür zur Wiesbadener Straße öffnete, rief Steinbecker vom oberen Treppenabsatz: „Warten Sie auf mich", und trampelte die Stufen zügig hinunter.

„Einen Mordshunger habe ich jetzt. Ermittlungsarbeit macht Kohldampf. Wohin gehen wir zum Essen?", wollte die junge Beamtin wissen. Gleichzeitig fragte sich Thea, wo ihr eigener Schwung, ihr Enthusiasmus geblieben war. Sie standen an der Bushaltestelle „Hochschule", überlegten kurz und entschieden, in Richtung Weiherwiese zu laufen, um im indischen Restaurant ein Tandoori zu verspeisen.

* * *

Steinbecker leckte die Reste ihres Joghurtlassi von den Lippen, während Wagner sich die letzte Gabel Reis in den Mund schob. Die Kommissarin genoss die würzige Mischung aus Curry und Ingwer, die für eine leichte Schärfe in ihrem Mund sorgte. Im Hintergrund liefen orientalische Klänge, und die Einrichtung mit den dunklen Holzmöbeln vermittelte Thea das Gefühl, sich auf einem Kurzurlaub im indischen Ozean zu befinden. Eine schwere Müdigkeit lullte ihren Körper ein und der Drang, den Kopf auf der Tischplatte abzulegen, um ein Nickerchen zu machen, schien übermächtig.

„Nicht einschlafen, Chefin", ermahnte die junge Polizistin. „Wir haben einen Mörder zu finden. Ich dachte, bei der Suche heißt es schnell sein", merkte Steinbecker vorwurfsvoll an. Die Kommissarin streckte die Beine unter dem Tisch aus und gab dem Kellner zu verstehen, dass sie gerne einen Espresso hätte.

„Dann legen Sie mal los. Was hat Ihnen Jerome Heischer erzählt? Gibt es eine heiße Spur zu verfolgen? Ist er vielleicht ein Magier, gefangen in unserer profanen Welt, der Sybilla als Opfergabe für eine übernatürliche Gottheit getötet hat?"

Steinbecker legte den Kopf schief, verzog den Mund und tippte pfeilschnell mit dem Nagel ihres Zeigefingers auf die Tischplatte.

„Nein, er ist weder der Mörder noch ein Magier. Er ist schwul und war Sybillas Shoppingpartner."

„Shoppingpartner?", Wagner verdrehte die Augen. „Ich brauche erst einen Schluck Kaffee, damit mein Gehirn die kommenden Informationen aufnehmen kann."

Sarah schnalzte mit der Zunge.

„Sybilla und Jerome sind viermal im Jahr gemeinsam nach Montabaur ins Outlet gefahren. Laut Herrn Heischer trug Sybilla unpassende Kleidung. Zu kurze Röcke, zu viel Dekolleté, seiner Meinung nach zu niveaulos. Daher fuhren sie gemeinsam, immer zum ‚Kollektionswechsel', bei dem Wort hielt die junge Beamtin Zeige- und Mittelfinger ihrer Hände in die Höhe und beugte sie als Symbol, das Wort in Anführungszeichen zu setzten, „ins Outlet nach Montabaur."

„Mode gehört nicht zu Ihren Hobbys, oder?", stellte Thea amüsiert fest, während sie mit einem dankbaren Lächeln den Espresso in Empfang nahm.

Jetzt war es an Kollegin Steinbecker, die Augen zu verdrehen. „Es gibt Wichtigeres im Leben als das perfekte Outfit. Meiner Meinung nach überbewerten zumeist Frauen die Wahl der Garderobe."

Die Kommissarin erwiderte nichts. Ohne Zweifel musste die junge Polizistin sich keine Gedanken um Mode machen. An ihr sah selbst ein Kartoffelsack noch hinreißend aus. Wenn Thea jedoch an die kurvige Silke Weinbauer dachte, dann blieb Frauen ab einer gewissen Konfektionsgröße keine andere Wahl, als sich den Kopf über eine vorteilhafte Garderobe zu zerbrechen.

Wagner kratzte sich nachdenklich am Kopf, bevor sie ihre Gedanken laut aussprach: „Viermal im Jahr gab Sybilla Hauser nach Aussage von Herrn Heischer großzügig Geld für Kleidung aus. Sie besaß eine neugebaute Doppelhaushälfte und …", die Kommissarin hielt kurz inne, „fuhr sie einen neuen Wagen?"

Steinbecker holte ihr Smartphone aus der Jackentasche und durchsuchte ihre Notizen. Noch ein Vorteil der Jugend, ging es Thea durch den Kopf. Sie selbst verwendete Papier und Stift, um Informationen festzuhalten, die nächste Generation nutzte die komplette Bandbreite ihrer mobilen Geräte. Sie machte sich eine Notiz in ihrem Kopf, sich in einer freien Minute mit der Beschreibung ihres Smartphones auseinanderzusetzen.

„Also", fing Steinbecker an, „Jerome Heischer absolvierte schon seine Ausbildung zum Bürokaufmann an der Fresenius Hochschule. Er ist 28 Jahre alt und arbeitet seit drei Jahren im Bewerbermanagement.

Sybilla nahm ihn unter ihre Fittiche. Sie versorgte Jerome mit Frühstück und lud ihn hin und wieder zum Essen ein. Was Tyler Hauser nicht glücklich stimmte, wie Heischer mir versicherte. Ah ja, hier steht es." Die junge Polizistin scrollte mit dem Finger über das Display. „Tyler hat vor vier Monaten ein nigelnagelneues Auto bekommen. Jerome half Sybilla bei der Auswahl des Fahrzeuges und der geeigneten Ausstattung. Frau Hauser fuhr kein Auto. Sie hatte ihren Führerschein für zwölf Monate abgeben müssen. Das ist jetzt sieben Jahre her. Herr Heischer erzählte etwas von ‚Trunkenheit am Steuer', und sie wollte nicht zum Idiotentest. Mehr wusste er nicht. Seitdem ging Sybilla Hauser zu Fuß oder degradierte ihren Sohn zum Chauffeur."

„Sie hat ihrem Sohn ein Auto geschenkt?", fragte Thea ungläubig.

Steinbecker zuckte nur mit den Schultern.

„Das ist nichts Ungewöhnliches. In meinem Freundeskreis haben viele zum Abitur einen Wagen geschenkt bekommen."

„Alles Kinder aus gutem Hause, nehme ich an?", merkte Thea mit spitzer Zunge an.

Die offensichtliche Abneigung ihrer Chefin gegen die elitäre Gesellschaft ließ Steinbecker kalt. Sie wandte sich erneut ihrem Smartphone zu und referierte:

„Sybilla hat ihrem Sohn einen Audi TT gekauft. Ein Jahreswagen. Finanzierung war nicht notwendig."

Die Kommissarin horchte auf. Dann schlug sie siegessicher mit der Handfläche auf die Tischkante.

„Wenn das kein eindeutiges Motiv ist. Geld! Sybilla Hauser besaß eine nicht versiegende Geldquelle. Wenn wir die finden, führt uns das einen Schritt näher an den Mörder heran."

„Nur einen Schritt?", fragte Steinbecker zweifelnd. „Sie meinen nicht, dass die Geldquelle der Mörder ist?"

Wagner sprang auf, legte ein paar Geldscheine auf den Tisch und rief ihrer verdutzten Kollegin zu: „Das wäre doch zu einfach. Kommen Sie, die Arbeit ruft."

9

Schwungvoll riss Thea die Tür zu ihrem Büro auf und eilte zum Telefon, das klingelte.

„Wagner!", bellte sie in den Apparat. Aufmerksam hörte die Kommissarin dem Anrufer zu. Während sie fleißig die Informationen auf dem Block aufschrieb, gab sie hin und wieder ein „Aha" oder „o.k." von sich. Sie beendete das Gespräch in dem Moment, als Kollegin Steinbecker, einen Keks kauend, den Raum betrat. Wagner wedelte mit einer Serviette als Zeichen, dass die junge Polizistin nicht krümeln sollte. Mürrisch nahm Steinbecker das Tuch entgegen und positionierte sich anschließend vor dem Whitebord. Thea gesellte sich zu ihrer Kollegin und griff zum schwarzen Stift. Während sie Steinbecker ins Bild setzte, hielt sie stichpunktartig die neuen Erkenntnisse auf der Tafel fest.

„Ich habe gerade mit der Gerichtsmedizin telefoniert. Sybilla Hauser starb, weil sie mehrere, kräftige Schläge auf den Hinterkopf bekommen hat. Der Angreifer muss das Opfer überrascht haben, da keine Abwehrspuren vorhanden sind. Die Mediziner vermuten, dass es sich bei der Tatwaffe um einen Ast oder Ähnliches handeln könnte. In der Kopfwunde fanden sie Holzsplitter und Blätterreste. Wie ich bereits vermutet habe, ist der Fundort nicht identisch mit unserem Tatort."

Steinbecker nickte nachdenklich.

„Da die Kleidung, vor allem im Rückenbereich, stark durchnässt war, liegt die Vermutung nahe, dass unser Opfer längere Zeit an einem anderen Ort gelegen haben muss. Ich tippe auf den Wald oder einen Garten", endete die Kommissarin ihren Vortrag.

Im Laufe des Monologs füllte Thea die weiße Tafel mit Stichpunkten. Die Arme vor der Brust verschränkt, standen die zwei Ermittlerinnen davor, in der Hoffnung, erste Antworten zu finden.

„Hat sich Jerome Heischer irgendwie zu Hexerei oder Magie geäußert?", fragte die Kommissarin in die Stille hinein.

Steinbecker schwieg und schüttelte den Kopf. Thea kramte in ihrer Schreibtischschublade, förderte eine Tube mit Handcreme ans Tageslicht und rieb ihre Hände ein.

„Silke Weinbauer zupfte während unseres Gespräches permanent an ihrer Nagelhaut. Anfangs wagte sie es nicht, mir in die Augen zu schauen. Als wäre es ihr peinlich oder unangenehm. Allerdings nahm sie im Laufe der Befragung eine Art Kampfhaltung an", konstatierte Wagner. „Wie war das bei Jerome Heischer? War er nervös? Wirkte er aufgedreht?"

Erneut erhielt Thea nur ein Kopfschütteln. Ein müdes Ächzen entschlüpfte den Lippen der Kommissarin. Das Mittagstief machte ihr von jeher zu schaffen. Sie versuchte, ihren Denkapparat, der gerade im Schlafmodus weilte, auf Touren zu bringen. Gedanklich ging sie die Gespräche mit Dr. Gilsa, Tanja Brömer und Jerome Heischer durch. Die drei waren sich einig, was die Kollegialität der Verstorbenen betraf. Aber liebenswerte Menschen werden in der Regel nicht ermordet.

„Frau Steinbecker, rufen Sie bitte bei den Wiesbadener Kollegen an. Sie sollen die Finanzen des Opfers überprüfen."

Sarah gähnte hinter vorgehaltener Hand. Das Anstarren des Whiteboards hatte sie träge gemacht. Die Erdanziehungskraft wirkt ungemein intensiv auf ihre Augenlider. Wer hätte geahnt, dass die Aufklärung eines Mordfalls derart langweilig sein konnte. Dankbar nahm sie den Auftrag der Kommissarin an. Gerade als die Beamtin zur Tür hinaus schlüpfen wollte, setzte ihre Chefin nach: „Anschließend knöpfen wir uns Tyler Hauser noch einmal vor. Er muss doch wissen, ob seine Mutter Interesse an Hexerei gezeigt hat oder woher die finanziellen Mittel für das Auto oder die Doppelhaushälfte stammen."

10

Zielsicher lenkte Sarah Steinbecker den dunklen Dienstwagen in die Straße Im Altenhof. Am Ende des Weges, kurz bevor sie auf den Spazierweg trafen, der an der Wörsbachaue entlang lief, kam der Wagen zum Stehen. Vor ihnen erhoben sich hochgewachsene Bäume, deren Kronen die herbstliche Farbvielfalt widerspiegelten. Rechter Hand strahlten die Fassaden von zwölf neugebauten Doppelhaushälften den Beamtinnen entgegen. Die Vorgärten glichen ungebändigten Sandkästen, aber auf den Fensterbänken blühte die eine oder andere Topfpflanze. Es war ein idyllisches Fleckchen Erde, und Thea erinnerte sich gut daran, wie sie vor nicht allzu langer Zeit vor der Baugrube stand und darüber nachgedacht hatte, eine der Doppelhaushälften zu kaufen. Doch 150qm Wohnfläche erschienen ihr als zu viel Raum für einen alleinstehenden Menschen. Vor allem zu viel Raum, der geputzt werden musste. Außerdem mochte sie weder die übereifrige Verkäuferin mit den rotlackierten Nägeln, noch den schmierigen Bauunternehmer, dem der Geruch von Profitgier anhaftete. Die Lage der Häuser war einzigartig, aber es passte nicht zu Theas Lebensumständen.

Vor der Nummer 27 blieben sie stehen. Der Name Hauser war auf einem silbern funkelnden Namensschild zu lesen. Darunter klebte auf einem gelben Post-it der Name Siebert. Mit mehreren Tesastreifen befestigt, hing der Fetzen Papier wie Pech an dem glänzenden Schild. Steinbecker betätigte die Klingel.

Im Haus rührte sich nichts. Die Kommissarin versuchte, durch das Küchenfenster einen Blick ins Innere zu erhaschen. Gemeinsam starrten die Beamtinnen an der weißen Fassade hinauf. Die Rollläden im ersten und zweiten Stock hingen auf Halbmast. Auf dem Stellplatz vor dem Haus herrschte gähnende Leere. Von dem Audi TT fehlte jede Spur. Steinbecker drückte erneut die Hausglocke. Doch menschliches Leben schien sich aktuell nicht im Haus aufzuhalten. Thea beschloss, zurück auf die Polizeistation zu fahren, als eine blondhaarige Schönheit, geschätzt Ende 20, schwer mit Einkäufen bepackt und einen Kinderwagen schiebend, auf sie zukam. Im Vorbeigehen nickte sie den Polizistinnen kurz zu. An der angrenzenden Tür kam der überquellende Buggy samt schlafendem Kleinkind zum Stehen. Eifrig kramte die zierliche Frau, deren Gang Thea an den einer Ballerina erinnerte, in ihren Jackentaschen, um kurz darauf den ersehnten Haustürschlüssel hervorzuzaubern.

„Entschuldigen Sie", Wagner zückte ihren Dienstausweis, „ich bin Oberhauptkommissarin Thea Wagner und ermittle im Mordfall Sybilla Hauser. Können wir Sie kurz sprechen."

Die Frau betrachtete skeptisch den Dienstausweis, strich hektisch eine blonde Strähne aus dem Gesicht, warf einen Blick auf das schlafende Kind und zögerte. Dann nickte sie, reichte Thea die Hand und murmelte: „Katharina Klemm." Die Ermittlerinnen halfen der grazilen Frau beim Hereintragen der Einkäufe und des Kinderwagens, bevor sie ein offenes und großzügiges Wohnzimmer betraten. Auf einer mit Leder bezogenen Wohnlandschaft nahmen Wagner und Steinbecker Platz.

„Wir wollen Ihnen aber keine Umstände machen", rief Thea hinüber in die Küche.

Katharina Klemm lächelte gequält. Ihre blauen Augen sahen müde aus, und dem Gesicht mit den schmalen Wangenknochen fehlte es an Farbe. Vom Typ her eine klassische hanseatische Schönheit, dachte die Kommissarin, als Katharina Klemm das Tablett mit Kaffee vor ihnen auf dem Wohnzimmertisch absetzte.

„Besser wir reden jetzt. Wenn Paul aufwacht, haben wir keine ruhige Minute mehr", fügte sie mit einem gekünstelten Lachen hinzu.

„Wie gut kennen Sie Ihre Nachbarn, Frau Klemm?", begann Steinbecker. Aus dem Augenwinkel nahm die junge Beamtin wahr, dass ihre Chefin sie mit einem überraschten Blick musterte. Die Kommissarin ließ ihre Mitarbeiterin gewähren. Befragungen waren Übungssache. Da konnte es für die Kollegin nur von Vorteil sein, ihre ersten Schritte neben einer erfahrenen Beamtin zu gehen.

„Wissen Sie, diese Siedlung aus Doppelhäusern ist eine Eigentümergemeinschaft. Entscheidungen bezüglich der Heizungsanlage oder des Winterdienstes treffen wir gemeinsam. Daher kennen wir uns alle persönlich. Es schließt aber nicht aus, dass es hin und wieder zu Reibereien kommt." Katharina Klemm nahm einen Schluck Kaffee, bevor sie weiter sprach. „Im Wesentlichen herrscht unter den Eigentümern Einigkeit, was die Belange unserer Siedlung betrifft."

„Eitler Sonnenschein in der Nachbarschaft?", fiel die Kommissarin der attraktiven Frau harsch ins Wort. „Das klingt nach einem angenehmen Wohnklima."

Katharina Klemms Gesichtsfarbe wechselte. Ihre Blicke wanderten zwischen Steinbecker und Wagner hin und her.

„Nun ja", druckste sie, „mit Sybilla verhielt es sich etwas schwieriger."

„Können Sie das näher ausführen?", bat Steinbecker.

Katharina Klemm zuckte mit den knochigen Schultern und seufzte. „Sybilla neigte zuweilen dazu, in die Opposition zu gehen. Das war anstrengend. Alle hatten nach ihrer Pfeife zu tanzen, ansonsten mutierte sie zu einer geifernden Hexe."

Thea horchte auf. Das versprach, aufschlussreich zu werden. Mit einem aufmunternden Lächeln bat sie die Nachbarin, ihre Ausführungen fortzuführen.

„Hausers waren Störenfriede, die sich nicht um die Belange anderer Leute scherten. Die Bezeichnung ‚asoziales Pack' trifft es am besten. Vor allem, seit dieser widerliche Kerl im Garten quasi Quartier bezogen hatte." Die Stimme von Katharina Klemm war laut und wütend geworden, ihre zarten Hände ballten sich zu Fäusten. „Dieser Lebensgefährte mischte sich in alles ein, als wäre er der Herr im Haus. Wenn Paul im Garten spielte oder voller Freude die Rutsche hinunter sauste, drehte der Kerl gleich die Musik an. Aber mit Sybilla Hauser war es ebenfalls kein Zuckerschlecken. Sobald Paul es wagte, vor ihrem Eingang zu spielen, riss sie die Tür auf und motzte mich an, wie wir es wagen könnten, vor ihrem Haus herumzulungern. Dabei hat Paul höchstens einen Stein aufgehoben oder sich über ein herabsinkendes Blatt gefreut."

Die junge Mutter schluckte schwer und griff zur Kaffeetasse. Wagner nutzte die Gelegenheit.

„Kennen Sie Frau Hausers Sohn Tyler?"

Ein spöttisches Lachen entwich dem elegant geschwungenen Mund.

„Tyler Hauser ist die Marionette seiner Mutter. Ein verwöhntes Einzelkind, dem seine Mitmenschen herzlich egal sind. Tyler hörte permanent wummernde Musik. Bei jeder meiner Bitten, die Bässe etwas herunter zu drehen, warfen sie mir vor, unser Kind würde die Treppen hinunter trampeln. Dabei kann Paul alleine die Stufen nicht bewältigen."

Die junge Frau rang mit ihrer Wut.

„Er hat sogar eine Zeitschaltuhr eingebaut, um mich vormittags mit den dröhnenden Bässen in den Wahnsinn zu treiben."

Katharina Klemm schluckte. Dann verengten sich ihre Augen. Sie presste die Lippen aufeinander. Die folgenden Worte spuckte sie buchstäblich heraus.

„Und was hielt die Polizei von meinen Beschwerden? Was glauben Sie, wie mir die örtlichen Beamten geholfen haben?"

Eine scheinbar endlose Pause entstand, in der niemand ein Wort sagte. Dann schob die erzürnte Nachbarin ihr Gesicht bis auf wenige Zentimeter an Wagners heran und zischte: „Gar nicht. Ich wurde belächelt. Mein Leid als Belanglosigkeit herab gespielt. Freund und Helfer haben mich hängen lassen. Soll ich Ihnen was sagen, Frau Kommissarin?"

Thea drehte ihren Kopf und sah in dunkelblaue Augen, aus denen ihr Zorn und Hass entgegen blitzten.

„Ich bin froh, dass die alte Hexe tot ist. Und es wundert mich nicht, dass jemand schneller war als ich. Das Leben, seit wir in unseren vermeintlichen Wohntraum eingezogen sind, war die Hölle."

Kollegin Steinbecker räusperte sich.

„Sie haben daher Vorschläge für uns, wer Interesse an einem unerwarteten Ableben von Frau Hauser hatte?"

Katharina Klemm wandte sich von der Kommissarin ab, setzte sich aufrecht in den Sessel und goss sich eine weitere Tasse Kaffee ein. Sie schien sich innerlich zu sammeln und ihre Gefühle zu bändigen.

„Entschuldigen Sie meinen Ausbruch. Ich bin … ich meine … der Kleine hält mich nachts auf Trab. Entwicklungsschub", erklärte die übernächtigte Frau, „es würde mich nicht wundern, wenn ihr neuer Lebensgefährte ihr die Gurgel umgedreht hat. Unzählige Male flogen auf der Terrasse die Fetzen. Leider fielen sie zumeist im Zuge der Versöhnung wie die Tiere im Wohnzimmer übereinander her. Bei geöffneter Tür." Katharina Klemm verzog angewidert das Gesicht. „Nun ja, mit ihrem Sohn gab es ebenfalls regelmäßig Streit. Sybilla Hauser mochte die Freundin von Tyler nicht. Ich bin ihr ein paar Mal vor der Tür begegnet. Ein nettes, höfliches Mädchen. Ich frage mich, was sie am grässlichen Tyler findet."

Ein weinerliches Brüllen unterbrach den Redefluss von Katharina Klemm. Sie sprang auf und eilte in Richtung Flur, wobei ihr Pferdeschwanz aufgeregt hin- und herschaukelte.

Die Ermittlerinnen standen auf. Das Gespräch war beendet. Aber innerlich notierte Wagner sich einen Vermerk, Katharina Klemm genauer unter die Lupe zu nehmen. Bevor sich die Polizistinnen verabschiedeten, brannte Wagner noch eine Frage auf der Zunge.

„Frau Klemm, wenn Sie des Nachts häufig nicht schlafen, ist Ihnen vielleicht von Sonntag auf Montag etwas Ungewöhnliches im Nachbarhaus aufgefallen?"

Statt einer Antwort bugsierte Katharina Klemm die Beamtinnen energisch aus dem Haus. Thea konnte ihr gerade noch eine Visitenkarte zustecken, bevor die Tür vor ihrer Nase zuschlug.

11

Auf dem Idsteiner Marktplatz brachte Steinbecker den Dienstwagen direkt vor dem Brunnen zum Stehen. Entsetzt schaute Thea ihre Kollegin an.

„Hier können wir nicht parken. Das ist eine Fußgängerzone."

Lächelnd zog Steinbecker ein Schild mit der Aufschrift „Beamte im Einsatz" aus dem Handschuhfach und legte es hinter die Frontscheibe.

„Das ist keine offiziell zugelassene Erlaubnis, in einer Fußgängerzone zu parken", beharrte Wagner. Steinbecker legte die Hand beruhigend auf den Arm ihrer Vorgesetzten. Ein breites Lächeln à la Julia Roberts erblühte auf dem Gesicht der jungen Beamtin.

„Dieses Schild gibt es ausschließlich in Idstein. Und da wir alle zum gleichen Verein gehören, besteht eine Art kollegiales Verständnis, wenn der ‚Zettel' zum Einsatz kommt."

Thea schnappte hörbar nach Luft. „Wollen Sie mir etwa sagen, dass Beamte meiner Polizeistation das Gesetz brechen, um sich einen Vorteil zu verschaffen? Das ist … das ist …" Am liebsten wäre Thea auf der Stelle in Richtung Polizeiwache abgedampft und hätte den Kollegen gehörig den Marsch geblasen.

„Aber Chefin, jetzt chillen Sie eine Runde und nehmen die Angelegenheit etwas relaxter. Wir besitzen nur ein Schild. Außerdem täte es Ihnen gut, Sie würden die Sache stillschweigend weiter laufen lassen. Verschafft Ihnen Pluspunkte bei den Kollegen."

Thea versuchte, den aufsteigenden Zorn in geordnete Bahnen zu lenken.

Vorteilsnahme. Auf ihrer Polizeistation. Wenn das ans Tageslicht kam, konnte sie direkt ihre Pensionierung beantragen. Bevor Thea eine Reihe von Schreckensszenarien entwickeln konnte, ertönte ein resolutes Klopfen an ihrer Fensterscheibe.

Sie ließ die Scheibe nach unten fahren.

„Was?", fauchte sie Steinbecker an.

Nervös tippelte die junge Beamtin von einem Bein auf das andere.

„Nun kommen Sie. An der bisherigen Verwendung des Schildes können Sie nichts mehr umkrempeln. Drücken Sie ein Auge zu. Ich lade Sie dafür auf ein Glas Rotwein ein. Ein paar eingelegte Antipasti lege ich noch obendrauf, wenn Sie sofort und nicht erst in fünf Minuten den Wagen verlassen."

Die Fensterscheibe fuhr hoch. Die Wagentür öffnete sich. Thea stieg mit zusammengekniffenem Mund aus dem Auto, warf die Fahrzeugtür zu und stolzierte erhobenen Hauptes auf den Eingang des ‚Dolce Sapore' zu. Antipasti konnte sie noch nie widerstehen.

Kurz darauf standen zwei enorme Gläser, zur Hälfte mit Rotwein gefüllt, vor ihnen auf dem Tisch. Sie hatten einen Platz direkt an der überdimensionalen Fensterfront ergattert. Während Thea sich genüsslich ein Stück Carpaccio in den Mund schob, verschwand eine grüne Olive zwischen Kollegin Steinbeckers Lippen.

„Was halten Sie bisher von dem Fall?", fragte die Kommissarin unvermittelt und beobachtete ein in der Fußgängerzone heftig diskutierendes Pärchen.

„Die Nachbarin hat ein ausgeprägtes Motiv. Aber besitzt sie die notwendige Kraft, eine Frau zu erschlagen und anschließend in den Turm zu hieven? Das erscheint mir unrealistisch."

„Sehe ich auch so. Zugegebenermaßen könnte Katharina Klemm einen Komplizen gehabt haben. Ihren Ehemann vielleicht. Auf der anderen Seite", Thea erstach eine schwarze Olive mit dem Cocktailspießchen und wedelte damit vor Sarahs Nase herum, „der Hass auf ihre Nachbarin war zu offenkundig. Abgesehen davon erscheint mir Frau Klemm eher der Typ, der Reifen zersticht oder Haustiere vergiftet. Einen Mord traue ich ihr nicht zu."

„Womöglich mithilfe von Zauberei?", wandte Steinbecker mit einem Grinsen im Gesicht ein.

Wagner schüttelte tadelnd den Kopf: „Für Sie gibt es kein zusätzliches Glas Rotwein. Das erste steigt ihnen bereits zu Kopf."

Die Ermittlerinnen prosteten sich lachend zu. Mild und samtig glitt der Wein Theas Kehle hinab. Ein exzellentes Tröpfchen, das Kollegin Steinbecker ausgewählt hatte.

„Wir sollten dennoch das Alibi der kühlen Frau Klemm unter die Lupe nehmen. Ebenso wie ihre Finanzen. Es ist unwahrscheinlich, dass sie sich als Sybilla Hausers Geldquelle entpuppt, aber das können die Wiesbadener Kollegen gleich mit überprüfen", erklärte Wagner.

„Wen checken wir darüber hinaus?"

Die Kommissarin biss geräuschvoll in eine Scheibe Bruschetta, genoss die gelungene Kombination aus Tomate und Knoblauch und antwortete „Silke Weinbauer. Sie war derart nervös, als wir miteinander sprachen, fuhr aber nicht minder die Krallen aus. Ihr Alibi und ihre Finanzen sollten wir daher ebenfalls durchforsten.

Gleiches gilt für die Alibis von Dr. Gilsa, Jerome Heischer und Tanja Brömer. Außerdem muss uns der Wirt der ‚Pfeife' Tylers Alibi bestätigen."

Steinbecker schluckte angesichts der bevorstehenden Arbeit. „Wird eine ganz schöne Lauferei. Oder bestellen wir alle auf die Polizeistation?"

Thea sog hörbar Luft ein.

„Vielleicht leihen wir uns dafür ein paar frische, unverbrauchte Polizisten aus. Ich meine, wir könnten Kollegin Seiler mit dieser Aufgabe betrauen. Sie braucht ein Erfolgserlebnis. Für ihr Selbstbewusstsein."

Steinbecker schwenkte den Wein in ihrem bauchigen Glas und starrte nachdenklich auf den Dienstwagen am Brunnen. Sie schien die Worte ihrer Vorgesetzten nicht zu realisieren. Stattdessen fragte sie: „Was ist das Motiv für den Mord? Brauchen wir nicht ein Motiv?"

Thea baute gerade auf einem Spieß ein Türmchen aus Oliven, eingelegtem Champignon und Aubergine. Bevor sie die Kombination im Mund verschwinden ließ, antwortete sie: „Wenden wir das Ausschlussverfahren an. Auf Basis der Informationen, die wir bisher besitzen, schließe ich Mord aus Eifersucht aus. Morgen knöpfen wir uns den Liebhaber einmal vor. Ich tippe auf Mord aus finanziellen Gründen. Die Geldquelle könnte unser Täter sein. Der Hexenturm ist meiner Meinung nach nur ein Ablenkungsmanöver. Demnach ist unser Mörder kein Dummkopf."

Zufrieden schob Thea sich ihren Antipasti-Turm in den Mund.

„Wir müssen den Tatort und die Tatwaffe finden", entfuhr es der Kommissarin in die gedämpfte Ruhe des Restaurants hinein. Ein verliebtes Pärchen, das zwei Tische weiter saß, drehte sich pikiert in ihre Richtung um. Mittlerweile hatten sich die Stehtische gelichtet, da das italienische Bistro bereits am frühen Abend seine Pforten schloss. Steinbecker stützte ihre Ellenbogen auf den Tisch, legte den Kopf auf der linken Hand ab und murmelte: „Etwas Schweres aus Holz finden wir vielleicht in einer Schreinerwerkstatt. Oder im Wald!" Erschrocken sah die junge Beamtin auf. „Heißt das, wir müssen den kompletten Wald durchkämmen?"

Ein kaum vernehmliches Lachen löste sich von Theas Lippen. Rasch legte sie die Hand vor ihren Mund. Sie wollte ihre Kollegin nicht brüskieren. Darüber hinaus fühlte sich die Kommissarin erstaunlich behaglich in Anwesenheit von Sarah Steinbecker, dieser lebenslustigen, ungestümen Frau. In der Vergangenheit fanden Theas Mordermittlungen nicht in Restaurants oder Cafés statt, aber auf dem Dorf schienen andere Regeln zu herrschen.

„Wir müssen gezielt vorgehen. Mangels Personal und Zeit gilt es, unser Denkvermögen sowie unsere Kombinationsgabe auf Hochtouren laufen zu lassen, um einen möglichen Tatort zu finden. Aber nicht mehr heute Abend."

Thea starrte auf das geleerte Weinglas. Dieser Rebensaft hatte es in sich. Er drückte auf ihre Glieder, die nur unwillig aufstehen und in Richtung Ausgang laufen wollten.

Vor dem Dienstwagen trennten sich die Wege von Wagner und Steinbecker. Eiligen Schrittes lief Thea am Eiskaffee und der Wäscherei vorbei mit Kurs auf den Wörsbach.

Abrupt hielt sie inne. Sie wandte ihren Kopf in Richtung Hexenturm, der über die Stadt wachte und machte auf dem Absatz kehrt. Das Parkhaus ließ sie hinter sich, passierte die Schlossgasse und nahm die Treppen hinauf zum Hexenturm. Vor der hölzernen Eingangstür kam sie zum Stehen. Sie hatte gehofft, in der Dunkelheit über das Geländer klettern zu können, um den Sockel des Turmes auf eigene Faust zu erkunden. Skeptisch warf sie einen Blick auf ihre Stiefeletten. Eindeutig nicht das geeignete Schuhwerk für eine Kletterpartie. Kai und sie hatten vor ein paar Jahren eine Klettertour in Österreich gebucht. Bevor sie die Felswand erklommen, stiegen sie in den Klettergurt, setzten den Helm auf und griffen zum Karabinerhaken der Klettersteigausrüstung, um Abschnitt für Abschnitt den Berg zu erobern.

Mit der Taschenlampe ihres Smartphones versuchte Thea, etwas Licht in das dunkle Gestrüpp zu bringen. Es musste hier irgendwo einen Eingang geben. Wenn der Täter den gleichen Weg wie Thea genommen hatte, dann sollten abgeknickte Zweige oder plattgedrückte Büsche einen Hinweis liefern, dass ein Mensch hier sein Unwesen getrieben hatte. Von ihrem Platz aus war nichts zu erkennen. Sollte sie besser bei Tageslicht wiederkommen? Oder sich in Geduld üben und auf die Genehmigung des Bauamtes warten? Weder die eine noch die andere Alternative gefielen Thea. Kurzentschlossen stieg sie über die eiserne Absperrung, klammerte sich mit der linken Hand am Geländer fest und leuchtete mit dem Smartphone in der rechten Hand in die dunklen Ecken hinter dem Turm. Sie löste einen Fuß vom sicheren Steinplateau und reckte den rechten Arm weiter in die Dunkelheit hinein. Doch im spärlichen Schein der Taschenlampe tauchten keine Hinweise auf. Am liebsten hätte Thea laut aufgeschrien. Hier irgendwo musste der Schlüssel zur Lösung des

Falls liegen, und ihr blieb nichts weiter übrig, als abzuwarten. Zumindest bis zum nächsten Tag. Dann würde sie Dyckerhoff Feuer unter den Hintern machen.

Auf dem Rückweg nahm Thea die Treppenstufen in Richtung Escher Straße hinauf. Obwohl sie im oberen Drittel etwas außer Puste geriet, joggte sie die letzten Stufen hoch. Oben angekommen, stützte Thea sich mit den Händen auf den Knien ab, als wäre sie gerade einen Marathon gelaufen. Ihr Soll an sportlicher Bewegung galt für heute als erledigt. Erneut zog sie den Kauf ein paar bürotauglicher Turnschuhe in Betracht. Bis zur Lösung des Falls standen eine Menge Auswärtstermine auf dem Programm. Aber für eine ausgiebige Einkaufstour blieb ihr vorerst keine Zeit. Der Fall hatte oberste Priorität. Diese Aussicht gefiel Thea ausgesprochen gut. Die unerwartete Ermittlung war wie die Fütterung ihres Gehirns, das seit Monaten eine Zwangsdiät hielt. Erschöpft absolvierte Thea die letzten Meter zu ihrer Wohnung und schloss auf. Selten liefen ihr Nachbarn über den Weg. Weder bei der Nutzung der Treppe noch des Aufzuges. Hin und wieder traf sie am Gemeinschaftsmüllplatz auf Personen, die ebenfalls Unrat entsorgten. Aber außer einem Kopfnicken, im besten Fall einem gemurmelten „Morgen" oder „Tag", gab es keine zusätzlichen Kontakte.

Thea warf Schlüssel und Smartphone auf den Küchentresen, die Stiefeletten flogen in Richtung Garderobe, und der Blazer landete auf der Sofalehne. Dann stand sie in der Mitte ihres Wohnzimmers und ließ die Stille auf sich wirken. Sie seufzte und beschloss, ein weiteres Glas Rotwein zu trinken. Früher hatte Kai sie nach einem langen Arbeitstag mit einem Kuss und herrlichen Kochkreationen begrüßt. Gemeinsam saßen sie an ihrem wackeligen Holztisch und tauschten sich über ihren Job aus. Zumeist setzte Thea ihren Mann über laufende Ermittlungen ins Bild. Es tat gut, mit einer nicht involvierten Person über die Geschehnisse zu sprechen. Ein schwerer Klumpen drückte auf Theas Magen. Sie vermisste Kai. Von wegen, das erste Trauerjahr war das schwierigste. Bis heute hatte sie seinen plötzlichen Tod nicht überwunden. Während sie an ihrem Küchentresen saß, dachte Thea über die Anschaffung eines zusätzlichen Haustieres nach. Vielleicht eine Katze, die ihr um die Beine streichen würde, wenn sie abends nach Hause kam, oder ein Hund, der sie freudig bellend begrüßte. Ein quirliges Wesen, das sich über ihre Anwesenheit freute, und nicht wie Edda den ganzen Tag selig in einer Ecke eines Terrariums schlummerte.

Für Geselligkeit hätte Thea Charly anrufen oder sie besuchen können. Doch dem Klischee der einsamen Witwe wollte Thea nicht entsprechen. Ihre Tochter brauchte keine Mutter, die abends stundenlang das Sofa blockierte. Charly und Mats waren froh, wenn sie nach einem langen Tag die Füße hochlegen konnten und Zeit füreinander hatten.

Traute Zweisamkeit.

Ehe das Elend erneut über Thea hereinbrach, beschloss sie, den Abend mit einem heißen Bad zu beenden. Kai hasste Badezimmer angefüllt mit Dampf, feuchte Handtücher und angeschlagene Fliesen. Das heiße Wasser schoss aus der Leitung. Ein paar Tropfen Schaumbad im Badewasser sorgten für ein Gefühl wie auf Wolken. Thea zündete Kerzen an, drapierte sie rund um die Wanne und tauchte ins Nass. Das heiße Wasser umhüllte ihren schlanken Körper. Thea fühlte sich geborgen. Der schwere Klumpen in der Magengegend löste sich leider dennoch nicht in Wohlgefallen auf. Ebenso wenig wie die Sehnsucht nach Kai. Dabei befolgte Thea die Ratschläge in den Ratgebern zum Thema Trauerbewältigung. Sie hatte ihr Leben verändert. Eine 180°-Drehung vollzogen. Sie war von Darmstadt nach Idstein gezogen, hatte ohne zu zögern einer Vogelspinne eine neue Heimat geschenkt und nahm sich die Zeit für die schönen Dinge im Leben. Sehenswerte Kinofilme schaute sie sich an, wenn sie aktuell im Kino liefen und wartete nicht darauf, bis sie auf DVD erschienen. Wenn sie eine neue Handtasche wollte, griff Thea zu. Der Preis spielte keine Rolle, da sie niemandem Rechenschaft ablegen musste. Sie versuchte mehr im Hier und Jetzt zu leben, in der Hoffnung, dadurch den Kummer im Zaum zu halten. Doch Thea hatte sich gründlich geirrt. Eine Fehleinschätzung, die ihr beruflich nur selten unterlief. Sie tauchte mit dem Kopf unter. Wasser war ihr Element. Es umgab sie wie eine Decke. Beschützte vor den Widrigkeiten des Lebens. Als sie keine Luft mehr bekam, tauchte sie wieder auf. Es war hoffnungslos, sich vor der Welt verstecken zu wollen. Aber in schwachen Momenten fühlte sich Thea der unerbittlichen Realität nicht gewachsen. Sie erinnerte sich an ihren ersten Urlaub ohne Kai. Ende März war sie in Frankfurt in den Flieger gestiegen, um eine Woche Vitamin D zu tanken und die spanische Lebensfreude aufzusaugen. Genießen konnte sie die Reise nach Ibiza nicht. Den kompletten Urlaub über kam Thea sich vor wie auf Krücken laufend, weil ihr ein wichtiger Teil fehlte. Obwohl die Straßen und Strände von Ibiza vor Lebendigkeit und Touristen überquollen, fühlte sich Thea wie ein Schaf in der falschen Herde.

Erneut holte sie Luft und tauchte den Kopf unter Wasser. Sie würde jetzt einfach sterben. Hier, in der schaumigen Badewanne. Untergetaucht im heißen Wasser, und nicht wieder an die Oberfläche kommen. Doch der Überlebenswille ihres Körpers machte Thea einen Strich durch die Rechnung. Prustend tauchte sie auf. Eine plötzliche Eingebung blitzte wie ein Stern am Himmel auf. Es war der Gedanke an die schwarze Decke, in welche die Tote eingehüllt war. Vielleicht handelte es sich nicht um den Hinweis auf die Hexenkultur, sondern die Decke war ein Zeichen der Fürsorge.

Thea sprang aus der Wanne, hopste nur in ein Handtuch gehüllt und tropfend zu ihrer Handtasche, um das Notizbuch herauszuziehen. Flink schrieb sie den Geistesblitz auf. Vielleicht war diese Eingebung der Weg zum Mörder. Im schlimmsten Fall entpuppte sich der Geistesblitz als Sackgasse, aber Thea würde diesen Aspekt nicht außer Acht lassen.

12

Als Thea am nächsten Morgen in gemächlichem Tempo den Löffel im Kaffee rührte, schämte sie sich. In ihrem Kopf kreiste die Frage, warum sie Kais Tod bis heute schlecht verkraftete. Annähernd zwei Jahre lag der Unfall ihres Mannes nun zurück. Gemäß den zahlreichen Ratgebern sollte sie inzwischen weniger mit dem Leben hadern. Sie hatte Kai geliebt, aber ihre Ehe durchlief Höhen und Tiefen. Vor allem, nachdem Thea sich für den Dienst bei der Kriminalpolizei entschieden hatte. Nächtliche Anrufe zu Einsätzen und durch den Beruf verplante Wochenenden und Feiertage gehörten zu ihrem Job. Kai schulterte ihr Familienleben, lernte mit Charly für Klausuren und ertrug den weiblichen Teenager im Haushalt mit stoischer Gelassenheit. Kurz vor ihrem 14. Hochzeitstag redeten sie über eine mögliche Trennung. Kai blockierte ihren Vorschlag, sich eine eigene Wohnung zu suchen. Er war ein Kämpfer. Ein zäher Mann, der niemals aufgab. Sie rauften sich zusammen. Charlotte zuliebe. Als ihre Tochter wegen des Studiums die Stadt verließ, bangte Thea um ihre Ehe. Es waren unbegründete Ängste, die sie nachts nicht schlafen ließen. Sobald Charly ausgeflogen war, erlebte ihre Liebe eine Renaissance. Thea konnte sich die aufblühenden Gefühle für ihren Ehemann nicht erklären, genoss jedoch die romantischen Gesten in vollen Zügen. Freunden, bei denen Scheidungen auf der Tagesordnung standen, erschien ihr Verhalten rätselhaft. Die Liebe zu ihrem Mann war gewachsen wie der mächtige Stamm einer Eiche. Dahinter verbarg sich keine Hexerei. Anders als im aktuellen Mordfall, der Thea vor eine Reihe von Rätseln stellte. In den letzten 21 Jahren, in denen sie für die Kriminalpolizei Mörder jagte, war ihr kein ähnlich mysteriöses Verbrechen untergekommen. Dabei mangelte es nicht an Tätern mit abartig obsessiven Veranlagungen.

Thea stellte ihre Tasse in die Spüle, griff nach der Handtasche und beschloss, dass es an der Zeit war, ins Büro zu gehen, auch wenn die Küchenuhr soeben auf 6:48 Uhr wechselte. Sie schnappte ihren Wohnungsschlüssel, verschloss sorgfältig die Tür und lief gemächlich die Stufen im Treppenhaus hinab.

Weißgraue Wolken bedeckten den Himmel. Thea vermutete, dass mehr als ein Regenschauer den Boden in Idstein aufweichen würde. Sie mussten den Tatort finden, um eventuelle Spuren zu sichern, bevor diese vollends zerflossen. Während Thea über mögliche Orte des Verbrechens grübelte, bildeten die Pendler rund um den Verkehrskreisel einen Stau. Ein Auffahrunfall verursachte die PKW-Schlange.

Sie schaltete die Schreibtischlampe an, fuhr den Computer hoch und ließ den ersten Espresso durchlaufen.

Auf ihrem Telefon hatte niemand eine Nachricht hinterlassen, und auch im Postfach fanden sich keine Mails, die mit dem Fall zu tun hatten. Sie versuchte ihr Glück im Büro des Bürgermeisters, konnte jedoch nur eine Nachricht hinterlassen. Frustration breitete sich in Thea aus. Sie nahm einen Schluck Wasser und positionierte sich vor dem Whiteboard, als Sarah Steinbecker bestens gelaunt Theas Bürotür aufriss.

„Morgen Chefin", brüllte sie in den Raum und bot der Kommissarin einen herrlich duftenden Keks an.

„Selbst gebacken. 100 Prozent Natur. Kokos-Cranberry. Total lecker", informierte Steinbecker ihre Vorgesetzte. Wagners rechte Augenbraue bewegte sich skeptisch nach oben, wobei sie mit geschlossenem Mund eine mürrische Miene aufsetzte. Das ungestüme Verhalten ihrer Kollegin missfiel ihr. Doch der süßliche Geruch, gepaart mit einer feinen Kokosnote, versöhnte sie schließlich. Nach dem ersten Bissen der gebackenen Köstlichkeit hoben sich ihre Mundwinkel in Richtung Ohren.

„Deliziös. Aber stecken Sie jetzt die Kekse weg. Wir haben einen Mordfall zu lösen."

„Haben wir neue Informationen aus Wiesbaden erhalten?", fragte Steinbecker hoffnungsvoll.

Die Kommissarin seufzte unüberhörbar.

„Kennen Sie das Lied ‚Kein Schwein ruft mich an'? So fühle ich mich gerade. Vor ihrem stürmischen Eintreten habe ich versucht, dem Bürgermeister ins Gewissen zu reden. Damit wir den Turmsockel absuchen können."

„Und?"

„Das Stadtoberhaupt weilte um 8:30 Uhr noch nicht an seinem Schreibtisch. Ich denke jedoch, dass wir dafür, neben der bürgermeisterlichen Erlaubnis, erneut die Hilfe der Spusi in Anspruch nehmen müssen. Ist schwer zugänglich und voller Büsche. Das können wir zwei nicht meistern."

„Sind Sie sicher? So ein paar Dornenhecken schrecken mich nicht ab."

„Ich habe es gestern Abend versucht. Erfolglos, wie ich eingestehen muss."

„Sie sind am Turm entlang geklettert?", fragte Steinbecker skeptisch.

„Unterschätzen Sie mich nicht", erwiderte Thea bissig, „das gilt im Übrigen für jede Person, auf die Sie bei Morduntersuchungen treffen."

Die Stimmung im Büro drohte in Richtung Minustemperaturen abzusacken. Thea schalt sich innerlich für ihr zickiges Verhalten. Das war mehr als unprofessionell. Sie stand auf, ging zum Whiteboard und schlug einen versöhnlichen Ton an: „Wir müssen zuerst die neuen Fakten hinzufügen. Ich hoffe, dann fällt uns ein Hinweis ins Auge. Aus diesem Grund …", Thea griff nach einem Stift und fing an, mehrere Linien abgehend von Sybilla Hausers Namen zu zeichnen. Ans Ende der Striche schrieb sie ‚Geldquelle', ‚Tatort', ‚Nachbarin', ‚Lebensgefährte' und ‚Geborgenheit'. „Diese Schwerpunkte gilt es abzuarbeiten. Haben Sie die Kollegen in Wiesbaden gebeten, die Finanzen unseres Opfers zu recherchieren?"

Die Beamtin nickte, wandte ihren Blick jedoch nicht von der Tafel ab. Mit zusammengekniffenem Mund stand Steinbecker auf, ging zum Whiteboard und tippte auf den Begriff ‚Geborgenheit'.

„Das müssen Sie mir erklären, Chefin. Was hat es denn mit ‚Geborgenheit' auf sich?"

„Ich meine ein fürsorgliches Verhalten."

„Sybilla Hauser wurde liebevoll umgebracht?", fragte die junge Polizistin skeptisch.

„Nein. Gestern Abend hatte ich einen Geistesblitz. Ich fragte mich, was wäre, wenn die schwarze Decke kein Zeichen für Hexerei ist, sondern ein Zeichen der Fürsorge? Der Täter wickelte sein Opfer ein – als eine Art Liebkosung oder Schutz."

Steinbecker runzelte die Stirn und zog ihre Nase kraus. Die Schlussfolgerung ihrer Chefin konnte sie nicht nachvollziehen.

„Zuerst bringt er sie um, und dann ist er besorgt? Bisschen spät für diese Einsicht. Finden Sie nicht?"

„Vermutlich haben Sie Recht", gab Thea zu, „trotzdem sollten wir den Aspekt der Fürsorge nicht aus den Augen lassen."

„Machen wir nicht", fiel ihr Steinbecker ins Wort, „ich halte es nur mit der Hexentheorie."

Die Kommissarin insistierte nicht. Für spontane Eingebungen und Bauchgefühle war es zum aktuellen Zeitpunkt der Ermittlung zu früh. Wenn Steinbeckers Herz an der Hexentheorie hing, konnte sie auf der magischen Welle reiten, bis sie mehr Fakten gesammelt und gesichtet hatten.

„Okay, vergessen wir die ‚Geborgenheit'. Konzentrieren wir uns auf das Wesentliche. Wir müssen das Leben von Katharina Klemm durchleuchten und dem Lebensgefährten einen Besuch abstatten. Wie hieß der?"

Kollegin Steinbecker holte ihr Smartphone hervor, wischte mit dem Finger über das Display und antwortete: „Detlev Siebert. 49 Jahre alt. Ein Ex-Knacki. Hat wegen Autoschieberei und Drogenhandel gesessen. Arbeitet aktuell als Automechaniker bei Iwanow-Gebrauchtwagenhandel im Idsteiner Industriegebiet."

Nachdenklich kaute Wagner auf dem Ende des Stifts herum. „Wie kam die Hauser an einen Ex-Knacki? Hat unser Opfer vielleicht eine dunkle Vergangenheit?", murmelte sie. In Gedanken versunken lief die Kommissarin vor dem Whiteboard auf und ab. Es fehlte ihr schlicht und ergreifend an Informationen, um diesem Fall zum aktuellen Zeitpunkt eine Richtung zu geben.

„Ein hölzerner Gegenstand war die Tatwaffe", murmelte sie, „es sieht aus, als wäre die Tat geplant gewesen, aber warum war das Opfer auf der Rückseite komplett durchnässt, der Boden im Verlies jedoch trocken?", fragte sie an Steinbecker gewandt. „In der Mordnacht hat es geregnet. Angenommen, die Tat geschah im Affekt, dann hat der Mörder sein Opfer vielleicht eine Zeitlang zwischengelagert, um seinen nächsten Schritt zu planen."

„Aber wäre die Gefahr nicht zu groß gewesen, dass vorbeikommende Passanten das Opfer gesehen hätten?", wandte die junge Beamtin ein.

Die Kommissarin schnaufte.

„Ich bitte Sie. Sonntagnacht schlafen die rechtschaffenen Bürger von Idstein. Bei Regenwetter setzt da keiner einen Fuß vor die Tür. Bestenfalls, um die zwei Meter zum Auto zu gelangen."

Steinbecker wiegte den Kopf hin und her, zeitgleich zwirbelte sie ihre blonden Haarspitzen um den Zeigefinger. Es herrschte eine ungewohnte Stille in Wagners Büro. Gemeinsam starrten sie auf die Tafel. Die Kommissarin versuchte, ihre Gedanken zu ordnen und sich auf den Fall zu konzentrieren.

Feuchtigkeit, Holz, Blätter im Haar.

„Schlossteich", rief sie plötzlich und schreckte Steinbecker aus ihren Gedanken auf, „das Waldstück am Schlossteich. Fußläufig zum Hexenturm."

Die junge Polizistin verstand kein Wort. Eine zarte Falte bildete sich oberhalb ihrer Nase.

„Kommen Sie", forderte Wagner ihre Kollegin auf, „wir gehen am See nach Spuren suchen."

* * *

Aus der Ferne hörte Wagner die Schulglocke des nahe-liegenden Gymnasiums. Ein frischer Wind fuhr ihr unter die Jacke. Sie war ohne Halstuch aus der Polizeistation gestürmt, angetrieben von der Hoffnung, eine neue Spur zu finden. Leicht fröstelnd stand die Kommissarin vor einem dichten Gestrüpp am Schlossteich, während sie den Boden mit den Augen absuchte. Der Regen in der Mordnacht hatte dem Täter in die Hände gespielt. Spuren waren den Schauern zum Opfer gefallen. Die Wahrscheinlichkeit, in dem aufgeweichten Erdreich Fußabdrücke zu finden, tendierte in Richtung Null. Ihr Blick wanderte nach oben, um abgeknickte Äste oder plattgedrückte Blätter zu lokalisieren. Doch an diesem idyllischen Flecken schien sich kein Mord ereignet zu haben. Die Kommissarin beschloss, am Seeufer entlang zu laufen. Vielleicht lag die Ermordete eine Zeit lang am Rand des Sees, was zu ihrem durchnässten Rücken pas-sen würde. Wagner scheuchte eine Entengruppe auf, die sich laut schnatternd trollte. Sie überlegte, eine kur-ze Pause auf der Holzbank mit Aussicht auf den Teich einzulegen. Doch die Rufe ihrer jungen Kollegin ließen ein kurzes Innehalten in weite Ferne rücken.

„Chefin, ich denke, dass ich den Tatort gefunden habe", brüllte die Beamtin quer über den Weg. Die vorbeigehenden Passanten schauten irritiert auf. Wag-ner seufzte angesichts der ungestümen Art ihrer Kolle-gin. Mit Ende Zwanzig konnte es einem durchaus an Einfühlungsvermögen mangeln. Um nicht weitere Auf-merksamkeit auf sich zu ziehen, beeilte sich Wagner, dem Ruf von Steinbecker zu folgen. Kurz vor der Brü-cke erreichte sie die junge Beamtin. Mit aufgerissenen Augen deutete diese auf eine Stelle im Gebüsch unter der Brücke.

Wagner scannte zuerst mit den Augen das besagte Territorium ab. Dann näherte sie sich vorsichtig, um mögliche Spuren nur geringfügig zu beschädigen. Sie stieg auf das niedrige Mäuerchen und verschwand im Gebüsch, das direkt neben der Brücke wucherte. Es war der ideale Ort, um eine Leiche in der Dunkelheit verschwinden zu lassen. Das Blätterdach schützte vor der feuchten Natur und schaulustigen Blicken. Die Blätter und Zweige der Büsche hingen abgeknickt an den dünnen Ästen und bildeten eine Kuhle. Die Kommissarin zweifelte keine Sekunde daran, dass an dieser Stelle die Leiche eine Zeitlang gelegen haben musste.

„Informieren Sie die Spurensicherung. Wir müssen das komplette Areal absuchen", ordnete Wagner an, „ich bin mir sicher, dass es sich hier um den Tatort handelt. Irgendwo zwischen Schlossteich und Brücke hat Sybilla Hauser ihren letzten Atemzug getan", schlussfolgerte sie. Bevor die junge Beamtin das Smartphone zückte, merkte Thea an: „Gut gemacht, Steinbecker." Die Kollegin wollte es sich nicht anmerken lassen, aber Thea erkannte an der aufrechten Körperhaltung, dass ihre Mitarbeiterin sich über dieses Lob freute. Wagner wusste um die Bedeutung von Lob während einer Ermittlung. Es gab Tage, da hingen sie fest. Nichts bewegte sich, keine Hinweise oder Spuren führten zu ernsthaften Erkenntnissen. In solchen Momenten galt es, als Vorgesetzte die Moral der Truppe aufrecht zu erhalten. Da sie nur eine Zwei-Beamtinnen-Einheit waren und es sich um Sarah Steinbeckers ersten Fall handelte, lag der Kommissarin daran, Steinbeckers Selbstbewusstsein in polizeilicher Arbeit zu fördern. Was eignete sich hierfür besser als ein Lob? Ihre Kollegin beendete das Telefonat und wandte sich aufgeregt an Wagner.

„Was machen wir jetzt? Fangen wir an zu suchen?"

Innerlich schmunzelte die Kommissarin über den Enthusiasmus, das Areal Zentimeter für Zentimeter abzusuchen. Eine Aufgabe, die mühsam und kaum befriedigend war, da sie selten zu einem Erfolgserlebnis führte.

„Sie warten bitte auf die Wiesbadener Kollegen. Ich begebe mich zurück ins Büro, um den Kollegen, die sich um Sybilla Hausers Finanzen kümmern, auf den Zahn zu fühlen."

* * *

Es war nicht nötig, dass Wagner ihre gehobene Position nutzte, um wegen Hausers Einkünften und Kontobewegungen Dampf zu machen. Die Kommissarin wollte gerade zum Hörer greifen, als das Telefon klingelte. Sie nahm ab, zeigte sich erfreut, vom Wiesbadener Kollegen zu hören, und schrieb die wertvollen Informationen mit. Einen ausführlichen Bericht würde sie in den nächsten Tagen erhalten, aber die relevanten Auskünfte waren mit diesem Anruf zu ihr gelangt. Die Kommissarin schüttelte ungläubig den Kopf angesichts der unfassbaren Details, die sich zu diesem Fall just ergeben hatten. Es juckte sie in den Fingern, auf der Stelle Steinbecker in ihr Büro zu zitieren, damit sie diese Wendung diskutieren und die nächsten Schritte überlegen konnten. Doch zuerst schnappte sie sich den Stift und trat vor die weiße Tafel. Unter das Wort „Geldquelle" schrieb die Kommissarin „Eltern" und „Silke Gerster". Da kam Steinbecker hereingestürmt. Thea zuckte zusammen und wünschte sich in solchen

Augenblicken, dass ihre junge Kollegin etwas mehr ihrer elfenhaften Erscheinung entsprach.

„Die Spusi ist vor Ort und hat alles abgesperrt", informierte die Beamtin ihre Vorgesetzte und plumpste auf einen der Besucherstühle.

„Die Infos zur Finanzlage unseres Opfers liegen ebenfalls vor. Es gibt aufschlussreiche Neuigkeiten."

Auf der Stelle nahm Steinbecker eine aufrechte Position ein, und Wagner fasste das Telefonat zusammen.

„Im letzten Jahr gingen drei Mal größere Summe auf Sybilla Hausers Konto ein. Anfang letzten Jahres überwiesen ihre Eltern einen Betrag von 75.000,- Euro mit dem Vermerk ‚Hauskauf'." Steinbecker konnte sich ein anerkennendes Pfeifen nicht verkneifen. Ein missbilligender Blick von Wagners Seite ließ sie augenblicklich verstummen.

„Hausers Eltern besitzen mehrere Mietobjekte in Offenbach. Sie haben eine Wohnung verkauft und das Geld ihrer Tochter zukommen lassen. Darüber hinaus ging zweimal der Betrag von 25.000,- Euro auf das gleiche Konto ein. Ohne einen Hinweis oder Vermerk, welchen Zweck die Geldtransaktion hatte. Die Summe kam von einem Konto, das einer gewissen Silke Gerster gehört. Kennen Sie diese Person?"

Kollegin Steinbecker zuckte mit den Schultern.

„Silke Gerster ist der Mädchenname von Hausers Arbeitskollegin Silke Weinbauer. Wie finden Sie das?"

Steinbecker sog hörbar die Luft ein und riss die Augen auf. „Ist nicht möglich, oder? Dann haben wir ja unseren Täter. Worauf warten wir noch. Lassen Sie uns die Handschellen klicken hören."

Wagner nahm neben ihrer Kollegin Platz und schlug entspannt die Beine übereinander.

„So leicht ist es leider nicht. Aber ich schlage vor, dass wir uns Silke Weinbauer nochmal vorknöpfen. Ich denke, die Dame hat uns eine Menge zu erzählen."

13

Das Taschentuch litt unter der Nervosität der kleingewachsenen Frau. Silke Weinbauer bearbeitete das Stück Stoff zwischen ihren Händen, als würde sie einen Hefeteig kneten. Die 36-Jährige fühlte sich erkennbar unwohl auf dem Besucherstuhl. Steinbecker stellte lächelnd eine Tasse frisch gebrühten Kaffee vor ihr ab. Auf der Untertasse lag einer von Sarahs selbstgebackenen Keksen. Die Mitarbeiterin der Hochschule strich eine braune Haarsträhne aus dem Gesicht, die sie hinter ihr rechtes Ohr steckte. Ein unüberhörbarer Seufzer füllte den Raum, und ein Paar graublaue Augen blickten auf.

„Ich nehme an, Sie sind hinter meine Geschäfte gekommen", flüsterte die mollige Frau auf dem Stuhl.

„Wir haben zumindest Hinweise gefunden, dass Sie größere Beträge auf das Konto von Sybilla Hauser überwiesen haben", antwortete die Kommissarin, „innerhalb des letzten Jahres zwei Mal die Summe von 25.000,- Euro. Da stellt sich mir die Frage, wie eine Angestellte der Fresenius Hochschule mit ihrem bescheidenen Gehalt in der Lage ist, diese Summe aufzubringen."

Silke Weinbauer schluckte schwer. Doch kein Wort der Erklärung drang über ihre Lippen.

„Frau Weinbauer", versuchte es die Kommissarin in einem strengeren Tonfall, „wir gehen diesem Hinweis lediglich nach. Ich möchte Ihnen nicht vorenthalten, dass unsere bisherigen Überlegungen darauf hinauslaufen, dass die Geldquelle von Sybilla Hauser in Zusammenhang mit dem Mord steht."

Bei diesen Worten wechselte die Gesichtsfarbe von Silke Weinbauer von Rot zu aschfahl. Sie holte ein paar Mal tief Luft, bevor sie empört antwortete: „Wollen Sie etwa andeuten, dass ICH Sybilla umgebracht habe? Ja, sie hat mich erpresst, und ich hätte dieser falschen Kuh nur zu gerne den Hals umgedreht. Aber ich war es nicht."

Wagner stockte. Diese Information überraschte sie.

„Sybilla Hauser hat sie erpresst? Womit?"

Die mollige Frau rang um Fassung. Erneut litt das Taschentuch unter den Händen der Hochschulmitarbeiterin. Flüsternd begann sie zu erzählen: „Die gierige Hexe wollte etwas vom Geld abhaben. Sie schnüffelte in meinen Unterlagen und stieß auf ein paar …", Silke Weinbauer stockte, bevor sie fortfuhr, „Vereinbarungen, die ich mit einigen Vätern von Studenten getroffen hatte."

„Welche Art von Vereinbarung?", wollte Wagner wissen. Ihr Gegenüber seufzte schwer, blickte zu Boden und erklärte mit leiser Stimme: „Mein Mann ist seit einem Jahr arbeitslos, meine Mutter ist pflegebedürftig. Der Heimplatz für sie verschlingt eine Menge Geld, und mein Gehalt ist, wie Sie richtig feststellten, eher bescheiden. Vor drei Jahren bot ein ambitionierter Vater mir Geld an, damit sein Filius in Idstein an der Hochschule studieren kann. 10.000,- Euro bar auf die Hand. Da konnte ich nicht Nein sagen." Silke Weinbauer sah auf. Tränen liefen ihre Wangen hinab. Wortlos reichte Kollegin Steinbecker der aufgewühlten Frau ein frisches Papiertaschentuch. Die griff zu, schnäuzte sich energisch und fuhr fort: „Es blieb natürlich nicht bei dem einen Studenten. Es sprach sich herum, dass man für 10.000,- Euro einen Studienplatz bekam, auch wenn die Abiturnote eher am unteren Limit lag. Viele betuchte

Eltern versuchten auf diesem Weg, ihren Kindern einen Studienplatz zu erkaufen. Es waren nie mehr als acht Studenten pro Semester, die auf diese Weise einen Studienplatz erhielten. Zumindest nicht von mir." Ein gequältes Lächeln huschte über Silkes Gesicht.

„Sie haben 240.000,- Euro mit diesen Deals eingenommen", platzte es aus Kollegin Steinbecker heraus.

Erneut schaute Silke Weinbauer betreten zu Boden. Es wirkte, als würde sie sich am liebsten unter dem Besucherstuhl verkriechen. Zumindest schien ihr Körper sich regelrecht einzuigeln. Kaum hörbar sprach sie: „Ich konnte einfach nicht damit aufhören. Das Geld zerrann in unseren Finger. Gute Pflege ist teuer. Und ich wollte, dass meine Mama in einem hübschen Heim untergebracht ist", erneut schnäuzte Silke Weinbauer kräftig in das Taschentuch. „Sybilla kam mir auf die Schliche. Sie sagte, dass sie mich nicht verpfeifen würde, wenn ich ihr ein Stück vom Kuchen abgebe. Zuerst wollte sie eine einmalige Zahlung von 25.000,- Euro, damit sie ihrem Sohnemann ein neues Auto kaufen konnte", erzählte Silke Weinbauer.

„Aber die Gier von Sybilla Hauser wuchs, und sie forderte mehr Geld", schlussfolgerte Steinbecker.

Die mollige Frau nickte. Wagner trommelte mit den Fingernägeln auf der Schreibtischplatte. Das Knurren ihres Magens zerriss die Stille. Wie schon in früheren Fällen mussten Hunger oder Schlaf hinter den Ermittlungen anstehen.

„Wo waren Sie in der Nacht von Sonntag auf Montag zwischen 23:00 Uhr und 3:00 Uhr", wagte Steinbecker zu fragen, nachdem ihre Chefin per Blickkontakt zu verstehen gegeben hatte, dass die junge Beamtin sich an der Vernehmung beteiligen sollte.

„In Wiesbaden. Meine Mutter wurde in die HSK Kliniken eingeliefert, und ich verbrachte die Nacht in der Notaufnahme", entgegnete die Hochschulmitarbeiterin zähneknirschend.

„Kann das jemand bestätigen?"

Silke Weinbauer zuckte lediglich mit den Achseln.

„Wir werden Ihr Alibi überprüfen", fügte Wagner hinzu. Es entstand eine Pause, in der sie ihre Notizen überflog und Silke Weinbauer die Gelegenheit gab, den letzten Schluck Kaffee zu trinken. Wagner musterte ihr Gegenüber. Alle Energie schien aus Silke Weinbauer gewichen zu sein. Der zusammengesunkene Körper signalisierte Hoffnungslosigkeit.

„Ich danke Ihnen für die Informationen, Frau Weinbauer. Sie dürfen jetzt gehen."

Es schien, als würde eine Last von Silke Weinbauers Körper abfallen. Mit leicht zittriger Stimme fragte sie: „Und was ist mit den Bestechungsgeldern?"

„Das sollte vorerst Ihre kleinste Sorge sein", erwiderte die Kommissarin. Silke Weinbauer schloss kurz die Augen, nickte zum Abschied, und ein gebeugtes Häuflein Elend verließ das Büro.

Wagner ging zum Whiteboard und schrieb ‚Bestechung – Silke Weinbauer – HSK' unter das Wort Geldquelle. Mit gerunzelter Stirn und verschränkten Armen betrachtete Kollegin Steinbecker die Tafel, um kurz darauf ihre Vorgesetzte mit einem mürrischen Blick zu strafen.

„Wieso haben wir Silke Weinbauer laufen lassen? Sie ist unsere Hauptverdächtige", sagte die junge Polizistin entrüstet. Mit einem nachsichtigen Lächeln, wie eine Mutter, die ein trotziges Kind bändigen muss, bedachte Thea ihre Mitarbeiterin.

„Es besteht keine Fluchtgefahr. Warum sollten wir die arme Frau in eine Zelle einsperren. Zu Hause warten zwei kleine Kinder auf ihre Mutter. Niemals würde Silke Weinbauer ohne ihre Kinder die Stadt verlassen."

„Wieso sind Sie sich derart sicher?", hakte Steinbecker nach.

„Nennen Sie es Instinkt oder Erfahrung. Silke Weinbauer liebt ihre Kinder. Als sie von ihnen sprach, nahm ihre Stimme einen weichen Tonfall an und ein Leuchten erschien in den Augen. Glauben Sie mir, es wird eine unruhige Zeit für unsere Verdächtige, aber Flucht ist keine Option für diese Frau."

Die Kommissarin schaute auf die Wanduhr, und ihr knurrender Magen flehte förmlich um Nahrung. Sie fand es erstaunlich, dass Kollegin Steinbecker bisher keinerlei Hinweise gegeben hatte, dass sie hungrig war. Aber wenn Wagner die Figur ihrer Mitarbeiterin betrachtete, schien Essen keine von ihren bevorzugten Leidenschaften zu sein.

„Mit leerem Magen kommt mein Denkapparat nicht in Schwung. Wie sieht es bei Ihnen aus? Lust, einen Happen Essen zu gehen?", fragte die Kommissarin.

„Eine ausgezeichnete Idee, Chefin. Nur welches Restaurant hat unter der Woche um 14:30 Uhr noch für hungrige Mäuler geöffnet?"

„Dann werden wir wohl auf Hamburger und Pommes zurückgreifen müssen", überlegte Wagner laut. „Krone oder Bögen?"

„Hauptsache Arbeit für meinen Kiefer", antwortete die junge Beamtin, bevor sie das Büro verließen.

* * *

Der Rest des Nachmittags verlief schleppend. Als Wagner und Steinbecker vom Essen kamen, standen die Zeiger auf halb Vier. Erneut rief sie im Büro des Bürgermeisters an, stauchte seine Sekretärin zusammen und drohte mit einer Anzeige wegen Behinderung einer Mordermittlung. Anschließend telefonierte Thea lustlos dem Alibi von Silke Weinbauer hinterher. Die Klinikleitung versprach, die Aufzeichnungen der Überwachungskamera herauszusuchen, damit die Wiesbadener Kollegen sie abholen und sichten konnten. Das Kommissariat würde darüber hinaus zwei Beamte in die Notaufnahme schicken, um sich von Ärzten oder dem Pflegepersonal Silke Weinbauers Alibi bestätigen zu lassen. Steinbecker begab sich zwischenzeitlich auf die Suche nach Hausers Lebensgefährten. Auf der Arbeit war Detlev Siebert an diesem Tag nicht erschienen. Sie setzte sich daher mit zwei Streifenpolizisten in Verbindung, die bei Siebert an der Wohnungstür klingeln sollten. Die Rückmeldung der Beamten war negativ. Da gegen den Lebensgefährten kein dringender Tatverdacht bestand, beschloss Wagner, um 17:00 Uhr den Computer herunterzufahren und sich in den Feierabend zu verabschieden. Eine Runde Yoga würde ihr dabei helfen, gedanklich zur Ruhe zu kommen. Ihr Kopf jedoch war nicht gewillt, den Grübel-Modus abzustellen.

Während Thea kopfüber in der Stellung des Hundes hing, kreiste in ihren grauen Zellen unbeständig das Wort Hexe. In der täglichen Routine nutzte Thea die Yoga-Einheit, um ihre innere Mitte zu finden. Wenn sie in Mordermittlungen steckte, fiel ihr das Abschalten jedoch äußerst schwer. Dessen ungeachtet bemühte sie sich, einen klaren Geist zu bekommen. Der

Konzentrationsschwerpunkt lag auf den Bewegungen und einem fließenden Atem. Bis zur Abschlussmeditation versuchte Thea in der spirituellen Atmosphäre der Yogastunde zu verweilen. Doch ihr Kopf konnte nicht umhin, auf Hochtouren zu arbeiten. Thea fragte sich, ob sie der Darstellung der Toten als Hexe doch eine Bedeutung beimessen musste. Sowohl Katharina Klemm als auch Silke Weinbauer beschimpften das Opfer als eine solche. Hatte die Kommissarin diesen Aspekt zu schnell unter den Teppich gekehrt? In ihrem inneren Notizbuch vermerkte Thea den Hinweis, der Bedeutung und Verbreitung des modernen Hexenkultes nachzugehen.

* * *

Auf dem Rückweg galt Theas Aufmerksamkeit einzig und allein dem Straßenverkehr. Vor ein paar Jahren hätte sie an der Darmstädter Orangerie beinahe einen Radfahrer überfahren, da sie während der Autofahrt gedanklich in einem Fall steckte. Glücklicherweise reagierte der Darmstädter Student blitzschnell, sodass er die Katastrophe abwendete. Doch der Schreck über ihre eigene Unachtsamkeit ließ Thea seit diesem Vorfall zu einer überaus aufmerksamen Autofahrerin werden. Thea parkte ihr Auto in der Tiefgarage und freute sich über den Luxus eines Fahrstuhls, der sie direkt in den dritten Stock brachte. Nach Treppe laufen war ihr am heutigen Abend nicht zumute. Eine nach Rooibos duftende Tasse Tee stellte Thea fünf Minuten später auf dem Balkontisch ab. Anschließend ging sie zum Terrarium und holte Edda heraus. Für eine tägliche Schmusestunde waren Vogelspinnen zwar nicht geeignet, aber einmal in der Woche machte es sich das haarige Tierchen auf Theas Unterarm bequem. Gemeinsam saßen sie auf dem Balkon und sahen die Lichter über der Altstadt aufflackern. Gedankenverloren strich Thea über Eddas Rücken. Der Hexenfall ließ sie nicht los. Ihr Instinkt sagte ihr, dass Silke Weinbauer nicht die Täterin sein konnte. Aber Thea hatte im Laufe ihres Arbeitslebens gelernt, dass kein Szenario unmöglich war. In der Regel neigten Frauen dazu, zur Giftflasche zu greifen, wenn es sich um einen geplanten Mordanschlag handelte. Spontane Aktionen wie erschlagen gehörten nicht ins weibliche Repertoire.

Vielleicht hatte die scheinbar unschuldige Frau Weinbauer einer zwielichtigen Person Geld angeboten, um Sybilla zu ermorden. Wer Bestechungsgelder annimmt, scheut unter Umständen den Gang zum professionellen Killer nicht?

Welche Rolle Katharina Klemm in dieser Mordermittlung spielte, darüber war sich Thea noch nicht im Klaren. Die blondhaarige Frau war sichtlich erfreut über das plötzliche Ableben ihrer Nachbarin. Dieser Umstand erhob sie jedoch nicht automatisch in den Rang einer Mörderin.

Ob Klemms Ehemann Sybilla erschlagen hatte, damit der Hausfrieden wieder einkehrte? Streit unter Nachbarn konnte Ehen gefährden, und Morde in diesem Zusammenhang waren keine Seltenheit. Dennoch beschloss Thea, der Verdächtigen Katharina Klemm nicht allzu viel Aufmerksamkeit zu zollen. Es galt, ihr Alibi und das ihres Ehemannes für die Tatzeit zu überprüfen, sowie einen Blick auf die Finanzen der Familie zu werfen. Lagen diese Informationen vor, würde Thea das weitere Vorgehen festlegen.

Mittlerweile lag Dunkelheit über der ehemaligen Residenzstadt. Ein kalter Wind fegte über den Balkon. Thea stand auf, um Edda zurück ins Terrarium zu setzen. Die Spinnendame krabbelte ihren Arm in Richtung Halsbeuge hinauf. Nachdem Edda wieder in ihrer Behausung saß, überlegte Thea, welche Gestaltungsoptionen sich für den restlichen Abend auftaten. Fernsehen oder lesen kam nicht in Frage, da sie sich nicht auf den Inhalt der Sendung oder des Buches konzentrieren würde. Sie ging in die Küche, um sich ein Glas Rotwein einzuschenken, schnappte auf dem Rückweg die Wolldecke und betrat erneut ihre vier Quadratmeter Natur. Den sprichwörtlichen grünen Daumen besaß Thea nicht, aber es reichte, um Kräuter zu ziehen und ihren Balkon in einen Mini-Garten zu verwandeln. Die Decke bis zu den Ohren gezogen, kuschelte sich Thea auf ihren Loungesessel und nippte am Rotwein. Während sie die Sterne am Himmel bestaunte, kam ihr der Gedanke, dass sie den Fall ohne Kai nicht würde lösen können. Versiert war Thea im Laufe ihrer Polizeikarriere zahlreichen Mördern ohne Kais Hilfe auf die Spur gekommen, aber in kniffligen Fällen entpuppte sich ihr Ehemann als wahre Hilfe. Kai war nicht nur ein hervorragender Zuhörer, sondern lieferte bei Bedarf Impulse, um ihr einen anderen Blickwinkel auf laufende Ermittlungen zu zeigen. Für gewöhnlich saßen sie abends beim Apfelwein zusammen und diskutierten den Fall. Dazu knabberten sie Spundekäse und Minibrezeln. In scheinbar festgefahrenen Fällen gab Kai aus der Perspektive des Außenstehenden den Dingen eine ungewohnte Wendung. Im Hexenmordfall fehlte Thea der Blick von außen. Sie könnte Charlotte um ihre Meinung bitten. Allerdings hing der Vorwurf, ihr

Job sei ihr wichtiger als die eigene Tochter, auf ewig in Theas Gedächtnis. Die Anschuldigung der damals 14-Jährigen war nachvollziehbar. Das arbeitsbedingte, unerwartete Verschwinden ihrer Mutter bei Familienfeiern oder Veranstaltungen in der Schule nahm Charlotte keineswegs so gelassen hin wie Kai. Ihr verstorbener Mann hatte zu einer besonderen Spezies der Gattung Ehepartner gezählt. Er besaß Verständnis für die unregelmäßigen Arbeitszeiten, die ein planbares Familienleben erschwerten. Mehr als eine Ehe im Kollegenkreis war an dieser aufopfernden Arbeitseinstellung zerbrochen. Für einen kurzen Augenblick erwog Thea, ihren Schwiegersohn Mats mit ins Boot zu holen. Das innere Bild einer augenrollenden Charly hielt sie davon ab, spontan zum Telefon zu greifen.

Ihre Gedanken wanderten zum Fundort der Leiche, während sie zeitgleich ihre Küchenschränke nach einer Tüte Erdnüsse durchstöberte. Eine Frage ging der Kommissarin nicht aus dem Kopf: Warum hatte der Mörder die Mühe auf sich genommen, die Leiche an einen anderen Ort zu transportieren? Er oder sie hätten das Opfer im Gebüsch verstecken oder in den See werfen können. Ob sich der Täter mit der Lagerung im Verlies einen Zeitaufschub erhofft hatte?

Der Turmführer versicherte Thea, dass er in der Regel montags nicht nach dem Rechten schaute. Die geplante Veranstaltung am Abend hatte ihn jedoch dazu veranlasst. Anderenfalls wäre Steffen Brandner nicht vor Donnerstag zu einer Stippvisite hereingeschneit.

Ein paar Nüsse knabbernd, stellte Thea die Überlegung an, ob der Mörder längst auf und davon war. Vielleicht war die Tat von langer Hand geplant, und der Mörder weilte schon im sonnigen Süden? Doch

als sie mit einem Schluck Rotwein den salzigen Ge-
schmack der Nüsse hinunterspülte, flüsterte eine innere Stimme, dass sie sich auf dem richtigen Weg befand.

14

Gemeinsam mit Kollegin Steinbecker saß Wagner auf einer Holzbank, die versteckt zwischen Polizeistation und Amtsgericht stand. Es war einer der wenigen Plätze, an denen sie ungestört die letzten warmen Sonnenstrahlen genießen konnten. Die brausenden Geräusche der Autos drangen zwar an ihr Ohr, doch Menschen verirrten sich selten auf diese Insel der Ruhe. Selbst die Beamten und Angestellten der staatlichen Behörden ließen in ihrer Mittagspause die Bank links liegen. Steinbecker reichte ihrer Chefin einen selbstgebackenen Macadamia-Cookie und einen Cappuccino.

„Wenn Sie mich auch in Zukunft mit ihren leckeren Keksen verköstigen, sorge ich dafür, dass wir regelmäßig in Mordfällen ermitteln können", versprach die Kommissarin und biss beherzt in den Keks.

„Dafür ereignen sich zu selten Morde in unserem Groß-Dorf. Selbst wenn wir die Gemeinde Hünstetten als Ermittlungsbezirk erhalten, müsste ich selber Hand anlegen, damit wir Arbeit haben", erwiderte die Beamtin.

„Wenn Sie immer die Mörderin sind, wo bleibt da der Ermittlungsspaß?", wollte Wagner wissen.

„Ach, ich habe einen großen Freundes- und Bekanntenkreis in Idstein. Da lässt sich bestimmt das eine oder andere arrangieren", meinte die junge Polizistin grinsend.

Einen kurzen Moment schwiegen die beiden Frauen, tranken ihre Cappuccinos und tankten Sonne.

„Ich habe heute früh einen Anruf aus Wiesbaden erhalten. Die Spurensicherung hat am Bachufer die Mordwaffe gefunden."

Bei diesen Worten wurde Steinbecker hellhörig. Erwartungsvoll schaute sie ihre Chefin an.

„Es handelt sich um einen stabilen Ast, an dem trotz Wassereinwirkung von außen noch Blutspuren des Opfers vorhanden sind. Der Täter warf das Corpus Delicti in den Wörsbach. Wahrscheinlich in der Hoffnung, die Strömung würde für ihn arbeiten. Zum Glück für uns steckte der Ast in einer Steinansammlung fest."

„Haben die Kollegen Fingerabdrücke gefunden", fragte Steinbecker.

Wagner schüttelte den Kopf.

„Dr. Buse erwähnt zwar, dass seine Mitarbeiter einen weiteren Hinweis sicherstellen konnten, noch ist aber nicht klar, ob dieser aussagekräftig ist. Konnten Sie herausfinden, ob Detlev Siebert heute an seinem Arbeitsplatz war?"

Steinbecker stand auf und warf die Getränkepappbecher in den Mülleimer, während sie antwortete: „Boris Iwanow höchstpersönlich meldete sich auf der Wache und teilte mit, dass sein Automechaniker sich die Ehre gegeben hat."

Schwungvoll sprang die Kommissarin auf. „Worauf warten wir dann noch? Vertrödeln gerade unsere Zeit mit Kaffeekränzchen. Hopp, hopp, jetzt nehmen wir diesen Siebert genauer unter die Lupe."

Beschwichtigend hob die junge Beamtin die Hände.

„Bitte verbreiten Sie keine Hektik, Chefin. Wenn der Siebert sich hätte absetzen wollen, wäre er längst über alle Berge. Der ist auf Bewährung draußen und lässt sich bestimmt nicht in krumme Dinge verwickeln. Vorerst."

„Dann sollten wir schnell sein, ehe er es sich anders überlegt", konterte Wagner, drehte sich auf dem Absatz und lief schnurstracks in Richtung der Dienstwagen.

* * *

Auf der fünfminütigen Fahrt in den Süden der Stadt herrschte eisiges Schweigen. Das schlechte Gewissen nagte an der Kommissarin. War sie zu streng mit Steinbecker gewesen? Gleichzeitig ärgerte sich Thea, nicht selbst die Überprüfung von Detlev Siebert in die Hände genommen zu haben. Alle Fäden liefen bei ihr zusammen. Sie musste den Überblick behalten, egal welche Flut an Informationen über sie hereinbrach.

Ein Ex-Knacki und eine Hochschulangestellte. Was die beiden wohl miteinander verband?

Vor dem Gebrauchtwagenschuppen „Iwanows Gebrauchtwagenhandel", der sich auf der Idsteiner Automeile zwischen den deutschen Marken ein Plätzchen erkämpft hatte, kam der Dienstwagen zum Stehen. Skeptisch betrachtete die Kommissarin das marode aussehende Gebäude. Der Putz bröckelte von der verdreckten, grauen Fassade. Auf dem Gelände tanzten vom Wind getriebene Plastikverpackungen und Papierfetzen einen wilden Boogie.

Ein grüner Maschendrahtzaun, dessen Löcher einer Einladung gleichkamen, bemühte sich, Eindringlinge in der Nacht abzuwehren. Wagner bezweifelte beim Anblick der zum Verkauf stehenden Wagen, dass die Geschäfte legaler Natur waren. Die hochpreisigen Autos harmonierten nicht mit dem schmuddeligen Gebäude. In ihrem inneren Notizbuch schlug Wagner ein neues Kapitel auf, in dem sie vermerkte, Boris Iwanows Geschäfte einer gründlichen Prüfung zu unterziehen, wenn der Hexenfall in trockenen Tüchern lag.

Mit rigorosem Schritt betrat die Kommissarin das Gelände. Ein zotteliger Schäferhund kam ihr mit hängender Zunge entgegen. Aus dem Augenwinkel nahm sie das ängstliche Zucken ihrer Kollegin wahr. Wagner hingegen ging in die Knie und lockte das Tier mit sanfter Stimme an. Der Hund legte den Kopf in Schräglage und beschloss, die Frau mit dem goldbraunen Kopffell näher zu beschnuppern. Thea kraulte dem Schäferhund das Kinn, bevor das Tier sich ergab, auf den Rücken fiel und alle Viere von sich streckte. Es war eine eindeutige Aufforderung, den Bauch zu kraulen, und Wagner nahm die Einladung gerne an. Sie liebte diese treuen Tiere. Wenn Thea eines Tages in Pension ging, würde ein zeitintensives Haustier wie ein Hund Einzug in ihren Ein-Frau-Haushalt halten. Bis dahin begnügte sie sich mit kurzen Kuschelstunden bei fremden Fellnasen.

„Haben Sie Würstchen in der Tasche? Normalerweise bellt meine Kaya angsteinflößend, wenn Fremde den Hof betreten", begrüßte sie ein Herr mit russischem Akzent.

„Das ist wenig verkaufsfördernd, möchte ich meinen", erwiderte die Kommissarin und hielt dem muskulösen Mann mit dem schwarzen Schnauzer ihren Polizeiausweis unter die Nase. Boris Iwanow nahm die Karte und inspizierte das Stück Plastik ausgiebig, bevor er es Wagner zurückgab. Der Autohändler trug einen grauen Anzug mit dunkelblauem Hemd und farblich passender Krawatte. Die kurzen Haare lagen ordentlich am Kopf an.

„Detlev ist in der Werkstatt", gab er knapp zu verstehen und deutete mit seinem Kopf in besagte Richtung, bevor er sich ohne ein weiteres Wort von ihnen abwandte und leichtfüßig wie ein Balletttänzer auf eine Tür mit dem Schriftzug „Büro" zuschwebte. Wagner schob ihre Verwunderung über diese tänzerische Einlage beiseite und betrat die Werkstatt. Über einen Lautsprecher erschallte die Musik von „Sunrise Avenue". Der Geruch von Benzin hing in der Luft, garniert mit einer Würze aus Gummireifen und Abgasen. Nur drei Fahrzeuge deutscher Autohersteller standen in der Halle. Unter einem schwarzen, an der Beifahrerseite extrem zerbeultem 5er BMW, schauten ein paar Beine im Blaumann hervor. Steinbecker scheute sich nicht, einmal kräftig gegen die Füße des Mannes zu stoßen. Augenblicklich rollte ein stämmiger Kerl mit ausladendem Bauch unter dem Fahrzeug heraus. Ein blaues Veilchen zierte sein linkes Auge, und das schüttere Haar schien seit einigen Tagen nicht mit Shampoo in Berührung gekommen zu sein. Detlev Siebert erhob sich mühsam vom Rollbrett und sah direkt in Wagners Augen. Für einen Mann war er eher von mickriger Größe, was er jedoch durch Körperfülle wettmachte. Wagner fragte sich erneut, was Sybilla Hauser an diesem Mann gefunden hatte. Wenn es stimmte, was die Nachbarin erzählte, war Siebert ein erfolgversprechender Liebhaber.

„Ich habe mir schon gedacht, dass Sie mich früher oder später aufspüren", begrüßte Siebert die Beamtinnen. Er wirkte sichtlich betroffen. Die kleinen Augen hatten einen bekümmerten Ausdruck angenommen. Er wischte sich die verschmutzten Hände an einem nicht minder verdreckten Stück Stoff ab und schlurfte in ein

Kabäuschen, das als Pausenraum diente. Mit einem unüberhörbaren Seufzer ließ Siebert sich auf einen weißen Plastikstuhl fallen.

„Sie war mein Ein und Alles", fing er an, „mit Sybilla zog endlich ein wenig Glück in mein Leben ein. Für sie wollte ich ein besserer Mensch sein, damit wir gemeinsam alt werden."

Er schluckte schwer.

„Sie wollten sich ins gemachte Nest setzen, wie uns zu Ohren gekommen ist", provozierte Wagner. Bevor der wohlbeleibte Mann etwas erwidern konnte, nahm Steinbecker das Ruder in die Hand. „Wie haben Frau Hauser und Sie sich kennen gelernt? Ein Ex-Knacki und eine Sachbearbeiterin verkehren doch nicht in den gleichen Kreisen, oder?"

„Meine Schwester, die ebenfalls an der Hochschule arbeitet, fand, dass wir zwei gut zusammenpassen würden. Also hat sie uns miteinander bekannt gemacht und … es hat gefunkt." Bei den letzten Worten leuchteten die wässrigen Augen kurz auf. Dann ballten sich seine schwieligen Hände zu Fäusten, und mit einer wütenden Stimme knurrte Siebert: „Der Kerl, der ihr das angetan hat, den zermatsche ich zu Brei."

„Selbstjustiz wird in unserem Land nicht gerne gesehen, Herr Siebert", erwiderte Wagner, „helfen Sie uns lieber bei der Aufklärung des Mordfalls und erzählen Sie mir, wie Sie den Sonntagabend verbracht haben, und wo Sie zwischen 23 Uhr und 3 Uhr nachts waren."

Detlev Siebert nahm einen gewaltigen Schluck aus einer deformierten Plastikwasserflasche und fing an zu berichten.

„Sybilla war eine Granate, die Feuer im Hintern besaß, wenn Sie wissen, was ich meine."

Ein süffisantes Grinsen legte sich kurz über das vom Alkohol gezeichnete Gesicht. Doch als die Kommissarin ungeduldig mit den Füßen tippte, besann sich Siebert auf das Wesentliche.

„Sybilla schaute gegen 19 Uhr bei mir vorbei. Sie hatte was vom Chinesen dabei. Eigentlich dachte ich, wir würden nach dem Essen eine kleine Nummer schieben. So als Abschluss des Wochenendes, aber Sybilla schimpfte in einer Tour über diese Jette."

„Welche Jette?", fragte Steinbecker nach.

„Die Süße vom Tyler. Sein Betthäschen oder besser gesagt, jetzt sein Ex-Häschen", antwortete Siebert mit einem ziegenartigen Lachen.

„Warum war Frau Hauser wegen dieser Jette aufgebracht?", wollte Wagner wissen.

Es war Siebert anzumerken, dass er sich innerlich krümmte, doch Theas resolute Gesichtszüge verfehlten ihre Wirkung nicht.

„Sybilla fand, das Jette nicht gut genug für ihren Sohn war. Darum hat sie die junge Frau aufgefordert, Tyler den Laufpass zu geben."

„Warum hat sie nicht mit ihrem Sohn direkt gesprochen?", hakte Steinbecker nach.

„Sybilla meinte, das würde nichts bringen. Der Junge sei diesem Mädchen angeblich völlig verfallen. ‚Das kleine Miststück hat meinen Tyler verhext und will ihn für sich alleine habe. Aber das kann sie vergessen', war eine von Sybillas Schimpftiraden", erklärte Siebert, „ich fand ja, dass sie ein wenig übertrieb. Aber das Muttertier in Sybilla ähnelte einem ausgewachsenen Tiger."

Wagner zog überrascht die Augenbrauen in die Höhe.

„Wissen Sie, wo wir Jette finden können?", hakte sie nach.

„Sie ist Studentin an der Hochschule. Soviel ich weiß, wohnt sie im Studentenwohnheim im Nassauviertel", erklärte Siebert.

Steinbecker machte Anstalten, den Pausenraum zu verlassen, doch Wagner war noch lange nicht fertig.

„Sie haben uns immer noch nicht erzählt, was Sie Sonntagnacht getrieben haben. Des Weiteren würde mich interessieren, wer Ihnen das markante Veilchen verpasst hat."

Das Gesicht von Detlev Siebert nahm einen roten Farbton an, und sein Körper schien vor Wut zu bersten.

„Sybillas kleiner Liebling kam Dienstagabend bei mir vorbei. Er demolierte einen Teil meiner Möbel und warf mir an den Kopf, dass ich schuld am Mord seiner Mutter sei. Sybilla war an dem Abend alleine nach Hause gelaufen. Sie wollte das. Wollte nachdenken. Außerdem", Siebert starrte auf den Boden, „… hätte ich Sie nicht fahren können. Hatte schon ein bisschen zu viel intus. Da wollte ich nicht Auto fahren. Bin doch auf Bewährung und erst seit elf Monaten wieder auf freiem Fuß", nuschelte er verlegen.

„Soll das heißen, der schmächtige Tyler hat Ihnen eine auf die Nase gehauen?", fragte Steinbecker ungläubig.

Siebert antwortete nicht, sondern nestelte an seinem Ohr herum, während er den Boden näher betrachtete. Dann hob er entschlossen den Kopf.

„Er sieht auch nicht besser aus, das kleine Arschloch." Siebert spuckte die Worte raus.

Die Kommissarin ging auf Sieberts Gerede nicht ein, sondern fragte noch einmal, diesmal etwas schärfer, wo er in der Nacht von Sonntag auf Montag gewesen sei.

„Wo soll ich schon gewesen sein. Besoffen und scharf wie Nachbars Lumpi. Vor der Glotze, und hab mir einen runter geholt. Jetzt zufrieden, Frau Kommissarin?"

„Können Sie das beweisen?"

Siebert fixierte Wagner. Das Verlangen, der Kommissarin an Ort und Stelle den Hals umzudrehen, stand ihm ins Gesicht geschrieben. Plötzlich hellte sich seine Miene auf.

„Ha, meine Nachbarin hat mehrmals mit ihrem Stock von unten gegen die Decke geklopft. Angeblich war mein Fernseher zu laut. Sie können die alte Schreckschraube gerne fragen."

„Das werden wir", versicherte ihm die Kommissarin. Auf dem Absatz hielt sie noch einmal inne.

„Wissen Sie, wie Sybilla Hauser das Haus finanzierte? Oder den fabrikneuen Wagen für ihren Sohn? Wie kam es zu dem Geldsegen?"

Siebert verdrehte die Augen.

„Ich weiß es nicht. Es hat mich auch nicht interessiert. So lange sie mir nicht auf der Tasche lag, konnte Sybilla mit ihrem Geld anstellen, was sie wollte."

Detlev Siebert schwieg einen Moment, dann fügte er hinzu: „Ihre Eltern sind keine armen Schlucker. Besitzen mehrere Immobilien in Offenbach. Das hat Sybilla mehrmals betont. Sie meinte, dass sie eine gute Partie wäre."

„Erbt Tyler Haus und Geld?"

„Vermutlich. Die kleine Kanalratte wird sich alles unter den Nagel reißen und ein Leben in Saus und Braus genießen. Ohne seiner Mutter Rechenschaft abzulegen, wann er wo und mit wem geschlafen hat." Siebert kicherte leise. „Was ihren Sohnemann anbelangt, war Sybilla ein Kontrollfreak. Aber das war nicht mein Problem."

Thea horchte auf. Tyler. Den jungen Mann mussten sie dringend in die Mangel nehmen. Mit einem knappen Kopfnicken verabschiedeten Wagner und Steinbecker sich und fuhren zurück in ihre Einsatzzentrale.

15

Es war kurz nach 13 Uhr, als die Ermittlerinnen dem Idsteiner Brauhaus ihre Aufwartung machten. Das Mittagsgeschäft schien beendet, sodass sie problemlos ein ruhiges Eckchen für einen kurzen Imbiss fanden. Von ihrem Platz schauten sie durch einen gläsernen Torbogen direkt auf den überschaubaren Biergarten, der bei den kühlen Temperaturen verwaist dalag. Die Bedienung stellte zwei Gläser samt Wasserflasche und einem Krug Apfelwein vor ihnen ab. Während Wagner in die gerippten Gläser eine Mischung aus 1/3 Apfelwein auf 2/3 Wasser goss, streckte Steinbecker ihre langen Beine aus und gähnte.

„Nehmen Sie einen Schluck Sauer Gespritzten. Dann kommen die Lebensgeister zurück. Verhöre führen ist anstrengend", bemerkte Wagner und prostete ihrer Kollegin zu.

„Sollten wir nicht längst eine heiße Spur haben?", fragte Steinbecker zweifelnd. „Aber ich tappe noch genauso im Dunkeln wie am Montag. Übersehen wir etwas?"

Die Kommissarin lehnte sich zurück, beobachtete den Barkeeper, wie er Gläser polierte, und erwähnte scheinbar beiläufig: „Wenn wir einen Täter nicht in flagranti erwischen, ist Kriminalarbeit eine Art langwierige Recherche. Wir müssen zuerst alle Informationen zusammentragen, die richtigen Schlüsse ziehen und den Täter festnehmen. Haben wir noch keinen oder zu viele Tatverdächtige, fehlt es uns an den entscheidenden Informationen."

„Das klingt ja überaus simpel. Warum überkommt mich das Gefühl, ich hätte meinen Job bisher nicht anständig erledigt, Chefin?"

„Weil Sie nur das große Ganze sehen. Ihr Gehirn muss alle Fakten zusammenfügen, bevor sich eine erfolgversprechende Spur zeigt."

Steinbecker nahm einen Schluck der Apfelweinschorle. Nachdenklich kratzte sie sich hinter dem Ohr

„Ich fasse mal zusammen. Bisher habe ich drei Tatverdächtige: Katharina Klemm, Silke Weinbauer und Detlev Siebert ..."

„Sehr gut. Sie waren von seiner rührseligen Story auch nicht überzeugt", fiel Wagner ihrer Kollegin ins Wort. „Das Alibi sollten wir auf jeden Fall überprüfen. Auf der anderen Seite – Siebert hat durch Hausers Tod viel verloren. Seine Bude wird demnächst abgerissen, und bei Sybilla hatte er ein schmuckes Dach über dem Kopf. Sie versorgte ihn und befriedigte seine animalischen Bedürfnisse. Meiner Meinung nach fehlt ihm ein Motiv", beendete Wagner ihre Ausführung.

„Dann bleiben die zwei Frauen", schlussfolgerte Steinbecker.

Die Bedienung stellte das Essen vor ihnen ab. Thea dippte ein Stück Laugenbrezel in den Spundekäse. Sie liebte diese hessische Köstlichkeit.

„Die Nachbarin scheidet aus. Sie mag wütend auf Sybilla Hauser gewesen sein, aber ein echtes Mordmotiv kann ich nicht erkennen. Das Lärmproblem wäre früher oder später ein Fall für das Zivilgericht gewesen. Mehr nicht."

„Dann bleibt uns nur Silke Weinbauer. Die hat ein starkes Motiv."

Die Kommissarin zog ihr Smartphone aus der Jackentasche und zeigte Steinbecker eine SMS, die ihr Kollege Saba gesendet hatte. Weinbauers Alibi war korrekt. Die Stirn der Beamtin zog sich zusammen und drückte Unmut sowie Enttäuschung aus.

„Jetzt sind wir genauso schlau wie am Anfang. Entweder den Leuten fehlt ein Motiv oder sie haben ein Alibi. Verdammt."

Wütend schaufelte sich Steinbecker eine vollbeladene Gabel Wurstsalat in den Mund.

„Nicht so pessimistisch bitte", bat die Kommissarin. „Wir haben eine Reihe von ungeklärten Fragen. Allen voran: Wie kam die Leiche ins Verlies? Ich bleibe dabei, dass es einen anderen Weg geben muss. Egal, was der Türmer sagt. Wenn wir dieses Geheimnis lösen, führt uns das einen Schritt näher an den Mörder heran."

„Ich dachte, dort, wo das Geld herkommt, ist auch der Täter nicht weit?"

Wagner zuckte mit den Schultern.

„Irren ist menschlich."

Mit gerunzelter Stirn schob Steinbecker den leeren Teller zur Seite und goss sich und ihrer Chefin ein weiteres Glas Apfelwein ein.

„Wie gehen wir jetzt vor? Untersuchen wir den Fuß des Turmes?", fragte die junge Beamtin mit genervter Stimme.

Die Kommissarin hob abwehrend die Hände.

„Um Gottes willen! Wir müssen die Recherche vorantreiben. Ich denke, dass uns Tyler Hauser ein paar Fragen schuldig ist. Ihm sollten wir auf den Zahn fühlen."

„Wer erschlägt denn seine eigene Mutter", merkte Steinbecker skeptisch an.

„Mehr Menschen, als Sie sich vorstellen können."

* * *

Zurück im Büro, versuchte Kollegin Steinbecker, Tyler Hauser auf der Arbeit zu erreichen. Eine höfliche Frauenstimme teilte ihr mit, dass Herr Hauser ein paar Tage Urlaub genommen hatte. Um das weitere Vorgehen abzustimmen, polterte die junge Beamtin in das Büro ihrer Vorgesetzten. Die Kommissarin stand mit einer Tasse Kaffee in der Hand vor dem Whiteboard. Ohne den Kopf zu heben, moserte Wagner: „Wann lernen Sie anzuklopfen?"

Die Kritik perlte an Steinbecker ab. Es schien, als besäße die junge Polizistin keine Synapsen für gesellschaftliche Konventionen.

„Tyler Hauser hat Urlaub. Sollen wir es bei ihm zu Hause versuchen?"

Eigentlich verspürte Wagner nicht die geringste Lust, ihr Büro zu verlassen. Am Himmel brauten sich Regenwolken zusammen. Nicht mehr lange und ein Gewitter würde über Idstein hereinbrechen.

„Mir wäre es lieber, wir könnten den jungen Mann in unseren Räumlichkeiten vernehmen. Haben Sie ihn angerufen?"

„Leider erfolglos. Und das Smartphone scheint er ausgestellt zu haben."

Die Kommissarin nahm ihre Augen von der weißen Tafel und beschloss, die auswärtige Ermittlungsarbeit positiv zu bewerten. Schließlich hatte sie nur zu gerne das Angebot, diesem Fall auf den Grund zu gehen, angenommen, um der tristen Schreibtischarbeit zu entfliehen. Die negativen Begleiterscheinungen wie Tatortbesichtigungen bei Gewitter oder Dauerregen schienen bei der Zusage aus ihrem Gedächtnis gelöscht gewesen zu sein.

„Dann müssen wir dem bevorstehenden Unwetter die kalte Schulter zeigen. Schnappen wir uns den Wagen und fahren kurz rüber."

Während die Beamtinnen die Limburger Straße entlang fuhren, trommelten dicke Regentropfen auf das Autodach, der Scheibenwischer leistete Schwerstarbeit. Wagner bereute die Entscheidung, das warme Büro verlassen zu haben. Offenbar klopfte das fortgeschrittene Alter an ihre Tür. Körperlich sowie geistig. Früher hätte sie keine Sekunde gezögert, einem förderlichen Hinweis, und sei er noch so unscheinbar, hinterherzujagen. Mittlerweile scheute Thea den Aufwand und bevorzugte die Bequemlichkeit. Die Position als Leiterin der Polizeistation erschien ihr mit einem Mal wie ein Wink des Himmels.

„Da wären wir", bemerkte Steinbecker, ohne Anstalten zu machen, den Wagen zu verlassen. Die Kommissarin zögerte ebenfalls. Da das Prasseln der Regentropfen auf dem Dach an Intensität abnahm, wagte Wagner einen Vorstoß und verließ das Fahrzeug. Ohne auf ihre Mitarbeiterin zu warten, huschte Thea auf wackeligen Trittsteinen zur Doppelhaushälfte der Hausers. Entschlossen drückte sie auf das silberne Klingelschild. Nichts rührte sich. Mittlerweile war Steinbecker neben ihr aufgetaucht. Wagner betätigte erneut den Klingelknopf. Das Haus schien in einem Tiefschlaf zu liegen. Weder Lampen blitzten auf, noch konnte die Kommissarin Schatten umherschleichen sehen.

„Das Vögelchen scheint ausgeflogen zu sein", stellte sie fest.

„Vielleicht ist er verreist. Um Abstand zu gewinnen. Man verliert schließlich nicht jeden Tag seine Mutter durch einen Mörder."

Missmutig schob Wagner ihre Unterlippe vor. Dann lief sie entschlossen zur Garage und drehte am Torknauf. Als sich die Tür nicht bewegte, trat Thea mit dem Absatz ihres Schuhs dicht über das Türschloss. Anschließend ließ sich der Knauf problemlos öffnen. Lächelnd schwang die Kommissarin das Garagentor nach oben. Mit offenem Mund folgte Steinbecker ihrer resoluten Chefin.

„Legal ist das ja nicht – aber den Trick mit den Schuhen müssen Sie mir unbedingt zeigen."

Ein paar gemurmelte Worte, mehr erhielt die Beamtin nicht als Antwort. Die Kommissarin dachte nach. Vor ihr stand eine silberne Version des Audi TT. Tyler schien demnach nicht verreist zu sein. Kein junger Mann würde ohne diesen Sportflitzer auf einen Trip gehen.

„Darf ich Sie fragen, was Sie hier machen?", fragte eine Frauenstimme erbost. Thea wirbelte herum und hielt der kräftigen Gestalt, die an eine Amazone erinnerte, ihren Dienstausweis unter die Nase.

„Ich bin Kommissarin Wagner und das ist meine Kollegin Steinbecker", sagte sie knapp. „Wir ermitteln im Mordfall Sybilla Hauser. Wissen Sie vielleicht, wo Herr Hauser sich aktuell aufhält, Frau …?"

„Oh", stammelte die Frau mittleren Alters im rosa Jogging-Anzug. Ihr mattes, braunes Haar war zu einem wirren Zopf zusammengebunden, die Füße steckten in ein paar Plastikhausschuhen, und der unverkennbare Geruch von Zigaretten ging von der Idsteiner Amazone aus.

„Bach ist mein Name. Beate Bach. Ich wohne im Haus gegenüber und habe von meinem Wohnzimmer aus die Haustür und Garage im Blick", antwortete sie und sah auf ihre grellgrünen Schuhe, die farblich nicht mit dem flauschigen Sportanzug harmonierten.

„Sie beobachten also tagsüber die Nachbarschaft", bemerkte Wagner mit scharfer Stimme, die keine Widerrede duldete. „Dann können Sie uns bestimmt sagen, wann Herr Hauser das Haus heute verlassen hat."

Beate Bach lief rot an. Mit der Fußspitze scharrte sie verlegen auf dem Betonboden der Garage. Es wäre ratsamer gewesen, den Ort ihres unerlaubten Eindringens zu verlassen, aber da es erneut zu regnen begonnen hatte, schob Wagner die mahnenden Gedanken zur Seite.

„Der Tyler ging gegen 15:00 Uhr. Ich weiß das so genau, weil da meine Lieblingssendung läuft."

„Wissen Sie vielleicht, wohin er wollte?"

Beate Bach schüttelte den Kopf. Die kräftig gebaute Frau schien abzuwägen, was sie der Polizei erzählen sollte. Wagner war der Zweifel nicht unbemerkt geblieben. Sie wusste aus Erfahrung, dass es manchmal besser ist, kein weiteres Wort zu verlieren. Kollegin Steinbecker starrte hingegen ihre Vorgesetzte erwartungsvoll an. Thea gab ihr mit einer unauffälligen Handbewegung zu verstehen, dass sie sich gedulden sollte. Beate Bach fischte zwischenzeitlich Zigaretten und Feuerzeug aus der ausgebeulten Jackentasche und zündete eine Kippe an. Nach dem ersten intensiven Zug wurde die Nachbarin gesprächiger: „Wir hatten ja nicht viel Kontakt zu Hausers, wissen Sie, aber das ist schon schrecklich. Das wünscht man keinem. So einfach ermordet zu werden. Ist doch hoffentlich kein

Serienkiller, der unser schönes Idstein in Angst und Schrecken versetzt."

Die Kommissarin wiegelte ab. „Zum jetzigen Ermittlungszeitpunkt gehen wir davon aus, dass es sich um keinen Serientäter handelt. Aber fahren Sie fort."

Beate Bach zog erneut an ihrer Zigarette.

„Hausers waren – sie passten nicht hierher. Hier leben vor allem Familien mit Kindern. Und Sybilla Hauser regte sich irrsinnig über Kinderlärm auf. Geschimpft und gezetert hat sie, wenn die Kinder die Wege mit Kreide bemalten oder der Ball in ihren Garten flog. Wahrscheinlich hatte sie es an den Nerven", folgerte die Nachbarin.

„Wissen Sie etwas Genaueres über Familie Hauser? Hobbys oder andere Interessen?", brachte Steinbecker sich in das Gespräch ein.

„Sie lebte mit ihrem Sohn in dem Haus. Der Ex-Mann wohnt im Ausland. Sie sprach nicht viel von ihm und wenn, dann fand sie nur wütende Worte. Ihr Sohn war ihr Ein und Alles. Ihr kleiner Prinz. Sie hat ihm quasi den Hintern geputzt, wenn er auf dem Klo saß. Hotel Mama."

„Das hat Frau Hauser Ihnen erzählt?", fragte Steinbecker skeptisch.

Beate Bach verdrehte die Augen.

„Natürlich nicht. Aber sehen Sie sich doch mal dieses Auto an. Wurde mit roter Schleife geliefert. Zum 25. Geburtstag des Sohnemannes. Inklusive einer Grillparty der Superlative. Gott sei Dank waren Klemms im Urlaub. Die arme Frau hat es wirklich nicht leicht gehabt mit den Hausers."

„Kennen Sie Detlev Siebert?", fragte Wagner unvermittelt.

Die Nachbarin drückte die Kippe auf dem Boden der Garage aus und kickte den Stummel auf den Gehweg.

„Wer soll das sein?"

„Frau Hausers Lebensgefährte."

„Der kleine schwangere Kerl? Der bringt demnächst ein Fünf-Liter-Bierfass auf die Welt", witzelte Frau Bach, während ein rauchiges Lachen aus ihrem Mund kroch, „das ist ein geschwätziger Typ. Der wusste alles besser, prahlte mit seinem Sexleben, und Diskretion war ein Fremdwort für ihn. Er beschwerte sich bei meinem Mann mehrmals, dass Sybilla ihren Sohn verhätschelte und sie ihn endlich an die frische Luft setzen sollte. Der Lebensgefährte und der Sohn gingen verbal täglich aufeinander los. Nach einem Streit verließ Tyler das Haus Türen knallend."

„Wissen Sie, wohin er verschwand?", fragte Steinbecker.

Die kräftige Frau dachte kurz nach.

„Entweder zu seiner Freundin. Das ist so eine Hübsche. Weiß gar nicht, was die an dem dürren Tyler findet. Mein Mann hat ihn hin und wieder in der ‚Pfeife' gesehen. Er ist bestens mit dem Besitzer der Kneipe befreundet."

Ein heftiger Wind wehte in die Garage hinein, und Beate Bach zog die Jacke dichter um ihren Körper. Sie fröstelte. Wagner beschloss, dass sie für heute genug erfahren hatten. Die Kommissarin trat zum Zeichen, dass das Gespräch beendet war, aus der Garage heraus, und griff nach dem Knauf, um das Tor zu schließen.

16

„Viele Freunde hatte unser Opfer nicht", bemerkte Steinbecker, als sie ein überdimensionales Fragezeichen auf das Whiteboard neben Sybilla Hausers Namen zeichnete. „Zumindest nicht in der Nachbarschaft."

„Ich denke, für heute machen wir Schluss und versuchen morgen noch einmal, Tyler Hauser persönlich zu sprechen. Wir müssen auch Jette Malsburg einen Besuch abstatten", beendete Wagner den Arbeitstag.

„Dann packen wir für heute zusammen?", fragte Steinbecker hoffnungsvoll. Die Kommissarin nickte, worauf ihre junge Kollegin schwungvoll und mit einem Leuchten in den Augen aufsprang.

„Prima, dann kann ich noch in Ruhe den Kühlschrank auffüllen gehen, bevor mein Schatz in drei Stunden landet. Er kommt aus Singapur zurück", erzählt sie aufgeregt.

Wagner schmunzelte innerlich angesichts der Sehnsucht und Verliebtheit, die ihre Mitarbeiterin öffentlich an den Tag legte.

„Kommt Tom heute Abend in den Genuss Ihrer Kochkünste?"

Statt einer Antwort lief Steinbecker rot an.

„Oh la, la", rief die Kommissarin aus, „wie lange haben Sie sich nicht gesehen? Eine Woche?"

„Fünf Tage", antwortete Steinbecker verlegen.

„Dann tippe ich auf Sushi zum Mitnehmen oder ein paar Antipasti, damit Sie ihre gemeinsame Zeit ‚sinnvoll' nutzen", grinste Thea ihre Kollegin schelmisch an.

Mit rosigen Wangen wehte Steinbecker aus der Tür, als Wagner ihr im Hinausgehen hinterherrief: „Wie Sie Ihre Nacht gestalten, ist mir egal, aber Morgen pünktlich um 8:00 Uhr wieder antreten. Verstanden?"

Die junge Beamtin hob lächelnd die Hand zum Abschied und verschwand den Flur entlang. Thea packte ebenfalls ihre Siebensachen und begab sich auf den Heimweg. Am Kreisel staute sich der Feierabendverkehr. Die Autoschlange wuchs gemächlich in jeder der vier Richtungen an. Zarte Sonnenstrahlen streichelten Theas Gesicht, und sie dachte nach, wie sie den Rest des Tages gestalten würde. Sie entschied, einen Umweg zu nehmen und am alten Gebäude der Fresenius Hochschule vorbeizulaufen. Am Schuhgeschäft bestaunte sie die Auslage und überquerte an der Stelle, wo Limburger und Wiesbadener Straße aufeinandertrafen, den Zebrastreifen. Auf dem unebenen Kopfsteinpflaster schlenderte die Kommissarin die Fußgängerzone entlang und hielt auf dem König-Adolf-Platz kurz inne. Nachdem Thea ihre gedankliche Einkaufsliste durchgegangen war, verschob sie den Besuch im Reformhaus ebenso wie den im Weinladen auf die Zeit nach den Ermittlungen. Stattdessen nahm sie die Treppen am Rathaus vorbei, passierte die gewaltigen Steine des Kanzleitores und fand sich kurz darauf am Fuß des Hexenturmes wieder. Die Mauer des Schlossgartens taugte hervorragend als Sitzgelegenheit. Den Blick in Richtung Turm gewandt, suchte Thea mit den Augen den Sockel ab. Jeden einzelnen Stein, jede noch so minimale Verformung eines Busches oder eines Astes könnte ein Hinweis sein. Es war eine vergebliche Mühe, denn Thea fand keine Anzeichen, dass der Täter samt Opfer von außen in das Verlies gekommen war. Sie erhob sich leise fluchend von der Mauer. Ohne einen berechtigten Anhaltspunkt konnte sie unmöglich die Spurensuche am Wahrzeichen der Stadt vorantreiben oder selbständig die Klettertour in Angriff nehmen. Für eine one-woman-Aktion hätten die Stadtväter nur wenig Verständnis.

In Gedanken versunken schlenderte sie die Treppe zur Straße hinunter, überquerte am Parkplatz „Am Hexenturm" den nächsten Kreisel und nahm den gewohnten Weg zurück nach Hause. Die Unzufriedenheit nagte an ihr. Vor Kollegin Steinbecker gab sie sich optimistisch, aber dieser Fall schien nicht den vertrauten Schwung zu bekommen. Ihre Verdächtigen besaßen Alibis, und Sybillas Chef war beängstigend sauber. Nicht mal einen Punkt in Flensburg besaß der Whiskey-Trinker. Theas Hoffnung lag auf Jette Malsburg. Von einem Gespräch mit der Studentin erhoffte sie sich Informationen, die zum Täter führten. Doch bis dahin, versuchte sie die Gedanken um den Fall zur Seite zu schieben und sich ihrer Freizeitgestaltung zu widmen. Sie könnte ins Kino gehen. Oder Joggen. Aber wenn Thea ehrlich war, zog sie einen gemütlichen Abend mit einem lesenswerten Buch vor. Der aktuelle Martin Suter lag unberührt auf dem Nachtisch und wartete darauf, seine Geschichte preiszugeben. In ihrer Wohnung angelangt, inspizierte Thea als erstes den Kühlschrank und die Vorräte. Ihr stand der Sinn nach würzigen Leckereien. Eine Dose Oliven, eingelegte Sardellenfilets und Ciabatta zum Aufbacken beförderte sie ans Tageslicht. In der hinteren Ecke ihres Kühlschranks versteckte sich eine Packung Aioli. Da die Knoblauchpaste nicht ranzig roch, beschloss Thea, damit ihrem Abendessen den nötigen Pfiff zu verleihen.

Ein Glas trockener Rioja rundete das spanische Mahl auf dem Balkon ab. Mutterseelenallein bereiteten ihr die mediterranen Köstlichkeiten nur minimales Vergnügen. Um nicht erneut in Trübsal zu versinken, stand Thea auf und ging ins Wohnzimmer. Anderen Menschen schien die Berieselung durch das Fernsehen bei der Bewältigung trister Gefühlsregungen behilflich zu sein, daher versuchte sie es mit einer Vorabendserie. Doch familiäre Intrigen, schwülstige Liebesbekundungen und überraschende Bekenntnisse halfen nicht, ihre Unzufriedenheit und Einsamkeit in den Griff zu bekommen. Entmutigt nahm Thea das Telefon in die Hand, um mit Charlotte ein Schwätzchen zu halten. Möglicherweise hatte ihre Tochter das Gen des Vaters geerbt, in verzwickten Fällen die dunklen Wolken mit ungewöhnlichen Theorien zu lichten.

„Claasen", brummte ihr eine männliche Stimme entgegen.

„Hallo Mats, der Schrecken aller Ehemänner ist am Apparat. Deine Schwiegermutter."

Ein dröhnendes Lachen erklang an ihrem Ohr.

„Liebste Schwiegermama. Wie geht es dir? Was macht dein Hexenmörder, und wann beehrst du uns wieder mit deiner Anwesenheit?"

„Mein Mörder ist noch auf freiem Fuß, und zum aktuellen Zeitpunkt wird er das auch noch eine Weile bleiben."

„Lässt deine Spürnase dich im Stich?"

„Ich scheine eingerostet zu sein. Aber ich hoffe, dass deine Frau mir mit ihrem abstrakten Verstand ungewohnte Wege aufzeigt."

„Ich reiche an Charly weiter. Bis bald, du Schreck aller Schwiegersöhne."

Es raschelte, als würden Papierstapel zur Seite geschoben, und kurz darauf erklang die sanfte Stimme ihrer Tochter.

„Hallo Mutter. Was macht dein Fall? Stimmt es, was in der Zeitung steht?"

Thea stutzte.

„In welcher Zeitung steht was?", wollte sie wissen.

„Genaueres kann ich dir nicht sagen, aber im Lehrerzimmer liegt immer eine aktuelle Ausgabe der Nassauer News, und auf der Titelseite prangte die Überschrift ‚Hexenmörder in Idstein! Welche Frau trifft es als Nächstes? Polizei tappt im Dunkeln'."

Thea bekam Schnappatmung.

„Das ist nicht dein Ernst. Wie kommen diese Schmierfinken dazu, Angst und Schrecken in der Bevölkerung zu verbreiten. Die tun ja gerade so, als würde ein Massenmörder in Idstein wüten. Woher hat die Redaktion die Information. Mich hat keiner gefragt."

„Ach Mama, du weißt doch, wie das in Kleinstädten läuft", versuchte Charly zu beschwichtigen. „Hier passiert nicht viel, und jedes Jahr schreibt unser Blatt über die gleichen Veranstaltungen. Da ist ein Mord eine echte Abwechslung."

„Sie können ja von mir aus über den Fall berichten", lenkte Thea ein, „aber bitte nur die Fakten. Und wenn man die Fakten betrachtet, bleibt nicht viel übrig, was die Öffentlichkeit zu interessieren hat."

„Wie geht es dir mit den Ermittlungen? Kommt ihr als Zwei-Frau-Team vorwärts?"

„Die Kollegen aus Wiesbaden unterstützen uns bei jeder Form von Recherche oder bei der Analyse von Spuren. In diesem Punkt hat Kommissar Saba Wort gehalten."

„Hast du wieder Blut geleckt?"

„Ja, die Faszination Mord hat mich erneut gepackt."

„Du meinst die unfassbare Grausamkeit?"

„Nenne es wie du willst. Ich habe ein Rätsel aufzulösen. Das Rätsel um die lächelnde Frau im Hexenturm."

„Ich bin dennoch froh, wenn die Ermittlung vorbei ist. Dann wanderst du zurück an deinen sicheren Schreibtisch."

Geräuschvoll sog Thea Luft ein und atmete wieder aus, bevor sie mit jammernder Stimme anmerkte: „Dein Vater fehlt mir. Er war ein hervorragender Querdenker und hat mich oft mit seiner unkonventionellen Art auf die entscheidende Fährte geführt."

„Ich weiß, Mama", entgegnete Charly mit einem leicht genervten Unterton, „aber das Leben muss weitergehen, und du wirst den Fall auch ohne Papa lösen."

„Wir arbeiten daran. Hast du unter Umständen eine Idee, wie die Leiche ins Verlies gekommen ist? Mal von einem Geheimgang oder Ähnlichem gehört?"

„Nein Mutter. Und ich werde jetzt bestimmt nicht mit dir den Fall durchkauen, wie du das nächtelang mit Papa gemacht hast. Ich habe einen Job und muss noch Klausuren korrigieren."

Charlys Äußerung war unmissverständlich. Ihre Tochter hatte sich noch nie für die Arbeit ihrer Mutter begeistern können. Sie fand es abscheulich, ermordete Menschen ins Zentrum des eigenen Lebens zu stellen. Thea vertrat die Ansicht, dass die Aufklärung eines Mordfalls für Gerechtigkeit sorgte und dem Erlernen einer toten Sprache in jedem Fall vorzuziehen sei.

Nachdem Charlotte das Gespräch kurzerhand beendet hatte, kam Thea nicht umhin, über sich als Mutter nachzudenken. Sie war bei weitem kein Vorzeigemodell. Aber jederzeit bemüht, bei bedeutenden Anlässen anwesend zu sein. Sei es beim Reitturnier, dem Konzert mit dem Gospelchor oder der Schulabschlussfeier – Charly war immer einer der wichtigsten Menschen in ihrem Leben. Sie liebte ihre Tochter. Damals wie heute. Thea musste sich allerdings eingestehen, dass zwischen Charlotte und Kai eine enorm innige Verbindung bestanden hatte. Probleme, welcher Art auch immer, besprach Charly jederzeit mit ihrem Vater. Eine vergleichbare Zuneigung entwickelte sich zwischen Mutter und Tochter zu keinem Zeitpunkt. Dabei war es Thea, die nach der Geburt für drei Jahre zu Hause geblieben war und anschließend einen gefahrlosen, aber langweiligen Job in der Asservatenkammer übernommen hatte. Halbtags archivierte Thea beschlagnahmte oder sichergestellte Gegenstände, die überwiegend als Beweismittel in einem Strafverfahren dienten. Skurrile Objekte gingen in dieser Zeit durch ihre Hände: blutverschmierte Diamanten, ein zwanzig Zentimeter hohes, vergoldetes Kreuz oder eine präparierte Kobra. Von Zeit zu Zeit erfuhr Thea, wie die Gegenstände im Zusammenhang mit der Straftat standen und wie der Fall gelöst wurde. Der Wunsch, diesen Geheimnissen auf den Grund zu gehen, wuchs beständig. Nach einer Reihe von zermürbenden Diskussionen, in denen Thea Kai versicherte, dass ein Job bei der Kriminalpolizei nicht gefährlicher als der Streifendienst sei, stimmte ihr Ehemann schweren Herzens ihrer Entscheidung zu. Vor zwanzig Jahren waren Frauen zwar keine Seltenheit im Morddezernat, aber diese Domäne befand sich felsenfest in männlicher Hand, sodass eine Frau hervorragende Chancen bei der Besetzung einer offenen Stelle hatte.

Ihr Leben wurde durch die neue Tätigkeit aufregender. Thea fühlte sich zum ersten Mal im Berufsleben gefordert. Ihr Verstand musste arbeiten, Rückschlüsse ziehen und Verbindungen erkennen. Zum Leidwesen des Familienlebens. Mitten in der Nacht klingelte das Handy, und sie sprang aus dem Bett, um zu einem Tatort zu eilen. Ihre freien Tage nutzte Thea, um Zeit mit Charly zu verbringen. Sie fuhr sie in die Schule, zum Reiten oder Gitarrenunterricht, kochte ihr Lieblingsessen und ging mit ihr shoppen. Doch Kai blieb Charlys erster Ansprechpartner, wenn es um Probleme mit Jungs, der Schule oder zickigen Freundinnen ging.

An manchen Tagen überlegte Thea, ob sie zu egoistisch war, weil sie ihren Traumjob über die Familie stellte? Aber allein bei dem Gedanken, womöglich heute noch in der Asservatenkammer zu versauern, überschwemmte sie ein unbehagliches Gefühl.

Mittlerweile war es zu spät, sich über ihre kümmerliche Mutter-Tochter-Beziehung den Kopf zu zerbrechen. Charly war erwachsen und führte ihr eigenes Leben. Thea beschloss daher, den Rest des Abends mit leichter Lektüre im Bett zu verbringen und keine Gedanken an die Mutterrolle per se oder tote Hexen zu verschwenden. Es war damals die richtige Entscheidung, den Weg zur Kriminalpolizei einzuschlagen. Daran bestand für Thea kein Zweifel. Was jedoch über sie gekommen war, als sie den Posten in Idstein annahm, darüber würde sie irgendwann einmal mit einem guten Therapeuten sprechen müssen.

17

Die Sonne hatte sich an diesem Morgen ihr Territorium zurückerobert, einen azurblauen Himmel im Schlepptau. Das sommerliche Altweiberwetter versetzte die Kommissarin allerdings in keine Hochstimmung. Der Ärger über den Zeitungsartikel brodelte in Theas Innerem. Der Bürgermeister rief früh am Morgen erzürnt an, da besorgte Bürger ihm die Bude einrannten. Charmant wiegelte sie das Problem herunter, sprach von „Falschmeldungen vonseiten der Presse" und versprach eine prompte Aufklärung. Doch seit geschlagenen zwanzig Minuten starrte sie gemeinsam mit Kollegin Steinbecker auf die weiße Tafel - in der Hoffnung, des Rätsels Lösung würde wie von Geisterhand vor ihnen auftauchen. Die junge Beamtin kippelte auf dem Stuhl und balancierte gleichzeitig zwei Kokos-Cookies auf den dürren Oberschenkeln. Während der Stuhl nur von den Hinterbeinen und dem Gleichgewichtssinn der Polizistin in Balance gehalten wurde, schlürfte Steinbecker unüberhörbar einen Kaffee. Aufgrund der akrobatischen Einlage ihrer Kollegin, deren Mundwinkel selig lächelten, konnte sich die Kommissarin nicht auf die Tafel konzentrieren. Ein Hauch Neid wehte durch ihre Gedanken. Steinbeckers Abend und Nacht schienen ihren Wünschen entsprechend verlaufen zu sein.

Thea stand auf und positionierte sich direkt vor dem Whiteboard. Augenblicklich hörte die junge Polizistin auf zu kippeln und nahm eine aufrechte Position an.

„Was wissen wir bisher?", fragte Thea.

„Eine ganze Menge", antwortete Steinbecker wie eine wissbegierige Schülerin, „leider bringt es uns nicht dem Mörder näher, sondern verläuft in einer Sackgasse."

„Korrekt. Ergo müssen wir mehr Informationen sammeln", fuhr Thea fort. „Wir müssen uns mit der Frage auseinandersetzen, welche Rolle die Ex-Freundin von Tyler spielt. Es ist unabdingbar, dass wir der jungen Dame schnellstmöglich einen Besuch abstatten. Des Weiteren steht immer noch die Frage im Raum, wie die Leiche ins Verlies kam."

Während ihrer Überlegungen lief die Kommissarin unruhig vor der Tafel auf und ab. Steinbecker setzte sich breitbeinig auf den Stuhl und legte den Kopf in ihre Hände, wobei sie die Arme auf den Knien aufstützte, während sie kaum vernehmlich murmelte: „Vielleicht war es doch ein Ritualmord."

Abrupt blieb die Kommissarin vor ihr stehen. „Na schön. Überzeugen Sie mich. Wenn ein Hexenbund seine Finger im Spiel hat, welches Motiv haben wir? Segelte die Leiche durch die Öffnung und landete sanft in der Mitte? Warum wurde Sybilla Hauser nicht im Turm ermordet? Warum am Wörsbach?"

„Streitigkeiten um die Hexenherrschaft in Idstein?", versuchte Steinbecker es mit dem Ansatz einer Theorie.

Ihre Vorgesetzte nickte anerkennend.

„Keine schlechte Idee. Um Macht zu erreichen und Einfluss zu gewinnen, schrecken Menschen nicht vor Mord zurück."

Zaghaft und mit einer Spur Unglauben im Gesicht sah Steinbecker von ihren Fußspitzen auf.

„Das bedeutet nicht, dass Sie mich überzeugt haben", löschte Thea den aufkeimenden Hoffnungsfunken, „bisher haben wir keinerlei Verbindung zwischen einem Hexenzirkel und Sybilla Hauser herstellen können."

„Das stimmt", gab Steinbecker zu und zwirbelte das Ende ihres Zopfes, „aber mehr als nur eine Person beschimpfte unser Opfer als ‚Hexe'. Vielleicht war sie kein Mitglied in einer Hexenvereinigung, aber durch ihr ‚bösartiges' Verhalten titulierten sowohl ihre Nachbarinnen wie auch Silke Weinbauer die Ermordete als ‚Hexe'."

„Da Silke Weinbauer als Täterin ausscheidet, bleibt zum jetzigen Zeitpunkt die Frage, ob wir uns intensiver mit der Nachbarschaft auseinandersetzen. Katharina Klemm scheidet als Mörderin aus, da sie von der körperlichen Konstitution her nicht in der Lage ist, den Leichnam von einem Ort zum anderen zu transportieren. Aber wie verhält es sich, wenn die Nachbarschaft geschlossen zusammenhält? Ein Komplott, um die unbeliebte und ewig meckernde Nachbarin loszuwerden."

„Klingt wie der perfekte Mord", überlegte Steinbecker, „man gibt sich gegenseitig ein Alibi, und alle sind aus dem Schneider."

„Es sei denn, wir finden Fingerabdrücke, die wir auf einen Nachbarn zurückführen können. Dann würde das ganze Kartenhaus in sich zusammenfallen. Aber", gab die Kommissarin zu bedenken, „wenn die komplette Nachbarschaft an einem Strang zieht, hätte man dann die Leiche nicht auf einem anderen Weg entsorgt? Zerhackt im Blumenbeet verbuddelt? In winzige Stücke zerschnitten an den Hund verfüttert? Ein Herbstfeuer im Garten veranstaltet? Wäre ein Vergiften im eigenen Haus durch selbstgebackene Mandelplätzchen nicht die bequemere Alternative gewesen?"

Steinbecker seufzte und schlurfte hinüber zur modernen Kaffeemaschine.

„Was schlagen Sie vor, Chefin?"

„Wir schicken zwei Beamte in die Neubausiedlung. Die sollen die Alibis der Nachbarschaft checken. Und wir versuchen erneut unser Glück bei Tyler Hauser, bevor wir seine Ex-Freundin mit unserer Anwesenheit beglücken."

18

Energisch betätigte Sarah Steinbecker die Klingel. Auf dem gegenüberliegenden Grundstück nahm Wagner die Bewegung eines Vorhanges wahr. Beate Bach schien ihr Ankommen registriert zu haben. Erneut drückte Steinbecker ausdauernd die Klingeltaste. Ein Rollo im ersten Stock fuhr nach oben, und ein übernächtigter Tyler Hauser streckte seinen Kopf aus dem Fenster.

„Was'n los?", nuschelte der junge Mann.

Die Beamtin setzte ein strahlendes Lächeln auf.

„Guten Morgen Herr Hauser, wir hätten da noch ein paar Fragen zur Mordnacht. Die können wir hier lautstark zwischen Tür und Angel besprechen oder in Ihrer Wohnung", flötete Steinbecker liebenswürdig.

Die Kommissarin war erstaunt über den spöttischen Unterton ihrer Kollegin. Sie hätte Hauser gehörig den Marsch geblasen und dem halbstarken Bürschchen gedroht, ihn an Händen und Füßen gefesselt auf die Wache zu schleppen, um ihn dort einem Verhör zu unterziehen. Theas Fingerspitzengefühl hatte in den letzten Jahren rapide abgenommen. Das Klicken eines Schlüssels war an der Haustür zu vernehmen, bevor ein Gesicht mit blutunterlaufenen Augen ihnen entgegen starrte. Tyler Hauser ließ, ohne ein Wort zu verlieren, die Tür offenstehen und schlurfte in die Küche. Steinbecker sah ihre Vorgesetzte fragend an. Die Kommissarin zuckte nur mit den Schultern und folgte dem jungen Mann. Im Haus roch es nach Zigarettenqualm. Wagner unterdrückte den Drang, ein Fenster aufzureißen, und sah sich in der Küche um. Hausarbeit schien keines von Hausers bevorzugten Hobbys zu sein. Diese Tätigkeit reduzierte er auf ein Minimum, indem er Wegwerfgeschirr benutzte. Aus einem gelben Müllsack lugten Teller, Becher und Gabeln aus weißem Plastik hervor, umringt von Verpackungen, die asiatische Lieferdienste benutzten. Aber auch der Pizzadienst sowie die Dönerbude an der Ecke schienen einen neuen Kunden gewonnen zu haben. Tyler hantierte am Kaffeevollautomat, schäumte Milch auf und setzte sich auf einen roten Küchenstuhl. Wagner lehnte mit vor der Brust verschränkten Armen an der Spüle, während Steinbecker unschlüssig im Türrahmen stand.

„Wieso haben Sie Detlev Siebert eins übergezogen?", eröffnete die Kommissarin ohne Umwege das Gespräch.

Tyler sah nicht von seiner Tasse auf, die er in den Händen hielt. Es folgte ein schweigsamer Moment, bevor er brummend antwortete: „Mit Ihnen rede ich nicht. Sie erinnern mich an meine Mutter."

Wagner verdrehte die Augen, ging hinüber zu Steinbecker und übergab das Kommando, schweren Herzens, an ihre Kollegin.

Die Beamtin hob mit den Fingerspitzen ein verdrecktes Geschirrtuch von einem Küchenstuhl, schleuderte es energisch in die Spüle und nahm vor einem verwelkten Strauß weißer Rosen Platz.

„Herr Hauser", begann Steinbecker in sanfter Tonlage, „Herr Siebert hat uns erzählt, was passiert ist. Zumindest behauptet er, das Veilchen an seinem Auge stammt von Ihnen."

Als Antwort folgte ein Nicken.

„Denken Sie, dass Herr Siebert der Mörder Ihrer Mutter ist?"

Zum ersten Mal sah Tyler auf und schnaufte verächtlich. „Der Schlappschwanz würde keiner Fliege was zuleide tun. Das war totale Abhängigkeit von meiner Mutter. Sie hat gesagt ‚Spring!', und der alte Fettsack sprang. Für ein bisschen Sex und ein gemütliches Dach über dem Kopf tut der alles."

„Das ist kein Grund, ihm eine aufs Auge zu hauen", belehrte Steinbecker den jungen Mann.

„Der Kerl dachte doch tatsächlich, wir zwei würden jetzt so eine Art ‚Männer-WG' gründen. Faselte was von ‚gemeinsamer Trauerarbeit'." Tyler lachte höhnisch auf. „Verliert demnächst sein Dach über dem Kopf, weil sein Drecksloch abgerissen wird. Deswegen hat er sich an meine Mutter rangemacht. Da habe ich ihm kräftig die Meinung gegeigt. Unter Männern gehören Handgreiflichkeiten zum Leben. Mit Reden kommt man nicht weiter."

„Sie schließen Siebert als Täter daher aus?", fuhr Wagner dazwischen.

Hauser starrte sie boshaft an.

„Der war es bestimmt nicht. Aber hätte er sie an diesem Tag nach Hause gebracht, wie es sich für einen anständigen Kerl gehört, dann wäre meine Mutter vielleicht noch am Leben."

Zornig knallte Tyler seine Tasse auf den Küchentisch.

„Herr Hauser", versuchte es Steinbecker erneut auf die sanfte Tour, „wir haben bisher noch gar nicht über Ihren Abend geredet. Herr Siebert erzählte, dass Ihre Mutter ein Gespräch mit ihrer Freundin Jette Malsburg hatte. Wissen Sie etwas darüber?"

Erneut lachte Tyler höhnisch.

„Ex-Freundin. Sie hat mir Sonntagabend den Laufpass gegeben. Ich wäre nicht gut genug für sie. Einen

Zimmermann als Schwiegersohn würden ihre Eltern nie akzeptieren." In Gedanken versunken spielte Hauser mit dem Henkel seiner Tasse.

„Um welche Uhrzeit war das?", hakte Steinbecker nach.

„Gegen 20:00 Uhr. Ich hatte einen Tisch bei unserem Lieblingsitaliener reserviert. Es sollte ein romantischer Abend werden", flüsterte der junge Mann, „ich trug ein Jackett, hatte Sekt und eine besondere Pizza bestellt. Mit Oliven und Sardellen. Jette liebt Sardellen."

Ein Seufzer erfüllte die Stille in der Küche. Tyler sprang auf, füllte seine Kaffeetasse und nahm, mit einer Kippe im Mundwinkel, erneut gegenüber Steinbecker Platz.

„Sie planten ein romantisches Dinner. Was geschah dann?"

Tyler inhalierte den Rauch seiner Zigarette und gab den Qualm in Form von Kringeln an die Umgebung ab.

„Was soll passiert sein? Jette machte mit mir Schluss und ich bin in die ‚Pfeife'. Hab mir die Kante gegeben."

„Wie lange waren Sie in der Kneipe?"

„Ich weiß es nicht. Ich war hackedicht. Vielleicht Mitternacht", Tyler nahm einen Schluck Kaffee und schien angestrengt nachzudenken, „der Karl, der Wirt von der ‚Pfeife', hat mich irgendwann auf den Heimweg geschickt. Der schließt gegen Mitternacht."

„Welchen Weg sind Sie nach Hause gelaufen?" mischte Wagner sich in die Unterhaltung ein.

Tyler stützte die Ellenbogen auf den Knien ab und raufte sich die kurzen Haare.

„Ich weiß es nicht. Normalerweise nehme ich die Limburger Straße zurück. Da ist die Gefahr geringer, in den Bach zu fallen."

Wagner drückte sich vom Türrahmen ab. Skeptisch betrachtete sie die zusammengesunkene Person auf dem roten Stuhl. Der junge Mann blieb ihr ein einziges Rätsel. Dabei war die Kommissarin von ihrer ausgezeichneten Menschenkenntnis überzeugt, aber Tyler Hauser wirkte undurchsichtig. Der Tod seiner Mutter schien ihm an die Nieren zu gehen. Oder lag ihm die Trennung seiner Freundin quer im Magen? Wagner hoffte, dass ihre Kollegin für diese Altersgruppe ein besseres Gespür besaß.

„Wurde Ihnen mitgeteilt, dass die Leiche Ihrer Mutter mittlerweile zur Beerdigung freigegeben worden ist?", wollte die Kommissarin wissen.

Hauser nickte.

„Findet am Mittwochnachmittag statt."

„Gut", beendete die Kommissarin das Gespräch, „fürs erste wäre es das. Wenn Ihnen zum Verlauf des Sonntagabends noch etwas einfällt, dann melden Sie sich bitte bei mir oder meiner Kollegin."

Steinbecker stand vom Stuhl auf. Zum Abschied schenkte sie Hauser ein aufmunterndes Lächeln und folgte ihrer Chefin hinaus in den sonnigen Tag.

* * *

„Was halten Sie von Tyler Hauser?", fragte Wagner, während sie gemeinsam den Fußgängerweg an den Wörsbachauen entlang liefen. Thea hoffte, dass die Bewegung an der frischen Luft ihre Gehirnzellen in Schwung brachte. Die Blätter in den hohen Bäumen, die den Pfad säumten, rieben sich raschelnd im Wind aneinander.

„Ich bin verwirrt", gestand Steinbecker, „ich meine … wir brauchen ein Motiv, und meiner Meinung nach hat Sybilla Hauser ihren Sohn geliebt. Verhätschelt. Ihm jeden Wunsch erfüllt. Warum sollte er sie umbringen und im Hexenturm ablegen? Es ergäbe alles keinen Sinn."

„Mord ist in den wenigsten Fällen rational. Es sei denn, Sie arbeiten als Auftragskiller", bemerkte Thea, „viel mehr würde mich interessieren, was Ihr Bauchgefühl Ihnen sagt."

Sie waren mittlerweile an der Brücke kurz vor dem Schlossteich angekommen. Die Kommissarin warf einen Blick auf ihre Armbanduhr, drehte sich auf dem Absatz um und beschloss, den Rückweg anzutreten.

„Bauchgefühl?", fragte Steinbecker irritiert. „Ich dachte, bei einer Mordermittlung geht es um Fakten?"

„Ohne Fakten kommen wir dem Mörder nicht auf die Spur. Aber erste Eindrücke und ein Gespür für Menschen können ausschlaggebend sein für die entscheidenden Schritte in Richtung Täter."

Steinbecker kaute auf ihren Lippen herum, bevor sie antwortete: „Ich denke, Hauser verschweigt uns etwas. Seine Geschichte und seine Antworten waren zu …", die Beamtin hielt inne, während sie nach dem passenden Wort suchte, „…rund. Zu aalglatt. Wie aus der Pistole geschossen. Als hätte Tyler gewusst, dass wir auftauchen."

Anerkennend schnalzte Wagner mit der Zunge.

„Ich sehe, wir paddeln in einem Boot. Kommen Sie. Es ist an der Zeit, Jette Malsburg einen Besuch abzustatten."

* * *

Die Fahrt von der Straße Im Altenhof zum Studentenwohnheim im Nassauviertel dauerte keine fünf Minuten. Die Luxemburger Allee würde in ein paar Jahren ihrem Namen sicherlich gerecht werden, sobald die Bäume an Höhe zunahmen, um im Sommer Schatten zu spenden. Im Wendehammer der Allee, direkt vor dem fünfgeschossigen Bau, parkten sie das Dienstfahrzeug. Die roten Balkone an dem ansonsten grauen Betongebäude wirkten wie blühende Rosen im Winter. Darüber hinaus war das Studentenwohnheim ein schmuckloser, gradliniger Komplex, der sich den umstehenden Wohnhäusern architektonisch angepasst hatte.

Steinbecker studierte die unzähligen Klingelschilder vor der gläsernen Eingangstür. Sie fand den gewünschten Namen im fünften Stock und betätigte mehrmals die Klingel. Trotzdem meldete sich niemand in der Gegensprechanlage. In dem Moment, als die junge Polizistin fragend ihre Vorgesetzte anschaute, kam eine Horde Studenten aus dem Wohnheim heraus, und einer hielt den Ermittlerinnen galant die Tür auf. Mit dem Aufzug fuhren sie in den fünften Stock und klopften an die Zimmertür. Erst zaghaft, doch dann ging der Beamtin allmählich die Geduld abhanden, und sie polterte gegen den Eingang.

Ohne Erfolg.

Dafür wurde die Tür ein Appartement weiter aufgerissen. Eine Studentin mit raspelkurzen, blonden Haaren und grünen Augen, die jeder Katze Konkurrenz machten, schaute mit erbostem Gesichtsausdruck aus ihrer Wohnung.

„Jette ist nicht da. Sie können also aufhören, die Tür einzuschlagen."

Wagner hielt der Studentin ihre Dienstmarke unter die beringte Nase.

„Frau …"

„Kessler. Maja Kessler."

„Frau Kessler, können Sie uns sagen, wo wir Frau Malsburg finden oder wann sie zurückkommt?"

Die Studentin rollte demonstrativ ihre Augen und verschränkte die Arme vor einem schwarzen Kapuzen-Sweatshirt mit Einhorn-Aufdruck, während sie den schlanken Körper an den Türrahmen lehnte.

„Jette kam letzten Sonntag enorm angepisst nach Hause. Sie polterte durch ihr Appartement und fluchte lautstark. Aber Krach aus der Nebenwohnung, in welcher Form auch immer, ist keine Seltenheit."

Demonstrativ klopfte die Studentin an die Wand.

„Ist zwar ein Neubau, aber verdammt hellhörig. Also, Jette fluchte letzten Sonntag lauthals in ihrer Bude und polterte kurz danach in mein Zimmer. Sie hatte total verheulte Augen, stammelte etwas von ‚die alte Hexe kotzt mich an' und ‚fahre zu meinen Eltern'. Dann drückte sie mir ihren Zimmerschlüssel für Notfälle in die Hand und verschwand."

„Dann sind Sie mit Frau Malsburg befreundet?", wollte Steinbecker wissen.

Maja Kessler überlegte kurz.

„So würde ich das nicht sagen. Jette studiert Psychologie und ich angewandte Chemie. An der Uni laufen wir uns nur gelegentlich über den Weg, aber, wenn man Tür an Tür wohnt, kommt man nicht umhin, sich auch mal über Persönliches auszutauschen."

„Weil Sie eh durch die Wand am Leben ihrer Nachbarin teilgenommen haben?", hakte Steinbecker nach.

Maja Kessler rollte erneut mit den Augen.

„Sie tun ja so, als würde ich den ganzen Tag an der Wand horchen. Dabei waren es Jette und ihr Freund Tyler, die beim ‚Liebesspiel' ihrer Lust freien Lauf ließen. Wenn Sie verstehen, was ich meine. Aber sie scheuten ebenfalls nicht davor zurück, Konflikte lautstark auszutragen."

„Also war die Beziehung zwischen Jette und Tyler alles andere als harmonisch?", hakte Wagner nach.

Maja Kessler lachte kurz auf.

„Was weiß denn ich. Es gab laufend Streit wegen seiner Mutter, die ja ihre Nase überall an der Hochschule reinsteckte. Jette mochte Tylers Mutter nicht und umgekehrt."

Steinbecker nickte mit einem leidenden Gesichtsausdruck. Das Verhalten ihrer Kollegin verwunderte Thea, und sie nahm sich vor, in Zukunft mehr Interesse am Privatleben ihrer Mitarbeiter zu zeigen. Doch aktuell galt ihre Aufmerksamkeit Maja Kessler.

„Von weiblichen Zwistigkeiten abgesehen; sprachen Sie hin und wieder auch über andere Interessen? Wissen Sie zum Beispiel, ob Frau Malsburg sich für Hexenkult und Kräuterkunde begeisterte?"

„Begeisterung würde ich es nicht nennen. Vielleicht eher aus psychologischer Sicht."

Bei dieser Antwort zog die Kommissarin fragend die Augenbrauen nach oben.

„Jette schrieb im letzten Semester eine Hausarbeit, die sich mit der Begeisterung von Frauen für Hexenzirkel und dergleichen auseinandersetzte. Schwarze Magie und okkulte Zauberei, dieser ganze Hokuspokus."

Wagner und Steinbecker nickten unisono mit dem Kopf, schwiegen jedoch, während Theas Gehirn auf Hochtouren lief.

„Wann verließ Frau Malsburg am Sonntag das Haus?"

„Das kann ich Ihnen genau sagen, weil in dem Moment „Tatort" im Fernseher lief und Jette an die Tür klopfte, als der Kommissar den entscheidenden Hinweis bekam. Ich schätze, ab 21:00 Uhr fegte sie schimpfend durch ihre Wohnung, und gegen 21:30 Uhr drückte sie mir den Schlüssel mit den Worten in die Hand, dass sie eine Woche bei ihren Eltern sei. Dann verschwand sie, und ich gieße seitdem ihren Gummibaum."

„Wissen Sie, wo Frau Malsburgs Familie lebt?"

Maja Kessler pustete die Backen auf. Sie dachte nach.

„Eine genaue Anschrift habe ich nicht. Sie kommt aus Nordhessen. Hat einen uralten, autoritären Vater, der ihr alles finanziert, aber dafür Leistungen sehen will. Mehr weiß ich nicht."

„Was ist mit ihrer Mobilnummer?", hakte Thea nach.

„Habe ich nicht", antwortet Maja eine Spur zu schnell für die Kommissarin.

„Haben Sie nicht oder wollen Sie nicht herausrücken?", fragte die Kommissarin eindringlich nach. „Ich warne Sie. Enthalten Sie uns besser keine Informationen vor."

Die Studentin schnappte nach Luft. Dann geiferte sie: „Ich habe Jettes Nummer nicht. Und sie meine nicht. Ob Sie es glauben oder nicht – mir sind meine persönlichen Daten wichtig. Die bekommt nicht jeder."

Maja Kessler verschränkte die Arme vor der Brust. Thea befürchtete, dass die junge Frau zum aktuellen Zeitpunkt alle weiteren Fragen abschmettern würde. An weitere Auskünfte war nicht mehr zu denken.

„Dann danke ich Ihnen für diese Informationen, und falls Ihnen doch noch etwas einfallen sollte, dann rufen Sie an", verabschiedete sich die Kommissarin und drückte der Studentin ihre Visitenkarte in die Hand.

* * *

Der Freitagnachmittag neigte sich dem Ende zu, als Wagner und Steinbecker im „Dolce Sapore" einfielen. Egal, zu welcher Tageszeit Thea der kleine Hunger überkam, in dem italienischen Bistro wurden ihre Gelüste jederzeit befriedigt. Ein Glas kühler Weißwein perlte ihre Kehle hinab, während sie eine Portion Tagliatelle al Salmone auf ihrer Gabel aufrollte. Kollegin Steinbecker begnügte sich mit ein paar Antipasti und verwies auf die Anwesenheit ihres Ehemannes. Sie hatten für den Abend einen Tisch beim Spanier in Taunusstein reserviert.

„Jette Malsburg und unser Opfer hatten am Sonntagabend einen Streit. Der muss vor 20:00 Uhr stattgefunden haben, denn anschließend war Jette mit Tyler verabredet", skizzierte die Kommissarin den Abend des Mordes.

„Denken Sie, dass Jette Sybilla Hauser erschlagen hat?", fragte Steinbecker, während sie eine schwarze Olive mit dem Cocktailspießer traf.

„Wir wissen leider nicht, worüber die beiden Frauen gesprochen haben. Wir können nur mutmaßen. Geben Sie mal einen Tipp ab", forderte Thea ihre Mitarbeiterin auf.

Steinbecker nippte am Wasserglas und stützte den Kopf auf dem angewinkelten Arm ab.

„Ich bin davon überzeugt, dass die beiden Frauen gestritten haben."

„Dem stimme ich zu. Jetzt müssen wir nach Verbindungen suchen."

„Tyler Hauser und die Fresenius Hochschule", schlussfolgerte Steinbecker.

„Tyler hat behauptet, dass Jette ihm den Laufpass gab. Angeblich wäre er nicht der geeignete Schwiegersohn. Das erscheint plausibel. Es stellt sich jedoch die Frage, wie unser Opfer da hineinpasst. Sybilla Hauser hat ihren Sohn vergöttert. In eine tadellose Familie mit langem Stammbaum einzuheiraten, wäre doch das große Los für ihren Sohn gewesen. Was könnte also der wahre Grund für das plötzliche Aus der Beziehung gewesen sein? Vor allem, da Jette eine unfassbare Wut auf das Opfer gehabt hatte."

„Und Sie dürfen den Hexenaspekt nicht vergessen", wagte Steinbecker zu erwähnen, „ich sage Ihnen, wir müssen die Hexenspur verfolgen."

Wagner schob ihren geleerten Teller zur Seite. Ihr war anzusehen, dass sie die Hexengeschichte für Spinnerei hielt.

„Falls Jette Malsburg eine echte Hexe ist, dann würde das auch erklären, wie die Leiche ins Verlies kam. Durch Zauberei. Vermutlich ist sie auf dem Hexenbesen hereingeflogen und kann durch Wände gehen."

„Aber Chefin, nur Gespenster sind in der Lage, durch Wände zu gehen."

Thea verdrehte genervt die Augen: „Falls, und ich betone hier, falls wir bis Montag keine anderen Hinweise erhalten, können wir den Idsteiner Hexen auf die Pelle rücken."

Sie nahm den letzten Schluck aus dem Weinglas und sah auf ihre Armbanduhr.

„Zeit fürs Wochenende. Mit den aktuellen Informationen kommen wir nicht weiter. Hoffentlich ergeben sich am Montag neue Anhaltspunkte, wenn die Spurensicherung brauchbare Informationen am Tatort gefunden hat."

„Oder wir die Erlaubnis für das Absuchen des Turmsockels erhalten", gab Steinbecker zu bedenken.

„Hören Sie mir damit auf." Thea zerfetzte ihre Serviette in kleine Stücke. „Wie kann man nur so stur sein. Ich verstehe nicht, wie sich die Denkmalschutzbehörde das vorstellt. Ich muss einen Mörder überführen, und die sind nur um das Wohl ihres Wahrzeichens bemüht. Ja spinnen denn die Idsteiner?"

Empörte Blicke trafen die zwei Beamtinnen. Thea war laut geworden. Doch diese amtliche Ignoranz, gepaart mit der Erkenntnis, zur Untätigkeit verdonnert zu sein, trieb sie in den Wahnsinn.

Steinbecker legte ihrer Vorgesetzten die Hand auf die Schulter. „Soll ich Sie zu Hause absetzen?"

Thea schüttelte den Kopf.

„Danke, aber ich werde ein paar Schritte zu Fuß gehen. Die Herbstsonne genießen und versuchen abzuschalten."

„Viel Erfolg ", erwiderte Steinbecker und ging hinaus in ein romantisches Wochenende, randvoll mit heißen Liebesnächten, wie die Kommissarin vermutete. Ein Gefühl von Neid breitete sich in ihr aus. Rasch bezahlte sie ihr Essen. Beim Hinausgehen beschloss die Kommissarin, dem Bürgermeister persönlich einen Besuch abzustatten. Wer weiß, vielleicht saß er an einem Freitagnachmittag noch in seinem Büro. Entschlossen lief Thea durch die Himmelsgasse zum Rathaus. Sie eilte am Bürgerbüro vorbei, nahm zwei Treppenstufen auf einmal, um in den ersten Stock zu gelangen. Hoffnungsvoll klopfte sie an die Bürotür des Bürgermeisters.

„Herein", erklang eine rauchige Stimme. Eine Frau, Anfang 30, mit mörderisch langen Fingernägeln und einer tiefschwarzen Kurzhaarfrisur, beäugte Thea argwöhnisch. Auf ihrem Schreibtisch stand ein Namensschild, auf dem in gedruckten Buchstaben ‚Jennifer Lichter – Sekretariat des Bürgermeisters' prangte. Thea zückte ihren Ausweis und verzichtete aufgrund der abwehrenden Haltung ihres Gegenübers auf Höflichkeitsfloskeln.

„Mein Name ist Thea Wagner. Ich leite die örtliche Polizeistation und muss dringend mit Herrn Dyckerhoff sprechen."

Bei der Erwähnung ihres Namens war die Sekretärin zusammen gezuckt.

„Haben Sie einen Termin?"

„Ich brauche keinen Termin."

„Herr Dyckerhoff ist auf dem Weg zu einem Auswärtstermin und kommt heute nicht mehr ins Büro. Kann ich ihm etwas ausrichten?"

Ohne eine Erwiderung stürmte Thea die Tür zum Büro des Bürgermeisters. Ein massiver Holzschreibtisch dominierte den Raum. In der Ecke stand ein mächtiger Gummibaum, und an der Wand hingen historische Ansichten von Idstein. Vom ersten Mann der Stadt fehlte jede Spur. Enttäuscht drehte Thea sich auf dem Absatz um. Eine empörte Frau Lichter stand direkt hinter der Kommissarin und blickte auf sie herab. Im Sitzen sah der Vorzimmerdrache nicht annähernd so bedrohlich aus.

„Ich habe Ihnen doch gesagt, dass er einen Auswärtstermin hat", fauchte die Sekretärin.

„Sie können viel erzählen, wenn der Tag lang ist", giftete Thea zurück. „Hören Sie, falls ihr Chef doch noch hier auftauchen sollte, dann richten Sie ihm meine besten Grüße aus. Wenn ich bis Montag nicht die Erlaubnis habe, dass wir den Turmsockel absuchen dürfen, dann setze ich alle meine Polizisten auf seinen Wagen an und überschütte ihn mit Strafzetteln. Haben Sie mich verstanden?"

Theas Stimme war laut geworden. Frau Lichter presste die Lippen aufeinander, nickte stumm und machte der Kommissarin den Weg frei. Ohne ein weiteres Wort rauschte Thea hinaus.

Hoch erhobenen Hauptes schritt sie kurz darauf die Himmelsgasse in Richtung Gänsberg entlang.

Sie fühlte sich gut.

So gut, wie schon lange nicht mehr.

19

Schwarz gekleidete Frauen in langen Gewändern sangen, in einem Kreis stehend und Fackeln in der Hand haltend, monoton klingende Lieder. Unheilvolle Wolken zogen am Vollmond vorbei, und ein kräftiger Wind raschelte durch die Blätter eines dunklen Waldes. In der Mitte des Kreises stand ein Altar, auf dem Sybilla Hauser lag, die Augen weit aufgerissen, ein Holzkreuz ins Herz geschlagen.

Mit wild pochendem Herzen fuhr Thea aus dem Schlaf. Was für ein gruseliger Traum. In Zukunft würde sie statt Hildegard von Bingens Gute-Nacht-Tee wieder zu einem vollmundigen Glas Rioja oder Merlot greifen. Der Kräutertee beförderte Thea zwar friedlich in den Schlaf, schien aber Alpträume zu verursachen. Die grünen Ziffern des Weckers leuchteten ihr „6:48 Uhr" entgegen. Ein Stoßseufzer kam über ihre Lippen, als ihr Kopf erneut in die Kissen sank. Mit zunehmendem Alter fiel es ihr schwerer, einen dem Wochenende angepassten Schlafrhythmus zu finden. Ihre Gliedmaßen sehnten sich nach ein paar weiteren Stunden zwischen den Federn, aber ihr Denkapparat hatte längst den Betrieb aufgenommen. Thea wälzte sich unruhig zwischen den Laken, beschloss jedoch kurz darauf, die Herausforderungen des Tages anzunehmen. Energisch zerrte sie die Vorhänge zur Seite und zog den Rollladen herauf. In einem beispiellosen Blau strahlte der Himmel auf Idstein. Es versprach, ein milder Spätsommertag zu werden. Thea öffnete das Fenster.

Frische Luft strömte in den muffigen Raum. Sie atmete tief ein und saugte die Luft bis zum Bauchnabel.

Kai hatte ein ums andere Mal über Thea gelacht, wenn sie im Morgengrauen frische Luft inhalierte oder bei tristem Regenwetter den Sonnengruß vor dem geöffneten Fenster praktizierte.

„Du willst in Schwung kommen", hatte er in diesem Fall jovial gefragt und mit der flachen Hand einladend auf die Matratze geklopft, „wie wäre es mit einer Runde Bettgymnastik. Du darfst auch oben sitzen."

Im Sprücheklopfen war Kai ein Meister gewesen. Die erfolgreiche Umsetzung seiner sexuellen Pläne scheiterte mit zunehmendem Alter. Oder weil Theas Diensthandy klingelte. Mörder halten nicht viel von familien- oder beziehungsfreundlichen Uhrzeiten.

Gegen eine Kuscheleinheit hätte Thea momentan keine Einwände gehabt. Die jahrelange Vertrautheit, die zwischen Ehepartnern bestand, fehlte ihr. Sei es beim abendlichen Gespräch oder dem morgendlichen Schmusen.

Mit dicken Wollsocken an den Füßen schlurfte Thea in die Küche. Sie setzte den Kaffeevollautomaten in Bewegung und schob ein Aufbackcroissant in den Ofen. So einzigartig die Lage ihres neuen Heimes auch war, bis zum nächsten Bäcker musste sie ein paar Meter laufen. Erfreulicherweise schmeckte die neue Generation Aufbackcroissants ausgezeichnet. Während der Kaffeeautomat seine Arbeit verrichtete, war es an der Zeit für die Raubtierfütterung. Heimchen standen auf dem Speiseplan von Edda, die sich nur mäßig für ihr Futter begeistern konnte.

Die Sonne lockte Thea für ihr Frühstück hinaus auf den Balkon. Eingepackt in Kais dunkelblaue Strickjacke, deren Bündchen ausgeleiert waren, und der Stoff an den Ellenbogen verschlissen, genoss Thea den dampfenden Milchkaffee. Ihr Blick streifte über die idyllische Altstadt. Wie ein Leuchtturm in der stürmischen See behauptete sich der Hexenturm seit rund 900 Jahren. Das Meer an Fachwerkhäusern umspielte den Sockel des Wahrzeichens. Entgegen der Legende saßen zu keiner Zeit wegen Hexerei verurteilte Frauen im Verlies ein. Die Hexenprozesse waren dennoch ein dunkler Teil der Idsteiner Geschichte, in dessen Verlauf 39 Menschen ihr Leben verloren. Der Hexenturm fungierte viel mehr als Wachturm. Der Türmer alarmierte die Stadt rechtzeitig vor Angreifern oder ausbrechendem Feuer. Die Turmwächter hatten zu allen Zeiten ausgezeichnete Arbeit geleistet, denn die Altstadt der nassauischen Residenz fiel niemals den Flammen zum Opfer. Heute noch erschien die beschauliche Kleinstadt im Taunus als innerlich gefestigt, doch Mörder gab es überall. Hass, Neid, Missgunst, unerfüllte Liebe, die Gier nach Macht und Geld – die Gründe für einen Mord zeichneten sich nicht durch Originalität aus.

Thea löffelte den Milchschaum aus der Tasse. Ihre Gedanken kreisten um den Hexenturm und seine Rolle in den Ermittlungen. Warum hatte der Täter diesen Ort gewählt? Wie war er in das Verlies gelangt? Konnten Sie von nur einem Mann als Mörder ausgehen?

Thea beschloss die sinnlose Grübelei zu beenden. Daher schnappte sie ihren Laptop und fing an, das weltweite Netz nach Hexen in Idstein zu durchsuchen. Nach einer zermürbenden Stunde stieß sie auf die Adresse und Telefonnummer einer Frau, die sich als Wicca bezeichnete. Erfreut über ihren Erfolg griff Thea zum Telefon und vereinbarte mit Gesa Becker, die als sogenannte Gardena im Idsteiner Hexenzirkel eine tragende Persönlichkeit zu sein schien, einen Termin. Da sie erst um 13:00 Uhr nach Niederauroff fahren würde, nahm Thea die leidige Hausarbeit in Angriff. Charly meinte, bei ihrem Gehalt könnte sie sich eine Putzfrau leisten, aber Thea hasste die Vorstellung, dass eine fremde Person in ihrer Abwesenheit durch das eigene Zuhause fegte. Sie beschloss als erstes den Wocheneinkauf in Angriff zu nehmen.

Mit dem Aufzug fuhr sie in die Tiefgarage, um ihrem Wagen ein wenig Auslauf zu gönnen. Im Nassaucarré würde sie alles Notwendige für ihren Singlehaushalt bekommen. In der Wäscherei holte sie ihre frisch gewaschenen und faltenfrei gebügelten Blusen ab, im Supermarkt kaufte Thea nach Lust und Laune ein. Ein Einkaufszettel würde Struktur in ihren Kühlschrank bringen, aber das Lustprinzip versprach mehr Überraschungen. An der Salattheke füllte sie eine Plastikschale randvoll mit allerlei Köstlichkeiten und konnte dem Duft eines Frikadellenbrötchens an der heißen Theke nicht widerstehen.

In den eigenen vier Wänden zurück, verspeiste Thea zuerst Brötchen und Salat, um im Anschluss den Weg zu ihrem magischen Ausflug auf der Karte herauszusuchen. Selbstverständlich besaß sie ein Navigationsgerät, aber sie traute den Ansagen ihrer „Susi" nicht. Wer einmal dank Navi auf einem holprigen Waldpfad statt auf einer Straße gelandet war, hegte ein gewisses Misstrauen gegenüber den kleinen Systemen. Statt nach der Mahlzeit den Staubsauger zu schwingen, beschloss Thea, über moderne Hexen im Internet zu recherchieren. Vielleicht fand sie einen magischen Weg, ohne Putzfrau und Staubsauger Herrin einer blitzblanken Wohnung zu werden.

20

Gemächlich fuhr Thea mit ihrem Toyota die Wiesbadener Straße entlang. Bis 13:00 Uhr herrschte am Samstagvormittag Rushhour. Erst wenn die Geschäfte in der Altstadt schlossen und die Markthändler am Löher Platz ihre Ware einpackten, zog Ruhe ein. Zumindest bis zum Abend, wenn die Bewohner der umliegenden Dörfer zum Essen in der nassauischen Residenz die Restaurants bevölkerten. Ohne eine Reservierung war zur Primetime kein Tisch zu erbeuten.

Thea fuhr unter der Autobahn durch und folgte der Landstraße L3274. Rechts und links der Fahrbahn standen dicht an dicht hohe Bäume. Sie passierte die Abzweigung nach Oberauroff, warf einen kurzen Blick auf die Trainingswiese des hiesigen Bogensportclubs und landete direkt in der 400-Seelen-Gemeinde. In der Dorfmitte verließ Thea die Hauptstraße, sauste am gusseisernen Brunnen vorbei und stoppte vor dem letzten Grundstück auf diesem Weg. Ein in die Jahre gekommener, verschnörkelter Eisenzaun rostete gemächlich vor sich hin. Wie nicht anders zu erwarten, quietschte das Tor, als Thea die Parzelle betrat. Sie vermutete, dass kein Mann auf diesem Areal wohnte. Ihrer Erfahrung nach konnte das starke Geschlecht nur schwer mit geräuschvollen Gartentoren leben. Vor ihr erstreckte sich ein Feld von Hochbeeten, jedes noch so kleine Pflänzchen ordentlich beschriftet. Am Ende des Kräutergartens wachte ein aus Holz gebauter, überdimensionaler Wohnwagen, an dessen linker Seite sich der Efeu empor rankte. Thea betrat gerade die erste Stufe, als die Tür aufgerissen wurde und eine wohlgeformte Frau Anfang 30 mit blondem, geflochtenem Zopf sie mit einem Lächeln empfing. Die Beine steckten in einer Jeans, und der großzügige Busen der Frau trieb den Stoff des grünweiß gestreiften Shirts an seine Elastizitätsgrenze.

„Ich nehme an, Sie sind Kommissarin Wagner von der Idsteiner Polizeistation?", fragte Gesa Becker, während ein grünes Augenpaar Thea einladend anstrahlte.

Die Kommissarin nickte und Gesa Becker führte sie in den geräumigen Wohnbereich, der in eine ordentlich aufgeräumte Küche überging.

„Ich nehme an, Sie hatten die Vorstellung, Hexen tragen lange Kleider und zottelige, rote Haare."

„Zumindest einen schwarzen Umhang und eine dazu passende Katze hätte ich erwartet", gab Thea zu, als sie auf einem grünen Samtsofa Platz nahm und die klassische Einrichtung begutachtete. Der Raum strahlte eine enorme Behaglichkeit aus. Theas eigene Wohnung erschien ihr mit einem Mal kühl und unpersönlich.

„Schön haben Sie es hier", begann die Kommissarin das Gespräch, während Gesa Becker in der Küche einen Tee zauberte.

„Das Grundstück habe ich von meiner Urgroßmutter geerbt. Inklusive ‚Hexenhaus'", erwähnte Gesa lachend, „leider war die Hütte meiner Urgroßmutter ziemlich zerfallen. Daher riss ich sie komplett ab. Einen Neubau hätte ich mir nicht leisten können, aber dieses Wohnmobil aus Holz war finanzierbar. Jetzt bin ich stolze Eigentümerin von sechzig Quadratmetern Glück auf einem fantastischen Grundstück."

Thea nippte vorsichtig am heißen Tee, der unaufdringlich und dennoch kräftig schmeckte. Gesa

Becker nahm auf einem Ohrensessel gegenüber der Kommissarin Platz.

„Sie hatten es mir am Telefon nicht verraten, aber ich nehme an, Sie sind wegen der toten Frau im Hexenturm gekommen."

Thea zog die Augenbrauen hoch.

„Haben Sie dafür Ihre Kristallkugel befragt oder lag es am charmanten Artikel in der Zeitung?"

„Natürlich die Kristallkugel, und meinen Besen reite ich ausschließlich an Feiertagen und Wochenenden."

„Es tut mir leid, wenn Sie den Anschein hatten, dass ich mich über sie lustig machen möchte. Dem ist nicht so", betonte Thea, „aber ich gestehe, dass mir die Ermordete im Hexenturm Rätsel aufgibt und ich aus diesem Grund mehr über moderne Hexen erfahren möchte."

Gesa Becker stand wortlos auf, ging hinüber zu einem bodenlosen Fenster und zeigte auf ihren Kräutergarten.

„Die Kräuter und Heilpflanzen, die Sie draußen sehen, sind ein Teil der Wicca-Lehre", fing die junge Frau an, „der Wicca-Kult entstand in den 1950er Jahren in Großbritannien. Dort ist er sogar als Religion anerkannt. Um es kurz zu machen: Wir verehren die Natur und versuchen aus ihr Lebensenergie und Kraft zu ziehen. Es gibt Rituale, die vor allem spirituelle Ziele haben und bei Vollmond oder eben in der so genannten Walpurgisnacht stattfinden. Wir können nicht auf Besen fliegen, Menschen in Tiere verzaubern oder durch Wände gehen."

Thea seufzte.

„Schade. Dann hätte ich zumindest eine Erklärung für die Leiche im Verlies."

Gesa Becker ließ sich in den Ohrensessel sinken. Wie auf Kommando sprang eine schwarze Katze hinter dem Küchentresen hervor und nahm auf dem Schoß ihres Frauchens Platz.

„Eine schwarze Katze, ehrlich?", wollte Thea wissen.

„Ist mir zugelaufen. Als Biologielehrerin habe ich ein Herz für herrenlose Tiere", erklärte die moderne Hexe achselzuckend und kraulte dem Stubentiger das Köpfchen.

„Sie haben ja den Artikel gelesen, der enorm auf der Hokuspokus-Schiene fährt. Was ging Ihnen dabei als erstes durch den Kopf?", fragte die Kommissarin.

„Klischees", schoss es aus Gesa Becker heraus, „die schwarze Kleidung, die langen Zottelhaare, der Hexenturm – da waren Ihresgleichen", die Wicca deutete auf Thea, „am Werk und hat seine Vorstellung von Hexerei umgesetzt. Wie schon erwähnt, mit dem Wicca-Kult oder moderner Hexerei hat das nichts zu tun. Glauben Sie mir, Ritualmorde und Menschenopfer sind Hirngespinste von Schriftstellern und Filmproduzenten. Fernab der Realität."

Ein kaum vernehmbarer Seufzer entschlüpfte Theas Lippen. Vielleicht endete dieser Ermittlungsweg doch in einer Sackgasse.

„Wir haben bei der Ermordeten eine weiße Rose gefunden. Fällt Ihnen spontan dazu etwas ein?"

„Christrose, wird auch Hexenkraut genannt."

„Welche Wirkung hat diese Pflanze", hakte die Kommissarin nach.

„Die Christrose hat eine halluzinogene Wirkung. Habe ich selber aber noch nicht ausprobiert", fügte Gesa Becker eilig hinzu.

Thea schmunzelte angesichts dieser Beteuerung. Die Polizei förderte bei vielen Menschen das schlechte Gewissen zutage. Auch wenn in den meisten Kellern keine Leichen, sondern nur Kartoffeln lagerten. Oder die Schwiegermutter, wenn sie zu Besuch war. Was hin und wieder zu einer Leiche führte.

„Ist in letzter Zeit jemand Fremdes an Sie herangetreten, der ein enormes Interesse am Wicca-Kult zeigte?"

Gesa Becker dachte nach. Dabei goss sie Thea eine weitere Tasse Tee ein, stand zum Leidwesen der Katze auf und ging zu einem zierlichen Sekretär. Dort schaltete sie ihren Laptop an und durchforstete das E-Mail-Postfach. Der Stubentiger hatte es sich mittlerweile auf Theas Schoß gemütlich gemacht. Die Sonne schien durch das mächtige Wohnzimmerfenster, und Thea dachte ernsthaft über die Option nach, sich ebenfalls ein Grundstück zu kaufen, um ein Holzhaus darauf zu setzen. Für sie als Stadtkind wäre das eine echte Herausforderung.

„Ich hab's", riss Beckers Stimme Thea aus ihren Gedanken, „eine Studentin der Fresenius Hochschule hat mich vor einem halben Jahr kontaktiert. Es ging um eine Semesterarbeit in Psychologie. War ein nettes Mädchen. Ich habe sie zwei- oder drei Mal zu einem Treffen eingeladen."

Thea horchte auf und beendete abrupt die Streicheleinheiten. Maunzend sprang die Katze von ihrem Schoß.

„Wissen Sie noch, wie die Frau hieß?"

Gesa Becker warf einen Blick auf ihren Laptop.

„Jette Malsburg. Hilft Ihnen das weiter?"

„Ich denke schon", antwortete Thea und trank den letzten Schluck Tee aus. Sie musste sich in Geduld üben, bis Jette Malsburg zurück nach Idstein kehrte.

„Danke, dass Sie sich die Zeit genommen haben, mich in die Geheimnisse der modernen Hexerei einzuführen", beendete Thea ihren Besuch, „was Sie über den Einklang mit der Natur erzählt haben, regt zum Nachdenken an. Vielleicht begleite ich Sie eines Tages zu einem Treffen."

Gesa Becker reichte Thea zum Abschied die Hand und drückte sie kräftig.

„Sie sind jederzeit herzlich willkommen."

Bevor die Kommissarin das quietschende Gartentor passierte, warf sie einen letzten Blick auf die Ansammlung verschiedener Kräuter. Ein Gefühl von bislang unbekannter Sehnsucht breitete sich in ihr aus. Überrascht von dieser emotionalen Regung schüttelte Thea ihren goldbraunen Haarschopf und eilte zu ihrem Gefährt, um zurück in die verdreckte Luft der Zivilisation zu kehren.

21

Auf dem Rückweg kreisten ihre Gedanken einzig und allein um Jette Malsburg. Thea spürte, dass die Studentin der Schlüssel zur Lösung des Falls war. Beweisen konnte sie das jedoch nicht. Daher galt es, sich bis Montag in Geduld zu üben und zu hoffen, dass Tylers Ex-Freundin tatsächlich den Rückweg nach Idstein antreten würde. Notfalls konnte Thea sich immer noch mit den Kollegen aus Nordhessen in Verbindung setzen, damit sie die Befragung der Studentin durchführten. Es war zum Aus-der-Haut-Fahren. Die Lösung schien in greifbarer Nähe zu sein, aber Thea konnte nicht zupacken. Als stünde eine Glaswand zwischen ihr und dem entscheidenden Hinweis. Sie musste dringend mit jemandem über den Fall reden. Die Angelegenheit erschien ihr jedoch nicht explosiv genug, um ihrer Kollegin das Wochenende zu ruinieren. Kurzerhand beschloss Thea, Charlotte einen Besuch abzustatten. Als Mutter besaß sie das Recht, jederzeit bei ihrer Tochter aufzutauchen. Aus was für einem Grund auch immer. Charly mochte vielleicht nicht über den Fall reden, aber mit etwas Glück konnte Thea ihren Schwiegersohn für ein wenig polizeiliche Denkarbeit begeistern.

Anstatt der Landstraße in Richtung Altstadt zu folgen, bog Thea auf die Bundesstraße 275 ab, kaufte unterwegs beim Bäcker eine Reihe von Plunderstücken und fuhr über Bermbach nach Heftrich. Im Hof parkte sie ihr Auto und klopfte an die imposante Haustür des Fachwerkhauses. Eine überrascht dreinblickende

Charlotte, deren zerzauste Haare wild vom Kopf abstanden, öffnete ihr die Tür.

„Hallo mein Schatz", begrüßte Thea ihre Tochter, drückte zwei Küsschen auf Charlys Wange und drängte an ihr vorbei in die Küche, „Überraschungsbesuch von deiner Mutter. Ich setze dann mal den Kaffee auf. Wo sind denn meine beiden Lieblinge? Ich habe Schokobrötchen für Tom und Lilly mitgebracht."

„Eine Pause wäre jetzt gar nicht schlecht. Ich korrigiere gerade Klausuren. Wenn ich mir die unzähligen Fehler meiner Schüler anschaue, scheine ich den Beruf verfehlt zu haben."

Mit einem Seufzer packte Charly den Stapel Arbeiten in den antiken Sekretär, ein Erbstück von Mats' Großeltern, und plumpste auf die Küchenbank.

„Was treibt dich an einem Samstagnachmittag in unsere bescheidene Hütte? Ist heute nicht Großstadttag?"

„Ich fahre erst nächsten Samstag wieder nach Darmstadt, um nach dem Grab deines Vaters zu sehen. Aber diese Woche lässt mir der Fall keine Ruhe", klärte Thea ihre Tochter auf.

Charly stützte den Kopf zwischen den Händen ab. Dunkle Schatten lagen unter den mandelförmigen, braunen Augen.

„Du arbeitest zu viel, mein Schatz. Eine halbe Stelle wäre ausreichend."

Charly nippte am Kaffee und biss herzhaft in eine Rosinenschnecke.

„Mats' Job wirft leider nicht annähernd so viel ab, wie wir geplant hatten. Ohne mein Gehalt geht es nicht."

„Habt ihr Geldsorgen?", fragte Thea. „Kann ich euch unter die Arme greifen?"

„Es ist alles o.k. Die Sommermonate laufen generell schleppend in der Schiffsbranche. Aber spätestens ab Oktober sind Mats' Auftragsbücher randvoll, weil die Bootsbesitzer auf dem Rhein in die Winterpause gehen und ihre schwimmenden Karossen in der Werft zur Generalüberholung landen."

Thea sank erleichtert auf den Stuhl.

„Ihr habt die Kinder also nicht verkauft? Da bin ich heilfroh. Dennoch ist es ausgesprochen ruhig in euren vier Wänden."

Der Anflug eines Lächelns huschte über das blasse Gesicht ihrer Tochter.

„Mats und die Kinder sind auf einer Geburtstagsfeier in einem Indoor-Spielplatz. Schrecklich! Der Krach und die ewig abgestandene Luft in diesen Hallen. Wer ist nur auf die Idee gekommen, Spielplätze nach drinnen zu verlegen? Regen und frische Luft haben noch keinem Kind geschadet."

Thea tätschelte der erschöpft aussehenden Charly die Hand.

„Ich bin ganz deiner Meinung. Am besten trinkst du noch einen Schluck Kaffee, nimmst eine Rumkugel dazu, und in der Zwischenzeit bringe ich dich auf andere Gedanken."

„Die Plunderstücke sind also Bestechung. Ich hätte es mir denken können", grummelte Charly und griff nach dem einzigen Stück Bienenstich.

„Hör zu. Du musst nichts sagen, darfst aber gerne deine Meinung äußern. Also, ich war gerade bei einer modernen Hexe, auch Wicca genannt, zu Besuch", begann Thea, „und die hat mir erzählt, dass Jette Malsburg sich über den Wicca-Kult informiert hat und sogar bei einem Hexentreffen anwesend war."

„Ich weiß zwar nicht, wer diese Mette ist …"

„Jette", korrigierte Thea.

Charly tat den Hinweis mit einer Handbewegung ab.

„Du räumst also dieser Jette Chancen auf Platz eins als Hauptverdächtige ein, weil sie der Magie mächtig ist? Warum schreibst du sie nicht zur Fahndung aus?", wollte Charly wissen.

„So lange ich nicht weiß, wie die Leiche ins Verlies gekommen ist, habe ich keinen Täter. Aber meine Intuition sagt mir, dass Jette, übrigens die Ex-Freundin von Tyler Hauser, mich auf die richtige Spur bringen kann."

Charly zog skeptisch ihre linke Augenbraue in die Höhe, verlor allerdings kein Wort. Diese Hinhaltetaktik ihrer Tochter kannte Thea nur zu gut. Bei Charlottes Schülern führte diese Mimik zu Schweißausbrüchen. In Kombination mit ihrer schwarzen Lehrerinnenbrille, über die sie von oben herab auf die Jugendlichen sah, wurde bisher von der einen oder anderen Panikattacke im Klassenzimmer berichtet. Charly verzog den Mund und fragte: „Wer hatte einen Grund, diese Frau umzubringen?"

„Eine Arbeitskollegin und möglicherweise die Nachbarschaft in einer Gemeinschaftsaktion. Wobei meine Verdächtige Nummer Eins ein stichfestes Alibi besitzt und die zweite Idee lausigen Kriminalromanen entspringt", antwortete Thea und legte ihre Beine auf den nebenstehenden Hocker, wobei sie darauf achtete, dass ihre Schuhe nicht über die Sitzfläche hinweg hingen. Gebannt starrte ihre Tochter auf Theas neueste Errungenschaft.

„Sneakers? Seit wann besitzt du Turnschuhe?", wollte Charly wissen, wobei sie beinahe andächtig mit ihren langgliedrigen Fingern über den braunen, leicht glänzenden Stoff fuhr.

„Seitdem es schicke Modelle gibt und ich wieder häufiger im Außeneinsatz bin. Das blöde Kopfsteinpflaster in der Altstadt zwingt mich, meinen Stiefeletten abtrünnig zu werden", rechtfertigte Thea ihren spontanen Einkauf am Vormittag.

„Eine weise Entscheidung", Charly nippte am Kaffee. „Hast du nicht was von einem Lebensgefährten erzählt?"

„Er hat kein Alibi, aber auch kein Motiv. Im Gegenteil, Sybilla Hausers Tod bringt ihm nur Nachteile. Das Gebäude, in dem er wohnt, wird in einem Monat abgerissen und er wollte bei seiner Sybilla einziehen."

„Und der Sohn?"

„Gibt mir Rätsel auf", gestand Thea. „Das ist ein seltsamer junger Mann. Schmächtig, mit gelben Fingern vom Rauchen und einer ungepflegten Gesamterscheinung. Irgendwie scheint ihn der Tod seiner Mutter nicht sonderlich zu berühren. Zumindest nicht emotional. Verstehst du das?"

„Viele Männer können nur schwer mit ihren Gefühlen umgehen. Nicht ausgeschlossen, dass der Sohn eine innere Sperre aufgebaut hat. Schließlich hat ihn darüber hinaus die Freundin verlassen."

Nachdenklich zerrupfte Thea den trockenen Teil eines Kreppels. Verlassen von der Freundin, die vorher mit der eigenen Mutter einen gigantischen Streit hatte. Wusste Tyler von der Unterredung? Detlev Siebert sprach von einer aufgebrachten Sybilla, als diese ihn am Abend besuchte.

„Wie wir es auch drehen und wenden, ohne Jette Malsburg komme ich der Lösung nicht näher", warf

Thea ein, „und ich muss mehr über den Hexenturm erfahren. Es muss einen anderen Weg ins Verlies geben, egal was der Türmer sagt. Hast du eine Idee für mich?"

Schlagartig sprang Charlotte auf, lief zum Altpapier und fischte eine Zeitung heraus. Sie blätterte eifrig durch die Seiten, bis sie ein „ha, hier steht es" von sich gab und ihrer Mutter das betreffende Foto unter die Nase schob.

„Christina Wenzel, Idsteiner Stadtarchivarin", las Thea.

„Wenn dir jemand weiterhelfen kann, um das Rätsel zu lösen, dann eine Archivarin", betonte Charlotte. „Wie es der Zufall will, findet morgen Nachmittag eine Stadtführung mit Frau Wenzel statt. Das ist die Gelegenheit, um an ein paar Insider-Informationen zu gelangen."

Abwägend wackelte Thea mit dem Kopf. Einen Versuch war es wert, und bis Montag mussten sie sich in jedem Fall gedulden. Sie warf einen Blick auf die digitalen, grünen Ziffern der Uhr am Backofen und beschloss, dass es an der Zeit für den Heimweg war.

„Wann wird Mats mit den Kindern kommen?"

„Wie ich meinen Ehemann kenne, füttert er die Zwillinge mit Pommes und Chicken Nuggets ab, damit er anschließend im Alleingang eine Runde auf dem Trampolin hüpfen kann. Wir werden uns so ein Teil in den Garten stellen müssen. Auf Wunsch meines ‚dritten Kindes'", sagte Charly lachend.

„Gib Lilly und Tom einen Kuss von mir. Wenn ich diesen Fall abgeschlossen habe, gebe ich mich wieder der meinen großmütterlichen Pflichten hin. Die unersättlichen Ziegen in der Fasanerie vermissen uns bestimmt", mutmaßte Thea.

Thea umarmte ihre Tochter und drückte ihr einen Kuss auf den Kopf.

„Bei Problemen, ganz gleich welcher Art, einfach anrufen, mein Schatz. Ich helfe euch jederzeit."

„Ich weiß, Mama", gab Charly mit einem Aufseufzen zu verstehen, „pass' auf dich auf."

22

Pünktlich um 14:30 Uhr stand eine Gruppe wild zusammengewürfelter Wissenshungriger vor dem Killinger-Haus, in dem das Idsteiner Tourismusbüro seinen Sitz hatte. „Idstein gestern und vorgestern" lautete der Titel der Führung, in deren Verlauf die Archivarin der nassauischen Residenz die Besucher in die Geheimnisse der Stadt einführen wollte.

Thea schien als einzige ohne Anhang teilzunehmen. Bis zum Eintreffen der Stadtführerin betrachtete sie die anderen Teilnehmer. Rechts von ihr standen drei Ehepaare der Altersklasse 70 plus, die unüberhörbar aus dem bayerischen Freistaat kamen und lautstark über die gebogenen Balken des „schiefen Hauses" diskutierten. Ein junges Pärchen, dem Gespräch nach, das Thea mitgehört hatte, Studenten der Hochschule, posierte für ein Foto auf den goldenen Kartoffeln. Des Weiteren gehörten zu ihrer Gruppe zwei Frauen, Thea schätzte sie auf Mitte fünfzig, die in Birkenstock, Pluderhose und mit Lederrucksack ausgestattet den Anschein machten, bei dieser Führung die esoterische Seite der Stadt kennen lernen zu wollen. Der Zeiger der Rathausuhr wanderte unbeirrt vorwärts, doch auch zehn Minuten nach dem geplanten Start der Stadterkundung war keine Frau Wenzel in Sicht. Dafür eilte ein großgewachsener Mann mit immensen Schritten auf die Touristengruppe zu. Die langen Beine steckten in einer beigefarbenen Chino, um die Schultern lag eine braune Lederjacke im Fliegerstil, während das grün-gestreifte Hemd um den Bauch spannte. Vor der Gruppe kam der Mann zum Stehen und atmete kurz durch und begrüßte die überrascht dreinblickenden Anwesenden mit „Guten Tag. Entschuldigen Sie bitte meine Verspätung, aber Frau Wenzel ist kurzfristig verhindert, sodass ich Sie heute Nachmittag durch unser schönes Idstein begleiten werde. Mein Name ist Dr. Markus Hohenstein, ich war Professor für mittelalterliche Geschichte an der Universität Mainz und behaupte, dass ich mich in dem Themengebiet ‚Idstein gestern und vorgestern‘ einigermaßen auskenne."

Ein Schmunzeln ging durch die überschaubare Besuchergruppe. Bei der Berufsbezeichnung ihres Tourguides horchte Thea auf. Es war, als hätte der liebe Gott ihr einen Engel geschickt. Ein Professor für mittelalterliche Geschichte kannte sich unter Garantie mit dem Hexenturm und seinen Legenden aus. Positiv gestimmt trottete sie der Gruppe hinterher und lauschte den amüsanten Worten des Professors. In Anekdoten verpackt, weihte Dr. Hohenstein seine Zuhörer in die Geheimnisse der engen Feuergassen ein oder ließ sie einen vermeintlich lateinischen Satz über dem Eingangsportal zu einem Fachwerkhaus übersetzen. Die neunzigminütige Tour mit dem sympathischen Dozenten verging wie im Flug, und Thea bedauerte am Ende, nicht weiter der sonoren Stimme lauschen zu dürfen. Während sich die Reisegruppe aus Bayern noch angeregt mit ihrem Tourguide unterhielt, musterte Thea den stattlichen Mann mit den auffallenden Lachfältchen um die Augen. Die Füße steckten in braunen Halbschuhen, und wenn der Professor über eine Frage nachdachte, kratzte er sich an seinem grauen Vollbart. Geduldig wartete Thea ab, bis die bayrische

Rentnertruppe ihren Weg in Richtung Busbahnhof antrat.

„Welchen Wunsch kann ich Ihnen erfüllen?", fragte Prof. Hohenstein galant, als er bemerkte, dass Thea ihn unverhohlen anstarrte.

„Ihre Ausdauer und Geduld ist bewundernswert. Jede Frage, und schien sie noch so absurd, fand bei Ihnen eine Antwort. Dafür haben Sie sich die Einladung auf einen Kaffee verdient", versuchte es Thea auf die kokette Art.

Dr. Hohenstein warf einen Blick auf seine Armbanduhr. „Warum nicht. Schönen Frauen kann ich nur schwer eine Bitte abschlagen."

„Sie sind ein Charmeur", erwiderte sie und ließ sich auf der Terrasse des Cafés ‚Zur Burg' nieder, „was sagt denn Ihre Frau dazu?"

„Sie fackeln wohl nicht lange, wenn Sie an einer Information interessiert sind?", fragte der jugendlich wirkende Mann und sah spitzbübisch über den Rand seiner Brille. „Aber Sie müssen keine Angst haben, dass wir von einer eifersüchtigen Ehefrau beim Kaffeetrinken gestört werden."

„Es tut mir leid, wenn ich zu direkt war", gab Thea zerknirscht von sich, „da hat mein Berufliches Ich die Regie übernommen."

„Eine anziehende, schlagfertige Frau in den besten Jahren, die alleine an einer Tour durch Idstein teilnimmt. Sie müssen Direktorin einer Schule sein", mutmaßte Dr. Hohenstein.

„Um Gottes willen. Nein", amüsierte sich Thea, „freche Schüler und überbesorgte Eltern überlasse ich meiner Tochter. Die arbeitet als Lehrerin."

„Soll ich mich weiter blamieren oder geben Sie mir einen Tipp, mit wem ich es zu tun habe?"

„Oh, entschuldigen Sie. Heute scheine ich meine Manieren zu Hause gelassen zu haben."

Thea nahm auf dem zierlichen Bistrostuhl Haltung an und reichte ihrem Gegenüber die Hand. „Mein Name ist Thea Wagner. Ich bin die Leiterin der Idsteiner Polizeistation."

Markus Hohenstein lehnte sich lässig zurück, und ein schalkhaftes Grinsen entstand unter seinem grauen Bart.

„Ich gestehe alles, wenn Sie mir dafür die Handschellen anlegen."

Thea spürte, wie sie rot anlief. Sie kam sich vor wie ein Backfisch, und es war ihr unendlich peinlich. Aber dieser betörende Professor trieb ihr doch tatsächlich die Schamröte ins Gesicht. Glücklicherweise stellte die Bedienung in diesem Augenblick zwei Cappuccino vor ihnen ab, und Thea trank hastig einen Schluck, um ihre Verlegenheit in den Griff zu bekommen. Als sie die Tasse absetzte, starrte er ihren Mund an, was Thea erneut verunsicherte. Die Lachfalten um Markus Hohensteins bernsteinfarbene Augen breiteten sich wie Sonnenstrahlen aus. Mit seinen Händen griff er in die Hosentasche, zauberte ein kariertes Stofftaschentuch hervor und wischte Thea sanft den Milchschaum vom Amorbogen und den Mundwinkeln.

„Wir wollen ja nicht, dass unser Polizeioberhaupt unangemessen durch die Landschaft streift."

„Danke schön", murmelte Thea, die von der spontanen Geste überrumpelt wurde, wodurch der eigentliche Sinn der Kaffeeeinladung in den Hintergrund rückte. Sie konnte keinen klaren Gedanken mehr fassen. Die kurze Berührung hatte sie durcheinandergewirbelt wie einen Laubhaufen im Herbstwind. Unordnung in ihrem Kopf war Thea nicht fremd, aber in der Regel verursachte das Durcheinander ein Mordfall und nicht die Berührung eines unbekannten Mannes. Irritiert löffelte sie den Milchschaum von ihrem Cappuccino und versuchte, das Chaos in ihrem Körper in geordnete Bahnen zu lenken. Der Begriff „wie elektrisiert" schoss ihr durch den Kopf.

„Frau Wagner? Ist alles okay mit Ihnen?", drang eine warme Stimme in Theas Welt.

„Ja, es ist nur … der Milchschaum und …"

„Jetzt bin ich an der Reihe, mich zu entschuldigen", druckste Hohenstein und fuhr sich verlegen durch seine grauen Haare, „meine verstorbene Frau meinte, ich wäre zu impulsiv für einen Professor."

„Sie sind auch verwitwet?"

„Es ging schnell, aber nicht schmerzlos. Gebärmutterhalskrebs. Von der Diagnose bis zu Pias Ende blieben uns drei Monate."

Spontan griff Thea nach Hohensteins Hand, drückte diese intensiv und flüsterte: „Das tut mir leid."

Der Professor betrachtete seine Hand. „Im Augenblick bedauere ich es nicht."

Eilig zog Thea ihre Finger weg und nahm verlegen den letzten Schluck aus der Tasse.

„Es war eine harte, aber aufschlussreiche Zeit. Nach Pias Tod reichte ich an der Uni ein Forschungssemester ein, um mir Klarheit zu verschaffen, wie ich den Rest meines Lebens gestalten möchte. Außerdem wollte ich für meinen Sohn da sein."

„Wie viele Kinder haben Sie?"

„Nur eines. Johannes ist 26 und macht aktuell seinen Master in IT-Sicherheit", Hohenstein schüttelte lachend den Kopf, „Computer sind eine feine Erfindung, aber für mich ein Buch mit sieben Siegeln. Wenn mein

Rechner, die Internetverbindung oder ein Programm nicht läuft, nutze ich die Hotline zu meinem persönlichen Administrator. Aber ich rede nur von mir. Dabei möchte ich alles über Sie erfahren."

Thea lehnte sich im Stuhl zurück. Sie gab der Bedienung mit einer Handbewegung zu verstehen, dass sie gerne noch zwei Cappuccino wollten, und sammelte sich innerlich. „Haben Sie von dem Mord im Hexenturm gehört?", fiel sie mit der Tür ins Haus.

„Ist doch Gesprächsthema. Endlich geschieht eine aufregende Sache in unserem Nest. Lockt bestimmt die Touristen an."

„Die örtliche Zeitung hat zu dem Thema eine ganz eigene Meinung."

„Glauben Sie doch nicht unserem Schmierblättchen. In der F.A.Z. fand ich einen winzigen Absatz über den Mord in Idstein. Aber wie schon gesagt, es ist Gesprächsthema, vor allem, da Herr Brandner die Leiche gefunden hat. Die Damen vom Tourismusbüro haben ihn mit Fragen bombardiert, nachdem die Schlenderweinwanderung verschoben werden musste."

„Während unserer Tour haben Sie bewiesen, dass Sie die Geheimnisse der Stadt kennen", schmeichelte Thea dem Professor, „haben Sie eine Idee, wie die Tote ins Verlies gekommen sein könnte?"

Die Bedienung stellte gerade zwei weitere Tassen Cappuccino vor ihnen ab, als Thea bemerkte, dass Dr. Hohenstein mit sich rang.

„Eigentlich darf ich das Außenstehenden gegenüber nicht erwähnen, aber", Thea holte Luft und sprach stockend, „wir stecken ein wenig fest. Von daher bin ich für jeden Hinweis dankbar."

„Ich bin befangen", fing Hohenstein an.

„Wie meinen Sie das?"

„Ich kenne den Sohn der Ermordeten."

„Tyler Hauser?", fragte Thea.

„Es gab eine Zeit, da waren mein Sohn und Tyler die besten Freunde. Beide im schwierigen Teenageralter, und Idstein war zu klein für die Abenteuerlust zweier Halbwüchsiger. Ich erinnere mich noch, dass Johannes damals jede Menge Mist angerichtet hat. Auf der Polizeiwache habe ich ihn aber nur einmal abholen müssen", erzählte Hohenstein augenzwinkernd.

„Kannten Sie auch Sybilla Hauser?"

„Nicht wirklich. Meine Frau kannte sie bestimmt. Die Pflege sozialer Kontakte überließ ich Pia."

Thea löffelte den Schaum von ihrem Cappuccino. Ihr stand der Sinn zwar eher nach einem Glas Weißwein, aber die Berührung hatte für genug Aufregung bei ihr gesorgt. Sie versuchte, ihre Gedanken auf den Fall zu konzentrieren. „Und was können Sie mir über Tyler verraten?", hakte Thea nach.

Hohenstein kratzte sich an seinem Vollbart und ließ dabei langsam Luft aus dem Mund entweichen.

„Ich hatte ja nur wenig Kontakt zu dem jungen Mann, aber Pias Klageworte hängen noch in meinen Ohren. Sie wissen schon, ,schlechter Umgang für unseren Sohn' und ,dieser Junge bringt Johannes noch auf die schiefe Bahn'. Ach ja, dann folgten die üblichen Anschuldigungen, dass ich nicht genügend Zeit mit meinem Sohn verbringe und ihn zu wenig beachte. Ich habe dem nicht viel Bedeutung beigemessen."

„Sie waren also ein Workaholic?"

„Ich bin Wissenschaftler. Wenn mich eine Sache interessiert, dann brenne ich dafür. So wie für die Geschichte unserer schönen Stadt."

„Können Sie mir dann das eine oder andere Geheimnis des Turms preisgeben?"

„Würde ich ja gerne", raunte Hohenstein ihr über die Kaffeetasse hinweg zu, „aber ich fürchte, dass Sie mir Ihre Karte geben müssen, damit ich Sie jederzeit kontaktieren kann. Für den Fall, dass mir etwas einfällt."

„Es scheint mir, dass Sie zu viel Zeit vor dem Fernseher verbringen, Herr Hohenstein. Normalerweise nehme ich Ihre Personalien auf, aber bitte", Thea kramte in ihrer Sonntagshandtasche, einem schwarzen Model von Chanel, nach ihrem Portemonnaie und zauberte aus besagtem eine geknickte Visitenkarte. Der Professor musterte das Kärtchen und bemerkte vorwurfsvoll: „Da steht nur Ihre dienstliche Nummer. Was ist denn, wenn ich mit der privaten Thea Wagner einen Wein trinken gehen möchte?"

Thea lächelte ihn an. Dann schnappte sie dem Charmeur die Visitenkarte aus der Hand, kramte einen Kugelschreiber aus der Handtasche hervor und quetschte ihre Telefonnummer auf den Rand.

„Die private Thea mag es klassisch."

Sie steckte den Stift zurück und zückte ihr Portemonnaie, um zu bezahlen. Irritiert starrte der Professor sie an.

„Sie wollen jetzt aber nicht die Rechnung für den Cappuccino begleichen? Ich dachte, Sie mögen es klassisch?"

„Die Einladung habe aber ich ausgesprochen, weil dieses kleine Zusammentreffen vorrangig von beruflichen Interessen geleitet war", entgegnete sie amüsiert.

„Da muss ich der armen Frau Hauser dankbar für ihr Ableben sein", resümierte Markus Hohenstein.

Theas Augenbrauen schossen bei der Bemerkung fragend in die Höhe. Ein sympathisches Lächeln breitete sich auf dem Gesicht des Professors aus. „Sonst wären Sie mir doch niemals über den Weg gelaufen."

Die Rathausuhr schlug 17 Uhr. Schwungvoll stand Markus Hohenstein auf.

„Leider muss ich mich von Ihnen verabschieden, aber ich rufe Sie an. Versprochen."

Ehe Thea noch ein Wort erwidern konnte, war der Historiker die Treppe des Cafés hinunter in Richtung Obergasse verschwunden.

Auf dem Heimweg kollidierten die Gedanken in Theas Kopf, wobei die Tote im Hexenturm zunehmend von einem charmanten Professor verdrängt wurde. Markus Hohenstein. Was für ein wohlklingender Name. Der Professor wollte ihr einfach nicht aus dem Kopf gehen. Ein Gefühl, als hätte sie zu viel warmen Vanillepudding gegessen. Es war unendlich lange her, dass ihre Gedanken nicht um den Job oder Kais Tod kreisten.

Kai.

Musste sie sich schuldig fühlen, weil sie ein wenig geflirtet hatte? Obwohl Thea aus rein beruflichen Gründen das Gespräch mit Markus Hohenstein gesucht hatte. Er dagegen umgarnte sie und flirtete auf Teufel komm raus.

Wahrscheinlich war das seine Masche. Der attraktive, verwitwete Professor versprühte seinen Charme an die einsame Damenwelt 50 plus. Aller Voraussicht nach würden sie noch ein-, zweimal miteinander ausgehen, dann gemeinsam im Bett landen, und sie wäre nichts weiter als die nächste Trophäe des Professors.

Zuhause gab Thea dem Bild ihres verstorbenen Mannes einen Kuss. Sie hatte ihre große Liebe gefunden. Das sollte reichen.

23

Der Regen prasselte heftig an die Fensterscheiben von Wagners Büro. Ihre Wanduhr zeigte 8:17 Uhr an. Draußen herrschte eine bedrückende Stimmung. Dunkle Wolken schoben sich, von einem turbulenten Wind angetrieben, eilig am Himmel entlang. Um halb neun würde Steinbecker bei ihr aufschlagen, damit sie die nächsten Schritte besprechen konnten. Obwohl die Kommissarin das Whiteboard unablässig anstarrte, erkannte sie keine logischen Verbindungen. Wenn nicht bald ein entscheidender Hinweis kam, würde sie ihre Kombinationsgabe in Frage stellen. Das Klingeln des Telefons rettete die Kommissarin vor einer Reihe von Selbstzweifeln.

„Wagner", bellte sie in den Hörer.

„Guten Morgen, schönste Leiterin einer Polizeistelle in Hessen", erklang eine sonore Stimme am anderen Ende der Leitung.

„Wie viele Leiterinnen einer Polizeistelle kennen Sie denn?"

Es folgte ein kurzer Moment des Schweigens.

„Erwischt", Hohenstein lachte, „Sie sind die Einzige. Und das einzige weibliche Wesen, das mir schlaflose Nächte bereitet."

Thea stutzte.

„Das müssen Sie mir erklären. Aber bitte ruck, zuck, in ein paar Minuten habe ich eine Dienstbesprechung."

„Ich erzähle Ihnen, was ich herausgefunden habe, und dafür gehen Sie mit mir heute Abend essen. Deal?"

„Wenn Sie ein Verbrecher mit Kontakten zur Unter-
welt wären, dann könnten wir über einen Handel
sprechen. In Ihrem Fall zählt die Weitergabe von Informationen zu Ihren Bürgerpflichten, um polizeiliche Ermittlungsarbeiten zu unterstützen, aber", eine
Weichheit legte sich in Theas Stimme, „Sie haben ja
meine private Nummer. Ich an Ihrer Stelle würde es
heute Abend dort versuchen."

„Und meine Information?"

„Die dürfen Sie mir gerne jetzt erzählen."

„Ich mache es kurz, um ein wenig Schlaf nachzu-
holen. Irgendwann heute Nacht bin ich aufgewacht,
weil Ihre Frage mir keine Ruhe gelassen hat. Wie kam
der Täter ins Verlies?

Ich hatte eine Idee und habe in historischen Aufzeichnungen nach einer Bestätigung gesucht. Erfolgreich, sonst würde ich Sie nicht anrufen."

Hohenstein räusperte sich und legte eine künstle-
rische Pause ein. Da keine Reaktion von Theas Seite
kam, führte er seinen Bericht fort. „Also, einer Legende
nach soll es zwischen dem alten Amtsgericht und dem
Verlies einen Geheimgang gegeben haben. Sie wissen
ja sicherlich, dass der Kerker am Fuß des Turmes liegt
und nicht tief in der Erde. Auch wenn es durch das
Guckloch den Eindruck erweckt."

Die Kommissarin brummelte Zustimmung.

„Der Fuß des Turmes ist zwar zugewuchert mit Gestrüpp, aber vielleicht kannte der Täter die Legende
und hat einen anderen Zugang zum Kerker gefunden",
beendete Hohenstein seine Spekulation.

„Dann könnte der Mörder jede Person sein, die Interesse an der Geschichte des Turmes zeigt", mutmaßte
Wagner.

„Nein", entgegnete der Professor, „es handelt sich nur um eine Legende. Es existieren keine wissenschaftlichen Beweise. Aber wenn ich mich korrekt entsinne, habe ich Informationen zu einem möglichen Geheimgang vor etlichen Jahren im Den Haager National- und Staatsarchiv gefunden."

„In den Niederlanden?", fragte die Kommissarin skeptisch und nahm aus dem Augenwinkel heraus wahr, dass Kollegin Steinbecker ausgesprochen lautlos das Büro betrat und auf Zehenspitzen in Richtung Kaffeemaschine schlich. „Was haben die Holländer denn mit Idstein zu tun?"

„Der niederländische König ist ein Nachfahre von Otto I. von Nassau, dem einst Idstein gehörte."

„Zählt das zur Allgemeinbildung?"

„Dafür haben Sie ja mich", stellte Markus Hohenstein befriedigt fest. „Und? Sind Ihnen diese Informationen ein Abendessen wert?"

„Rufen Sie mich auf meiner privaten Nummer an. Dann werde ich es Ihnen verraten. Aber an dieser Stelle ein herzliches Dankeschön für Ihre ‚Nachtarbeit'. Ich denke, dass die Informationen uns dem Täter einen Schritt näher bringen."

Wagner erhielt ein Gähnen als Antwort, bevor sie schlagartig das Freizeichen vernahm. Sie legte auf. Kurz überkam sie ein Gefühl der Sorge. Ob der Professor vor Müdigkeit umgekippt war? Dann hätte er den ‚Beenden-Knopf' nicht gedrückt. Markus Hohenstein hatte vermutlich nur auf die falsche Taste getippt.

Zeit für Gedankenspiele rund um den Professor blieb nicht, da Kollegin Steinbecker ihre Chefin erwartungsvoll ansah. Sie strahlte, während sie auffordernd vor Theas Schreibtisch auf und ab wippte. Wagner musste nicht nachfragen, wie das Wochenende ihrer Kollegin verlaufen war. Es schien, als würde eine Art glückselige Hülle um Steinbecker liegen. Vermutlich hatten sie und ihr Ehemann das gemeinsame Bett nur zur Nahrungsaufnahme verlassen. Wenn überhaupt. Demnach müsste ihre Mitarbeiterin bestens ausgeruht sein. Die Kommissarin verkniff sich eine Bemerkung über Tom und informierte Steinbecker über den aktuellen Stand der Ermittlungen.

„Keine Hexerei?", fragte Steinbecker, und die Enttäuschung war ihr anzuhören. „Dabei hoffte ich auf eine Art Parallelwelt zu treffen wie bei Harry Potter."

„Für Ihren Brief aus der Hexenschule Hogwarts sind Sie längst zu alt", nahm Wagner ihrer Kollegin jede Illusion, „ein existierender Geheimgang ist eine optimale Lösung für unsere Frage nach einem alternativen Zugang ins Verlies. Zumindest realistischer als ,Zauberei'."

„Dürfen wir denn ohne Erlaubnis das Gelände rund um den Turm absuchen?", gab die Beamtin zu bedenken. „Ich meine, wir handeln einzig und allein aufgrund von Spekulationen. Falls unsere Suche ergebnislos bleibt, wäre das ein gefundenes Fressen für die Lokalpresse. Ich sehe förmlich die Überschrift: ,Polizei zerstört Wahrzeichen der Stadt'. Und als Untertitel ,und tappt weiterhin im Dunkeln'."

Die Kommissarin dachte nach. Ihren Alleingang am Freitagnachmittag beim Bürgermeister hielt sie unter Verschluss. Es gab Methoden, von denen ihre Mitarbeiterin nichts wissen musste. Steinbeckers Einwände galt es jedoch zu überdenken. Vielleicht war es in Kleinstädten ratsamer, den offiziellen Weg einzuschlagen. Die Kommissarin durchforstete das Sammelsurium fremder Karteikarten und fand das gesuchte

Exemplar. Ohne Umschweife tippte sie die Nummer ein und säuselte kurz darauf in den Telefonhörer: „Herr Dyckerhoff, hier spricht Oberhauptkommissarin Wagner. Haben Sie meine Nachricht erhalten?"

Überrascht wandte Steinbecker den Blick von der Tafel ab und fixierte ihre Chefin, deren ungewohnt liebliche Stimme sie bisher nicht vernommen hatte. Das Gespräch wechselte von Floskeln hin zum gewünschten Anliegen.

„Das Wohlergehen der Bürger Idsteins liegt Ihnen doch am Herzen?", fragte die Kommissarin ihren Gesprächspartner mit Nachdruck. „Dann sollten Sie an einer zügigen Aufklärung des Falls interessiert sein."

Der Bürgermeister bejahte diese Frage. Mit einem zufriedenen Grinsen im Gesicht beendete Wagner das Telefonat kurz darauf. Auffordernd starrte Kollegin Steinbecker sie an.

„Und?"

„Wir haben jetzt auch von offizieller Seite die Erlaubnis, die Spurensicherung rund um den Fuß des Hexenturms zu entsenden. Von einem Tunnel hat unser Bürgermeister keine Kenntnis, aber wenn wir einen finden, wäre das ‚in höchstem Maße erfreulich für den Tourismus'. Darüber hinaus betonte unser Stadtoberhaupt, es wäre im Sinne der Stadtsicherheit, dass kein Mörder frei herumläuft", fasste die Kommissarin das Gespräch zusammen. Enthusiastisch sprang Steinbecker auf und riss die Faust in die Höhe.

„Endlich kommt Schwung in den Fall. Ich ruf' dann mal die Kollegen aus Wiesbaden an und bitte um ein Team."

Ehe Wagner etwas erwidern konnte, war Steinbecker aus dem Büro gerannt. Thea zuckte mit den Schultern.

Ihre Gedanken wanderten zurück zum Telefonat mit Markus Hohenstein. Ob der fesche Professor jetzt zwischen den Laken lag? Wie er wohl im Pyjama aussah? Womöglich schlief Hohenstein nackt? Der Aufklärung dieser Frage würde Thea nur zu gerne nachkommen. Erschrocken nahm sie eine kerzengerade Position in ihrem Bürostuhl ein. Noch nie hatte sie sich von einem Mann von der kriminalistischen Arbeit derart ablenken lassen. Normalerweise ging sie hochkonzentriert vor, nutzte sie jeden freien Platz in ihrem Gehirn, um der Lösung des Falls auf die Pelle zu rücken. In früheren Ermittlungen hatte es Thea gewurmt, wenn sie eine Woche nach dem Mordfall noch keinen Schimmer hatte, wer der Täter war. Aktuell sprang sie über den Ermittlungsstand nicht vor Freude in die Höhe, aber sie sah ein Licht am Ende des Tunnels.

Wenn doch nur Jette Malsburg endlich in Idstein eintreffen würde.

24

Der Regen hatte nachgelassen, die Pizza, die sie zum Mittagessen hatten, lag quer in Theas Magen. Sie nippte an einem frisch gebrühten Espresso und ärgerte sich über die Personalknappheit im Polizeidienst, die der schnellen Lösung des Falles im Wege stand. Immerhin hatte der Bürgermeister Wort gehalten. Die Genehmigung lag mit Stempel und Unterschrift versehen bereits auf ihrem Schreibtisch, als sie ihr Büro betrat. Leider durchkreuzte die Spurensicherung Wagners Pläne. Zwar war der Bitte, die Spurensicherung erneut nach Idstein zu entsenden, nicht widersprochen worden, doch mangelte es an Personal. Die Kollegen befanden sich aktuell in einem anderweitigen Einsatz und trafen nicht vor dem nächsten Morgen in der ehemaligen nassauischen Residenzstadt ein.

„Dafür sende ich Ihnen den Trupp bei Sonnenaufgang zu", versprach Kommissar Saba seiner Idsteiner Kollegin.

Das hatte er wörtlich gemeint.

Thea informierte den Bürgermeister, dass ab 6:30 Uhr das Areal rund um den Turm akribisch abgesucht würde und bis zum Mittag keine Touristengruppen diesen Bereich betreten durften.

Sie stellte gerade die geleerte Tasse ab, als Kollegin Steinbecker gewohnt geräuschvoll ins Büro polterte. Mit einem unüberhörbaren Seufzer senkte Thea die Tasse und schenkte der Beamtin ihre volle Aufmerksamkeit.

„Das mit dem Anklopfen müssen wir noch üben. Was gibt es derart Dringendes, dass es keine zwei Sekunden klopfen warten kann."

Steinbecker lief wortlos zu Theas Garderobe, schnappte sich deren Jacke und teilte ihrer Chefin mit: „Wir fahren zu Jette Malsburg. Sie hat sich eben telefonisch bei uns gemeldet", drängelte die junge Polizistin. „Jetzt kommen Sie. Einen Dienstwagen habe ich schon organisiert."

Keine zehn Minuten später klingelten die zwei Ermittlerinnen erneut am Appartement 5b des Studentenwohnheimes. „Ja bitte", erklang eine klare Frauenstimme aus der Gegensprechanlage.

„Kommissarin Wagner und Steinbecker von der Polizei Idstein. Wir haben ein paar Fragen an Jette Malsburg", antwortete Thea. Der Türsummer ertönte, und die Beamtinnen betraten den modernen Wohnblock, in dem Beton das dominierende Element war. Der grauweiße Farbton erinnerte die Kommissarin immens an einen Gefängniskomplex. Als Wagner und Steinbecker im fünften Stock aus dem Fahrstuhl traten, wartete bereits eine junge Frau im Türrahmen auf sie. Blauschwarze Haare hingen in Wellen um ein fahles Gesicht, in dessen Mittelpunkt sich rot gemalte Lippen in Szene setzten. Die Studentin erinnerte Thea optisch an Schneewittchen, wenngleich der rosa Jogging-Anzug den Vergleich mit einem Kuschelkaninchen nach sich zog. Mit Augen, die wie zwei wertvolle Aquamarine leuchteten, begrüßte Jette Malsburg ihren Besuch.

Mit einer Handbewegung deutete sie an, dass Wagner und Steinbecker eintreten sollten. Das Studentenappartement war flächenmäßig überschaubar. Rechts neben der Eingangstür lag ein auf den Millimeter exakt geplantes Duschbad. Der Aufenthalt von zwei Personen gleichzeitig im Badezimmer würde sich als schwierig erweisen. Das Zimmer beinhaltete Wohn- und Schlafbereich zugleich. Dank ausladender Fenster und einer Glastür, die auf ein Fleckchen Balkon führ- te, wirkt der Raum einladend. Mit Bett, Schreibtisch, Kleiderschrank und einem bescheidenen Sofa bestand im Raum nur noch ein Minimum an Bewegungsfrei- heit. Thea musste an ein Zugabteil denken, allerdings fand sie es ausreichend für die erste eigene Bude. Selbst eine Küchenzeile versteckte sich hinter einer Schiebetür in Milchglasoptik. Ein Poster von japanischen Comic- figuren hing an der Wand, Kunststofffiguren, die wie Fabelwesen aussahen, belagerten ein Regal und ein ge- trockneter Blumenstrauß auf dem Schreibtisch verlie- hen dem Appartement eine persönliche Note.

„Kann ich Ihnen etwas zu trinken anbieten? Kaffee, Tee oder ein Wasser?", fragte die Studentin.

Sie verneinten. Die Kommissarin bat Jette, Platz zu nehmen, bevorzugte selbst ihre Stehposition, da das Sofa alles andere als einladend aussah. Darüber hin- aus befürchtete Thea, dass ein Hochkommen von der ausgeleierten Couch für sie nicht vorteilhaft ausfal- len würde. Während Thea noch überlegte, auf dem Schreibtischstuhl Platz zu nehmen, blieb ihr Blick an dem getrockneten Blumenstrauß hängen.

„Sie lieben weiße Rosen?"

„Meine Lieblingsblumen", erklärte Jette, „den Strauß hat mir Tyler zu unserem ersten Date mitgebracht. Er war total romantisch", flüsterte die Studentin, schein- bar in Gedanken versunken. Doch dann straffte sie ihre Schultern: „Aber wegen meiner Vorliebe für weiße Rosen sind Sie sicherlich nicht hier. Wie kann ich Ihnen helfen."

„Frau Malsburg", fing die Kommissarin an, „wie Sie sicherlich erfahren haben, wurde Sybilla Hauser in der Nacht vom 17. auf den 18. September ermordet. Uns ist zu Ohren gekommen, dass Sie zuvor mit dem Opfer einen Streit hatten."

Jette nickte.

„Seien Sie doch bitte so entgegenkommend und erzählen uns von Ihrem letzten Zusammentreffen mit Frau Hauser", forderte Wagner in mildem Tonfall die junge Frau zum Reden auf.

Jette schluckte. Sie sank auf ihr Bett, schob ein Kissen an die Wand und lehnte sich dagegen. Sie schloss kurz die Augen, bevor sie zaghaft zu erzählen anfing.

„Sonntag vor einer Woche hämmerte Frau Hauser an meine Zimmertür. Sie schrie und tobte, nannte mich ein Flittchen. Es war an Peinlichkeit nicht zu überbieten. Da ich keine Aufmerksamkeit auf mich ziehen wollte, ließ ich sie herein."

Jette griff nach einem Plüscheinhorn, dessen zerrupftes und schmuddeliges Fell darauf hindeutete, dass es sich um ein viel geliebtes Accessoire aus Kindertagen handelte. Die zierliche Studentin bearbeitete mit der Hand die Mähne des Einhorns, während sie fortfuhr.

„Sybilla schubste mich auf mein Sofa, dann lief sie wie einer von Hitlers Generälen durch mein Zimmer, während sie schrie, dass ich die Finger von ihrem Sohn lassen soll. Ich wäre nicht gut genug für ihren Tyler", wütend schnaubte Jette Luft aus der zierlichen Nase, „dabei stamme ich aus einem hessischen Adelsgeschlecht."

Steinbecker horchte auf.

„Das haben Sie sich einfach gefallen lassen und Tyler den Laufpass gegeben?"

Jette fing an, ihrem Plüscheinhorn mit dem Zeigefinger die Ohren zu drehen.

„Sybilla drohte mir. Wenn ich mich nicht von Tyler trennen würde, dann würde sie mich beschuldigen, dass ich die Lösungen für meine Klausur in Sozialpsychologie für Geld im Vorfeld gekauft hätte."

Ein unüberhörbarer Seufzer erfüllte den Raum. Thea taxierte das zierliche Märchenwesen auf dem Bett und fragte sich zeitgleich, wie glaubwürdig ihre Gesprächspartnerin war. Kollegin Steinbeckers Gesichtsausdruck nach zu urteilen, konnte sie diese Probleme von Jette bestens nachvollziehen. Wagner lächelte innerlich. Ihre Mitarbeiterin musste noch lernen, sich von tränenerfüllten Augen und rührseligen Geschichten nicht blenden zu lassen. Die Kommissarin drückte ihren knackigen Hintern von der Balkontür ab und stellte sich breitbeinig vor Jettes Bett.

„Und? Haben Sie die Lösungen gekauft?", fragte sie mit leichter Schärfe in der Stimme.

Jette öffnete entsetzt den Mund, sprang vom Bett und fuhr die Krallen aus.

„Was erlauben Sie sich. Ich arbeite hart für meine guten Noten. Das lasse ich mir von dieser verrückten Alten nicht kaputt machen. Sybillas Geschichte war erstunken und erlogen", schrie die Studentin Wagner an und ballte die Hände zu Fäusten. Dann ließ sie plötzlich wieder den Kopf hängen und sprach leise: „Aber wie hätte ich meine Unschuld beweisen sollen? Sybilla saß am längeren Hebel."

Jetzt war es an der Kommissarin, in dem Miniappartement auf und ab zu gehen.

„Nach der Drohung verließ Frau Hauser Ihre Wohnung. Wann war das?"

„Gegen 17:00 Uhr. Meine Mutter rief kurz danach an. Sie klingelt jeden Sonntagnachmittag bei mir durch. Nach dem Tee."

„Wie verlief Ihr weiterer Tag?", fragte Wagner und nahm erneut ihre Position an der Balkontür ein.

„Mit Tyler hatte ich mich um 20:00 Uhr im ‚Ambach' verabredet", ein sanftes Lächeln huschte über das zarte Gesicht hinweg, „wir wollten den Jahrestag unserer ersten gemeinsamen Nacht feiern." Ihr Blick wanderte in eine eigene Gedankenwelt, bevor eine Sorgenfalte auf der ansonsten makellosen Stirn der Studentin erschien.

„Ich habe Tyler erzählt, dass seine Mutter mir gedroht hat. Er hat mich der Lüge bezichtigt, und ich schrie ihn an, er solle endlich erwachsen werden und sich von seiner dominanten Mutter lösen. Ansonsten würde ich mich hier und jetzt von ihm trennen."

„Und das geschah alles im ‚Ambach'?", fragte Steinbecker überrascht.

Eine gequälte Miene überzog das bleiche Gesicht.

„Ja, unser Geschrei war echt peinlich. Darüber hinaus befürchtete ich, dass wir die Zeche an diesem Abend geprellt haben", gab Jette zu, „aber ich war stinkwütend auf Tyler, und er auf seine Mutter".

Die Studentin rieb ihre Augen und fuhr mit den Händen über das Gesicht.

„Ich lief heulend hierher zurück. Tyler wird sich wahrscheinlich in die ‚Pfeife' verdrückt haben. Seine Stammkneipe. Außerdem ist Caro, die Bedienung, eine gute Freundin von ihm. Hat sich bestimmt dort ausgeheult."

„Wieso sind Sie noch am gleichen Abend zu Ihrer Familie gefahren?", wollte die Kommissarin wissen.

„Wäre eine Aussprache mit Tyler nicht die bessere Alternative gewesen?"

Jette zuckte mit den Schultern.

„Ich wollte nur weg. Fort aus Idstein, und vor allem musste ich mir Gedanken machen, wie es mit meinem Studium weitergehen sollte. Ich werde definitiv nicht länger in Idstein bei den bekloppten Müttern bleiben. Von Männern habe ich vorerst die Nase gestrichen voll", fügte Jette mürrisch hinzu.

Steinbecker nickte verständnisvoll, als würde sie die Bekanntschaft mit fürsorglichen Müttern aus eigener leidvoller Erfahrung kennen. Bevor ein reger Erfahrungsaustausch zwischen den beiden Frauen startete, lenkte die Kommissarin das Gespräch zurück in die gewünschte Richtung.

„Was wissen Sie über den Hexenkult in Idstein?"

Eine leichte Röte überzog das Gesicht der Studentin, als sie „ein wenig" stammelte.

Mit hochgezogenen Augenbrauen und einer auffordernden Handbewegung bat Wagner um mehr Informationen.

„Zu Forschungszwecken habe ich mich mit einer Wicca getroffen. Es ging um eine Semesterarbeit. Gardena nannte sich die Frau, die mich ein- oder zweimal zu einer Sitzung des Wicca-Zirkel mitgenommen hat", erzählte Jette Malsburg, „ich fand es amüsant, nachts und bei Vollmond im Wald Kräuter zu sammeln und anschließend am Feuer zu sitzen und Suppe zu essen. Mit Hexerei hatte das nichts zu tun. Sie kamen mir eher vor wie Pfadfinderinnen auf einem Ausflug. Von den schwarzen Gewändern abgesehen."

„Wusste Tyler von diesen Treffen?"

Jettes Gesicht nahm die Farbe einer Erdbeere an.

„Ich erzählte ihm davon, und er hat sich darüber lustig gemacht."

„Über das Picknick bei Vollmond oder über die Semesterarbeit?"

Die Studentin runzelte die Stirn.

„Über Hexerei im Allgemeinen. Er zweifelte an der Ernsthaftigkeit meiner Hausarbeit."

„Darüber waren Sie nicht erfreut, nehme ich an", mutmaßte Wagner.

Jette schwieg. Aber ihre leuchtend grünblauen Augen funkelten die Kommissarin feindselig an. Ein eindeutiges Zeichen, dass die Studentin das Gespräch für beendet erklärte.

Thea bedankte sich für die Informationen und bat Jette, die Stadt bis zur Klärung des Falls nicht zu verlassen. Aus dem Augenwinkel registrierte Wagner, dass Kollegin Steinbecker sich anmutig aus dem tiefliegenden Sofa erhob. Gerade als Wagner die Tür öffnen wollte, fragte Jette: „Bin ich eine Verdächtige?"

„Zum aktuellen Zeitpunkt ist jeder verdächtig, der am besagten Abend Kontakt mit Sybilla Hauser hatte", erklärte Wagner und verließ das Appartement. Steinbecker lächelte der Studentin aufmunternd zu und folgte ihrer Chefin.

Auf dem Rückweg zogen die Ermittlerinnen das Treppenhaus dem Fahrstuhl vor. Sowohl Wagner als auch Steinbecker waren in Gedanken vertieft. Schweigend bestiegen sie den Dienstwagen, wortlos setzte die junge Beamtin ihre Vorgesetzte vor dem Wohnkomplex in der Heftricher Straße ab. Bevor Thea die Wagentür schloss, fragte sie: „Ist Tom noch zu Hause?"

„Heute Abend noch. Morgen geht es für ihn nach Brüssel. Aber nur für drei Tage."

„Genießen Sie den Abend mit ihm. Wenn Sie morgen um 8:00 Uhr am Hexenturm eintreffen, ist das ausreichend."

Sie schlug die Autotür zu, und Steinbecker brauste mit quietschenden Reifen davon. Thea sah dem Wagen nach, dann lief sie zur kleinen Grünfläche vor dem Wohnhaus. Von hier aus lag ihr Idstein zu Füßen. Sie setzte sich auf die kalte Steinmauer, ließ die Beine baumeln und sah den letzten Sonnenstrahlen beim Untergehen zu. Die Sehnsucht nach Kai überschwemmte sie. Viel zu selten hatten sie sich Zeit füreinander genommen.

„Das können wir noch machen, wenn wir Rentner sind", war eines von Kais Mantras. Doch jetzt saß Thea alleine auf der Mauer. Das Bedürfnis nach einer Schulter zum Anlehnen wuchs beständig. Ein Mensch auf Augenhöhe. Eine Person, die ihren Jagdinstinkt verstehen würde. Ihr den Ruf einer Jagdgöttin, einer iana", anzuhängen, war nicht abwegig. Aber die Art und Weise, wie Kommissar Saba es ausgesprochen hatte, führte bei Thea zu Aggressionen. Bei ihm hörte sich Diana an, als handle es sich um eine erfolgreiche Domina. Oder eine männermordende Schwarze Witwe.

Die Kälte der Mauer kroch unter Theas Hintern. Sie wollte jedoch nicht in ihre Wohnung zurückkehren. Eine unbelebte Wohnung, ohne menschliche Geschäftigkeit, über der eine Stille lag, die Thea mit einem Mal unerträglich erschien. Vor allem, da in ihrem Kopf ein mit Informationen gefülltes Durcheinander herrschte, dass sich zu einem engmaschigen Netz zusammensetzte. Sie wusste, dass der Täter zum Greifen nah war. Jetzt galt es, ihn einzuwickeln. Am besten lautlos und blitzschnell, bevor er die Flucht ergriff. Doch so sehr Thea die Hinweise durchging, den Namen des Mörders konnte sie in dem Durcheinander nicht lesen. Noch nicht.

25

Ausgestattet mit einem Thermobecher, randvoll mit Kaffee, lehnte Thea in aller Herrgottsfrühe am Mäuerchen des Schlossgartens. Wie bereits vor einer Woche blockierten eine Reihe dunkler Transporter den unebenen Weg hinauf zum Schloss. Männer, die wie für eine Bergtour ausgestattet waren, seilten sich vom Plateau des Turmes ab und kämpften sich mit Macheten ausgestattet durch das Gestrüpp. Ein zweiter Trupp begann unüberhörbar, Felshaken in die historische Mauer zwischen Amtsgericht und Hexenturm zu schlagen. Theas Magen krampfte sich leicht zusammen, als das Metall auf den jahrhundertealten Stein traf. Sollten die Schäden im Mauerwerk gewaltiger als erwartet ausfallen, würden diverse Hobbyhistoriker der Stadt ihr die Tür einrennen. Es war fraglich, ob der Bürgermeister sich über das Ausmaß der Arbeiten an seinem Wahrzeichen bewusst war. Thea hatte explizit betont, dass Achtsamkeit angebracht war.

Die Kommissarin gähnte. Einsätze vor sieben Uhr früh fielen ihr mit zunehmendem Alter schwerer, was als zusätzlicher Pluspunkt für die Stelle als Leiterin der Polizeistation zu werten war.

Thea nahm einen weiteren Schluck aus dem Thermobecher und schaute weiter dem Treiben der Spurensicherung zu. Ein Suchtrupp würde das Gestrüpp rund um den Sockel des Turmes bearbeiten, die zweite Truppe durchforstete die Verbindung zwischen altem Amtsgericht und Hexenturm. Die Spurensicherung ging

akribisch vor, was Zeit kostete. Die Kommissarin fröstelte leicht und lief ein paar Meter über die Fußgänger-
brücke bis zum geschmiedeten Tor des Schlosses,
drehte um und schaute eine Weile den unter ihr vor-
beirauschenden Fahrzeugen nach. Am Kreisel vor der
Polizeistation staute sich der Verkehr in alle vier Him-
melsrichtungen. Im Bereich der Fußgängerampel, die
zwischen Busbahnhof und Gymnasium lag, hielten die
SUVs und Limousinen, um ein bis zwei Schüler aus-
zuspucken. Ob andere Jugendliche beim Ausladen der
eigenen Kinder behindert wurden, schien den fürsorglichen Erziehungsberechtigten gleichgültig zu sein.
Thea dachte darüber nach, eine Polizeistreife in diesen Bereich abzukommandieren, zwecks Erziehungs-
maßnahme der Eltern. Doch sie besaß weder Personal
für eine derartige Aktion, noch glaubte sie, dass Hub-
schraubereltern belehrbar wären. „Wir halten nur ganz
kurz" oder „macht doch jeder" zählten zu den klassischen Ausreden.

Kopfschüttelnd lief die Kommissarin zurück in
Richtung Suchtrupp. Ein Drei-Mann-Team schien
spurlos verschwunden. Wagner stieg die ausgetretenen Treppenstufen zum Turm hinauf, umklammerte
mit den Händen das Geländer und beugte den Oberkörper, so weit es möglich war, um das Wahrzeichen
herum. Ein männliches Hinterteil ragte aus dem Gebüsch hervor.

„Alles klar bei Ihnen?", erkundigte sich die
Kommissarin.

Der Mann streckte den Daumen nach oben. Gemächlich schritt Thea hinüber zum zweiten Suchtrupp,
voller Optimismus, dass dieses Team Erfolge auf-
weisen konnte. Doch nach über einer Stunde intensiver

Arbeit schmolz die Hoffnung, mit dem Einsatz dem Mörder auf die Schliche zu kommen. Als Kollegin Steinbecker um kurz nach acht zu ihnen stieß, hatte sich Skepsis in der Kommissarin ausgebreitet, ob diese Operation sie vorwärts bringen würde. Während die Männer zu einer verdienten Kaffeepause am Fuß der Treppe zusammentrafen, setzte Dieter Schlegel, ein muskulöser, haarloser Kerl und Leiter des Teams der Spurensicherung, die Ermittlerinnen über den Stand der Dinge in Kenntnis. In der einen Hand den Kaffeebecher, in der anderen die Zigarettenkippe, zeigte er sich optimistisch.

„Wir haben erst an der Oberfläche gekratzt. Im nächsten Schritt arbeiten wir uns direkter an den Sockel heran." In seinen Händen, die an Pranken erinnerten, wirkte die selbstgedrehte Zigarette, die er zum Mund führte, hilflos.

„Ich will Ihnen keine falschen Hoffnungen machen", führte Schlegel aus, „aber der Trupp hinter dem Turm hat eine Art Trampelpfad gefunden und etwas, das nach einem Fußabdruck aussieht. Ob das verwertbar ist, wird sich noch herausstellen."

Wagner kaute nachdenklich auf ihrer Unterlippe, bevor sie fragte: „Wäre ein Mensch überhaupt in der Lage, ohne Absicherung und im Dunkeln um den Turm zu laufen und dabei eine ca. sechzig Kilo schwere Frau zu tragen?"

Schlegel trat die Zigarette mit der Spitze seiner Bergstiefel aus und meinte lakonisch: „Wer weiß schon, zu was ein Mörder fähig ist. Es würde einem artistischen Kunststück gleichkommen. Aber meine Erfahrung hat mir gezeigt, dass nichts unmöglich ist." Schlegel drehte seinen Kaffeebecher um, ließ die letzten Tropfen auf den Weg fallen und fügte hinzu: „Von der Statur her würde ich auf einen Trapezkünstler oder Geräteturner tippen."

Erstaunt sahen ihn Wagner und Steinbecker an.

„Ich meine vom Typ her. Nicht zu groß gewachsen, nicht zu breitschultrig, aber stark und wendig genug, um die Leiche zu transportieren."

„Unser Mörder erhält gerade ein realistisches, wenig magisches Aussehen", konnte sich Wagner die Bemerkung in Richtung Steinbecker nicht verkneifen. Die junge Beamtin presste die Lippen aufeinander und konterte: „So lange wir keinen Geheimgang gefunden haben, schließe ich Hexerei nicht aus."

Thea lächelte nachsichtig.

„Die Hoffnung stirbt zuletzt."

Dieter Schlegel zog skeptisch die Augenbrauen hoch, als er dem Geplänkel der Damen zuhörte. Mit den Fingern stieß er einen unüberhörbaren Pfiff aus. Widerwillig kehrten seine Kollegen zurück an die Arbeit.

Wagner und Steinbecker nahmen auf dem Mäuerchen des Schlossgartens Platz und sahen den wendigen Kletterern dabei zu, wie sie scheinbar leichtfüßig an der Mauer hinauf und um den Turm herum kletterten.

„Vielleicht sollte ich konkret über eine Veränderung im Polizeidienst nachdenken", erwähnte Steinbecker aus heiterem Himmel. Überrascht drehte sich Thea zu ihrer jungen Kollegin um.

„Wie kommt es zu diesem Sinneswandel? Ich dachte, Ihr Herz schlägt für den Dienst in Idstein?"

Steinbecker starrte auf den Boden, kickte mit den Füßen ein paar Steinchen fort und murmelte: „Scheint aufregendere Aufgabenbereich zu geben, als ich bisher dachte."

„Ich unterstütze Sie in jede Richtung", betonte Wagner, „werfen Sie mal einen Blick auf das Jobportal der hessischen Polizei. Auch das LKA oder BKA bieten eine Reihe von hochspannenden Tätigkeiten an."

Eine Antwort blieb die junge Beamtin schuldig, da ein Kollege der Spurensicherung schrie: „Ich hab' was!"

Wagner und Steinbecker sprangen auf und liefen zum Mauerabschnitt zwischen Amtsgericht und Hexenturm. Erwartungsvoll schauten die Ermittlerinnen zu den Männern in Bergsteigerausstattung hinauf. Die massige Gestalt von Dieter Schlegel erschien am Mauerrand. Er musterte die Schuhe der zwei Frauen und warf ihnen schließlich ein Tau zu.

„Na dann, klettern Sie mal herauf und lassen sich überraschen. Aber Achtung, ist stachelig hier."

Wie nicht anders zu erwarten, meisterte Steinbecker die Mauer mit Leichtigkeit. Wagner gratulierte sich zum Kauf der Schuhe, während sie die Mauer samt den eingehauenen Felshaken mit den Augen fixierte. Sie atmete entspannt ein und schwang sich so elegant wie möglich die Wand empor, wobei sie Schlegels Hilfe dankbar annahm.

„Ein bisschen aus der Übung? Zu lange hinterm Schreibtisch gesessen, was?"

„Ihr dämliches Grinsen können Sie sich sparen", fauchte Wagner den Wiesbadener Kollegen an. Schlegel nahm es gelassen, vollführte eine ausladende Armbewegung, um ihnen den Weg zu zeigen, und verfing sich mit seiner Jacke im Gebüsch. Vorsichtig tänzelte Thea einen Trampelpfad entlang, den der Suchtrupp geebnet hatte. Vor zwei Kollegen von der Spusi, die einen dornigen, hochgewachsenen Busch mit Handschuhen zur Seite schoben, stoppte die Kommissarin. Sie war am

Ziel. Hinter dem Gestrüpp offenbarte sich eine Reihe lockerer Steine. Steinbecker entlieh von den Kollegen ein Paar dicker Handschuhe, ging in die Hocke und begann die groben Steine herauszuziehen. So mussten sich Schatzsucher fühlen, kurz bevor sie auf die Kiste stießen. Schweißtropfen standen auf der Stirn ihrer Kollegin, als sie den letzten Brocken mühsam zur Seite schob.

„Wollen Sie wirklich weitermachen?", fragte Wagner die junge Beamtin.

Steinbecker richtete sich auf, schüttelte die Beine und sog die Luft ein.

„Da kommt jetzt eine Art Holzabdeckung. Aber dafür müsste man in das Loch hinein steigen."

„Lassen wir das die Profis erledigen."

Galant gab Wagner den Weg zum Loch frei. „Ihr Part, meine Herren."

Mit wenig glücklichem Gesichtsausdruck stieg der Kleinste aus Schlegels Team in den Tunnel. Er riss die Holzabdeckung heraus, warf sie hinter sich und schob sich den Gang entlang. Die Beamten, die vor dem Einstiegsloch warteten, vernahmen das krachende Fallen von Steinen, gefolgt von einem unüberhörbaren Fluchen.

„Alles o.k. bei dir, Schmitti?", rief Schlegel besorgt in den Gang. In gebückter Haltung kam der Kollege heraus, den Daumen in die Luft haltend.

„Worauf sind Sie gestoßen?", fragte Steinbecker aufgeregt.

„Kommissarin Wagner lag goldrichtig mit ihrer Spekulation. Am Ende des Ganges sah es zuerst aus, als würde der Weg zu einer Sackgasse führen. Doch die Steine ließen sich problemlos wegdrücken, und ich stand im Verlies."

Schlegel klopfte Schmitti auf die Schulter.

„Gute Arbeit", und an Kommissarin Wagner gewandt. „Wir werden den Gang und das Verlies gründlich absuchen. Das wird seine Zeit dauern. Ich melde mich sofort, falls wir einen brauchbaren Hinweis finden. Andernfalls rufen Sie mich morgen an. Dann gebe ich Ihnen die relevantesten Infos durch."

Den Abstieg wagten die zwei Ermittlerinnen am Turm entlang und über das Plateau hinweg. Sie liefen die Treppe am holländischen Käsegeschäft vorbei, überquerten den Kreisel und grüßten Kollegin Langer, als sie den Eingang zur Polizeistation passierten. Schweigsam betraten die Ermittlerinnen Theas Büro. Die Kommissarin warf ihre Jacke über den Schreibtischstuhl und trat vor das Whiteboard.

„Ich brauch jetzt einen Kaffee", stöhnte Steinbecker, „um meine Gedanken zu ordnen. Ich bin total baff", plapperte sie, während die Kaffeemaschine brummende Geräusche von sich gab, „seit wann gibt es diesen Tunnel? Und warum weiß das keiner?"

„Keiner ist nicht korrekt", widersprach ihre Chefin, „der Mörder kannte den Gang."

„Demnach müsste Ihr Professor der Täter sein", schlussfolgerte die junge Beamtin.

„Erstens, er ist nicht ‚mein' Professor, zweitens, welches Motiv hätte er, und drittens, wenn wir Schlegels Beschreibung als Anhaltspunkt nehmen, dann scheidet ein Mann von 1,90 Meter Körpergröße aus."

Steinbecker plumpste auf den schwarzen Besuchersessel, nippte an der Kaffeetasse und starrte angestrengt das Whiteboard an.

„Mir fehlt jetzt die Magie an diesem Fall", sinnierte sie.

Theas Augenbrauen schnellten in die Höhe.

„Bitte, Sie haben doch nicht ernsthaft an Hexerei geglaubt? Vergessen Sie den magischen Schnickschnack. Wir suchen nach etwas Realistischem. Einem Akrobaten."

„Ehrlich? Ein Zirkusmensch?", fragte Steinbecker skeptisch.

„Nicht wirklich."

Die Kommissarin fiel in den zweiten Besuchersessel und wippte leicht vor und zurück. Zuvor hatte Wagner noch nie in diesen Stühlen gesessen. Es war angenehm und beruhigend zugleich.

„Was haben wir?", fragte sie und führte aus: „Wir suchen einen sportlichen Mann. Nicht zu groß, aber muskulös. Immerhin musste er die Leiche vom Bach bis an den Fuß des Turmes transportieren. Da es auf dieser Strecke Stufen zu überwinden gibt, gehe ich davon aus, dass die Ermordete getragen wurde."

„Wahrscheinlich auf den Schultern und in die schwarze Decke gehüllt", mutmaßte die Kollegin.

Bei dieser Antwort brummelte die Kommissarin unüberhörbar. Wagner überlegte. Schließlich sprang sie auf und tippte entschlossen auf die Tafel.

„Da läuft ein Kerl, vermutlich mit einer Leiche auf der Schulter, durch Idstein, und kein Mensch soll das gesehen haben? Klingt unwahrscheinlich, oder?"

Steinbecker zuckte mit den Schultern.

„Haben Sie nicht gesagt, dass ‚die ehrbaren Bürger von Idstein bei Regenwetter und in der Nacht keinen Fuß vor die Tür setzen'? Woher sollten sie auch kommen? Um 1:00 Uhr schließt selbst die letzte Kneipe ihre Pforten."

Wagner dachte über die Worte nach. „Tyler Hauser scheint ein oft gesehener Gast in der hiesigen

Kneipenlandschaft zu sein. Zumindest, wenn die Worte des Wirts stimmen. Er wusste demnach, wann in Idstein Nachtruhe herrscht", sagte die Kommissarin, „wie sicher können wir sein, dass sein Alibi korrekt ist? Ich meine, einem alten Freunde oder zumindest einem Stammgast, dem gibt man doch bestimmt gerne ein Alibi. Meinen Sie nicht?"

Steinbecker seufzte. Sie versuchte, ihre Konzentration auf Tyler Hauser zu fokussieren.

„Sie meinen, dass Tyler seine Mutter umgebracht hat? Das ist für mich unvorstellbar."

„Unsere Akten sind randvoll mit Mordfällen dieser Art. Derart abwegig ist der Gedanke daher nicht. Aber wir sollten dem Wirt der ‚Pfeife' nochmals auf den Zahn fühlen."

Die Kommissarin las die Uhrzeit an der Wanduhr ab. „Bietet diese Kneipe einen Mittagstisch an? Und mit welcher Küche muss ich rechnen? Typisch Deutsch?"

„Kein Mittagstisch und deutsche Küche."

Der Magen der Kommissarin knurrte lautstark.

„Kommen Sie", forderte Wagner ihre Mitarbeiterin auf, „zuerst machen wir einen Abstecher in die ‚Pfeife'. Wenn nicht der Wirt, dann ist vielleicht jemand vom Personal anwesend. Anschließend überfallen wir das ‚Brauhaus'. Ich brauche dringend etwas Nahrhaftes."

Fragend sah Steinbecker ihre ansonsten auf Salat und leichte Kost ausgerichtete Chefin an.

„Was?", fragte Wagner gereizt. „Mein Gehirn arbeitet auf Hochtouren. Es braucht Fleisch."

26

Ihr Verhalten in der ‚Pfeife' war nicht tadellos gewesen, zu ungeduldig. Aber zum Teufel noch einmal, wenn ihr Magen knurrte, dann war sie über alle Maßen übellaunig. Geschweige denn, dass sie in diesem Zustand einen Geduldsfaden besaß.

In der ‚Pfeife' war der Chef, wie nicht anders zu erwarten, abwesend. Die Angestellte murmelte etwas von „Bierbestellung" und wirkte darüber hinaus hochgradig nervös, als Wagner ihr den Dienstausweis unter die Nase hielt. Im brüsken Ton schoss die Kommissarin die Fragen auf die Bedienung ab.

„Kennen Sie Tyler Hauser?"

Die Frau, deren Alter um Anfang zwanzig lag, zwirbelte eine lila Haarsträhne um ihren Finger und kratzte sich am beringten Ohr, während sie gleichzeitig nickte.

„Hat er sich letzten Sonntag bei Ihnen betrunken?"

Caro, wie der gedruckte Name auf der Arbeitskleidung verriet, bejahte die Antwort ebenso wortlos.

„Hören Sie, Caro, Sie müssen mal ein bisschen in die Gänge kommen. Sonst stehen wir morgen noch hier", maulte Wagner. Das gereizte Verhalten schien Wirkung zu zeigen. Caro dachte nach und legte dann los.

„O.k., den Tyler kenne ich aus der Schule. Waren an der Limes in der gleichen Klasse. Hat mich regelmäßig angebaggert. Ist aber nicht mein Typ. Zu schmächtig. Na jedenfalls, der war letzte Woche da. Kam gegen halb Neun, war schnieke gekleidet. So mit Anzug und Blume im Knopfloch und so …"

„Was für eine Blume?", unterbrach Thea die Bedienung.

Caro verdrehte genervt die Augen, zwirbelte weiter an ihrer Haarsträhne und meinte schließlich: „Eine weiße Rose, wenn Sie es genau wissen wollen."

„Will ich genau wissen", zischte die Kommissarin, „und jetzt erzählen Sie weiter."

Während Caro an ihrer Nagelhaut puhlte, erzählte sie vom restlichen Verlauf des Abends: „Tyler setzte sich an den Tresen und hat diverse Biere gebechert. Er jammerte, weil seine Schnecke ihn verlassen hat und seine ‚Bitch-Mutter' alle Frauen vergrault."

„Störte das die anderen Gäste nicht? Immerhin ist Tyler ja bis zur letzten Runde geblieben", hakte Steinbecker nach.

„Oh doch", beteuerte die Bedienung, „der Jäger-Stammtisch beschwerte sich mehrmals. Deshalb habe ich Tyler gegen 22:30 Uhr auf den Heimweg geschickt. Ich hab' mir eine Zigarettenpause gegönnt und bin mit ihm bis zum Fußgängerweg am Wörsbach gelaufen. Hab' ihn noch ein bisschen getröstet und bin dann zurück in die Kneipe. Musste ja noch arbeiten."

Die Kommissarin horchte auf.

„22:30 Uhr?"

„Geschätzt. Ich war auf jeden Fall um kurz vor elf zurück. Ich freute mich, weil nur noch eine Stunde Arbeit auf mich wartete. Um zwölf war meine Schicht fertig. Sonntags übernimmt der Chef die letzten Gäste."

Ein unüberhörbares Magenknurren beherrschte die abrupte Stille. Ohne ein vernünftiges Mittagessen im Bauch hatten jegliche Überlegungen keinen Sinn. Daher beendete Thea die Befragung und kehrte mit Steinbecker im Brauhaus Alte Feuerwache ein. Das Schnitzel auf ihrem Teller war außen kross und innen auf den Punkt gebraten. Genüsslich tunkte Thea eine Fritte in die braune Soße. Allmählich fühlte sie sich emotional wieder gefestigt.

Die Rolle der harschen Polizistin war der Kommissarin rückblickend ein Graus, doch wer entscheidende Informationen will, muss die Samthandschuhe in der Schublade lassen. Thea steckte sich den letzten Bissen Schnitzel in den Mund und spülte alles mit einem Schluck Apfelwein hinunter. Zufrieden lehnte sie sich zurück. Sie hatte nie an der wundervollen Wirkung von Essen gezweifelt. Doch heute bewahrheitete sich diese Theorie. Thea winkte dem Kellner und bestellte als Nachtisch Apfelstrudel mit Sahne. Die Wartezeit nutzte sie, um Steinbecker Einblicke in ihre Gedanken zu gewähren.

„Ich denke, dass Tyler Hauser ein vorzüglicher Kandidat für die Rolle des Mörders ist. Aber noch fehlen uns die Beweise."

Die junge Beamtin schob ihren Teller zur Seite und verschränkte die Arme vor der Brust.

„Ich weiß nicht. Seine Aussagen empfinde ich als widersprüchlich. Tyler erwähnte uns gegenüber, dass Jette mit ihm Schluss gemacht hat, weil er ‚nicht gut genug für sie ist'. Was immer das heißen mag. Aber Jette erzählte uns, dass der wahre Grund die Drohungen von Sybilla Hauser gewesen sind. Außerdem schimpfte Tyler in der Kneipe ebenfalls über seine Mutter. Also, einer von den beiden lügt doch."

Die Ermittlerinnen schwiegen kurz, während Cappuccino und Apfelstrudel vor ihnen auf dem Tisch gestellt wurde. Der fruchtige Duft gepaart mit der Vanillenote brachte Wagners Gehirnaktivität erneut in Hochform.

„Ich glaube nicht, dass einer lügt. Ich denke eher, dass uns ein entscheidendes Gespräch an diesem Abend fehlt."

Steinbecker sah ihre Chefin erwartungsvoll an.

„Wir wissen nicht, was Sybilla Hauser zu ihrem Mörder gesagt hat. Nachdem uns jetzt bekannt ist, dass Tyler zur Tatzeit den gleichen Weg wie seine Mutter genommen hat, können wir annehmen, dass sie aufeinandergetroffen sind. Wer weiß, was Sybilla ihrem Sohn, der sich aus Kummer besoffen hat, erzählte, um ihn zu trösten? Vielleicht haben diese Äußerungen Tyler derart in Rage gebracht, dass er seine Mutter kurzerhand erschlug."

„Sie meinen, ein Mord im Affekt?", schlussfolgerte Steinbecker, während sie Milchschaum von ihrer Oberlippe wischte. „Aber woher wusste Tyler von dem Tunnel? Und wieso die Inszenierung als Hexe? Trauen Sie ihm wirklich zu, wie ein Akrobat am Turm entlang zu hangeln?"

Wagner nahm den letzten Bissen Apfelstrudel.

„Tyler Hauser war eine Zeitlang mit Johannes Hohenstein befreundet. Vielleicht entdeckten die Jungs den Tunnel, aber verheimlichten ihn. Und wegen dem Akrobat … das liegt doch auf der Hand. Tyler ist Dachdecker. Balancieren auf schmalen Holzdielen, bepackt mit schweren Gegenständen gehört bei dieser Berufsgruppe zum täglichen Geschäft."

„Das klingt plausibel, aber wieso haut er nicht ab?", erwiderte Steinbecker. „Ich meine, die Freundin ist weg, die Mutter tot. Er hätte die Leiche auf dem Weg liegen lassen können. Oder im See versenken oder einfach im Wald verscharren, um anschließend unterzutauchen."

„Schuldgefühle?", mutmaßte die Kommissarin. „Ich meine, Tyler Hauser ist ein Muttersöhnchen. Das teure

Auto, das neugebaute Haus, Sybilla band ihren Sohn an sich, wollte, dass er nach ihren Vorstellungen lebte. Die beiden bildeten nach der Scheidung vom Vater eine Einheit. Pflichtbewusstsein, Schuldgefühle, Fürsorge, nennen Sie es, wie Sie wollen, Tyler muss die Beerdigung und Trauerfeier für seine Mutter organisieren. Das ist er ihr schuldig. Im Übrigen wäre es doch mehr als auffällig gewesen, wenn er Idstein Hals über Kopf verlassen hätte. Das hätte zu einer großangelegten Fahndung geführt."

„Ich bin noch nicht überzeugt", meinte Steinbecker, „er mochte vielleicht ein Motiv besitzen, sowie eine Gelegenheit, aber es war doch seine Mutter. Man tötet doch nicht die eigene Mutter!"

Fast tat der Kommissarin ihre Mitarbeiterin leid. Für jemanden, der die eigene Mutter schon in der Kindheit verloren hatte, war das Verbrechen im Hause Hauser nicht nachvollziehbar. Thea wusste jedoch um die schwarze Seele der Menschheit. Selten waren Totschläge an Familienangehörigen geplant. Zumeist lag eine Handlung im Affekt vor, wobei Küchenmesser oder die eigenen Hände als Tatwaffe fungierten. Schuld, Verzweiflung, Reue plagten die Täter. Nur vereinzelt setzte sich ein Mörder vor der Beerdigung ab. Die Angst, durch eine Flucht die Aufmerksamkeit auf sich zu ziehen, hielt den Missetäter an Ort und Stelle. Oft verwandelten sich männliche Familienmitglieder zu Killern im Affekt. Frauen mutierten nur in Gewaltsituationen, um ihr eigenes Leben oder das der Kinder zu schützen, zu Mörderinnen. In der Regel zeigte die weibliche Tätergruppe den Mord augenblicklich an. Geschockt vom eigenen Verhalten. Aber Thea hatte auch den Typ Schwarze Witwe in ihrer Ermittlerinnenlaufbahn kennen gelernt. Mord durch eine Überdosis des Herzmedikaments oder eine schleichende Vergiftung zählten zu den gängigsten Methoden.

„Wenn Tyler Hauser der Täter ist", holte Steinbecker ihre Chefin aus den Gedanken, „warum entschied er sich für diese seltsame Idee mit dem Verlies?"

Die Kommissarin zuckte mit den Achseln.

„Wer weiß schon, was in dem Gehirn eines Mörders vor sich geht. Selbstverständlich versuchen wir, während der Ermittlungen die Ambitionen des Täters nachzuvollziehen. Aber Wissen gepaart mit Erfahrung führt eben nicht immer zum Erfolg."

Ihre Mitarbeiterin presste die Lippen aufeinander. Im Brauhaus waren sie jetzt die einzigen Gäste. Kein Wunder, die Zeiger der Wanduhr standen mittlerweile auf halb Vier. Thea winkte dem Wirt.

Bei wolkenbedecktem Himmel schlenderten die Ermittlerinnen die wenigen Meter hinüber zur Polizeistation. Ein paar Schulkinder liefen ihnen an der Pestalozzischule über den Weg, und der Feierabendverkehr am Kreisel hatte noch nicht eingesetzt. Weder Wagner noch Steinbecker sprachen auf dem Rückweg ein Wort miteinander. Ihre Gedanken kreisten um den Fall. Erst als sie gemeinsam vor dem Whiteboard in Theas Büro standen, purzelten Steinbeckers Überlegungen aus ihr heraus.

„Wie viel weiß Tyler über den Hexenkult? Ich meine, junge Männer interessieren sich für Fußball oder schnelle Autos. Aber bestimmt nicht für Magie. Vielleicht waren es zwei Täterinnen? Jette und die Silke Weinbauer? Hass fördert erstaunliche Kräfte zu Tage. Und ein starkes Motiv hatten meiner Meinung nach beide Frauen."

Wagner korrigierte die Uhrzeit für Tylers Verlassen in der ‚Pfeife'. Dahinter schrieb Sie die Worte ‚falsches Alibi' und ‚Täter?'.

„Warum nehmen wir Hauser nicht augenblicklich in Gewahrsam?", bohrte Steinbecker nach, während sie die Tafel inspizierte. „Dem Pfeilbild nach deutet alles auf ihn hin."

Die Kommissarin sank wieder auf den Besucherstuhl und strich eine goldbraune Haarsträhne aus ihrem Gesicht. Sie rieb ihre müden Augen. Dann wandte sich Wagner an ihre Mitarbeiterin.

„Weil keine Fluchtgefahr besteht. Und weil es uns an ausreichenden Beweisen für eine Festnahme mangelt. Nein", sinnierte die Kommissarin, „wenn bei mir die Handschellen klicken, dann bin ich mir zu einhundert Prozent sicher, den Richtigen geschnappt zu haben."

„Auch auf die Gefahr hin, dass der Täter stiften geht?"

„Morgen findet die Beerdigung von Sybilla Hauser statt. Bis dahin wird Tyler in Idstein bleiben. Ich blase der Spusi gleich noch einmal den Marsch. Dann sollten uns bis spätestens morgen Vormittag aktuelle Ergebnisse vorliegen. Bis dahin genießen wir unseren Feierabend. Morgen früh um 7:30 Uhr treffen wir uns erneut vor dieser Tafel."

Nur widerwillig stand Kollegin Steinbecker auf. Es schien, als würde die Beamtin nur zu gerne ihrer Chefin widersprechen. Schließlich schnappte sich die Polizistin ihre Jeansjacke und verschwand hinaus in den Flur. Wagner ging an ihren Schreibtisch und sah die Notizen durch, die ihr Stellvertreter Daniel Balter hinterlassen hatte. Es handelte sich in erster Linie um aktuelle Verordnungen oder Terminanfragen für den November, die es abzuarbeiten galt. Daniel Balter

stand in dem Ruf, steif, humorlos und über alle Maße
vorschriftstreu zu sein. Aber in Theas Augen besaß ihre
Polizeistation mit Kollege Balter einen tüchtigen und
zuverlässigen Mitarbeiter. Nach Dringlichkeit sortiert,
hatte er alle Formulare in der Unterschriftenmappe ab-
gelegt. Auf bunten Klebezetteln stand unübersehbar
und in einer klaren Schrift, warum Thea das Dokument
vorlag. In ein paar Jahren würde Daniel Balter einen
hervorragenden Leiter einer Polizeistation abgeben.
Ob in Idstein oder im Umland, würde das Angebot an
freien Stellen zeigen. Zum aktuellen Ermittlungszeitpunkt war Thea froh, ihren Denkapparat mit Verwal-
tungsaufgaben abzulenken. Ihr Gehirn bemühte sich
unablässig, alle Fakten zu bewerten. Doch Spekulationen halfen nicht weiter. Sie überlegte, ob ein Besuch
im Yoga-Studio fördernd oder kontraproduktiv wäre.
Die Konzentration auf den eigenen Atem und die Bewegung konnte vorteilhaft sein, wenn das Netz im
Kopf zu dichtmaschig war. Im Regelfall erhielt Thea
nach einer erfolgreichen Yogastunde einen geschärften
Blick auf Ermittlungen. Als hätten sich neue Synapsen
im Gehirn gebildet.

Die Kommissarin fuhr den Rechner herunter, griff
nach der Handtasche sowie ihrem Blazer und verließ
das Büro, ohne die weiße Tafel eines weiteren Blickes
zu würdigen. Während sie zu Fuß nach Hause lief, entschied sie sich für einen Umweg am Hexenturm vorbei. Thea passierte das holländische Käsegeschäft und
nahm die dahinter liegenden Treppenstufen bergauf
zum Hexenturm. In ihr wuchs die Hoffnung, dass Dieter Schlegel und sein Team verwertbare Beweise hatte
sichern können, ohne dem Wahrzeichen zusätzlichen
Schaden zuzufügen. Die Kommissarin stand neben

der Plakette, die an die Hexenverfolgung in Idstein erinnerte, und fokussierte den Abschnitt zwischen dem
alten Amtsgericht und dem Hexenturm. Befriedigt erkannte sie, dass bis auf ein paar abgeknickte Zweige
nichts darauf schließen ließ, dass ein Team der Spurensicherung hier sein Unwesen getrieben hatte. Selbst die
Felshaken schienen keine erkennbaren Schäden hinterlassen zu haben. Den Zorn der Idsteiner Historiker
würde Thea nicht fürchten müssen.

Beim Betreten ihrer Wohnung fiel ihr sogleich das
hektisch blinkende Licht des Anrufbeantworters
ins Auge. Während sie die Schuhe in die Ecke feuer-
te, drückte Thea das entsprechende Knöpfchen, um
ihren telefonischen Assistenten zum Sprechen zu
bringen. Eine sonore Stimme erklang in ihrem Wohnzimmer und sprach eine Einladung zum Abendessen
aus. Hohenstein hatte sein Versprechen gehalten. Be-
schwingt lief Thea in die Küche, um einen Tee zu kochen. Sie genoss die freudige Erregung, die der Anruf
des Professors bei ihr ausgelöst hatte. In der hinteren
Ecke ihres Kopfes nagte jedoch die Schuld und biss ein
Loch in ihre Gefühle.

Vor knapp zwei Jahre war Kai gestorben. Oft genug
lag Thea an Sonntagen weinend auf dem Sofa, da sie ihn
schmerzhaft vermisste. Die Gefühle, die der Professor
in ihr auslöste, stimmten Thea nachdenklich. Mit Tee
bewaffnet, sank sie auf ihr Wohnzimmersofa, schlürfte
an einer Rooibos-Variante und versuchte, Herrin über
ihre Empfindungen zu werden. Zwei Jahre waren eine
lange Zeit. War es dennoch schicklich, sich mit fremden
Männern zu verabreden? Charly hätte sie längst verkup-
pelt. Mit einem „wirklich charmanten Lateinlehrer".
Doch Thea hatte bisher alle Annäherungsversuche

abgeblockt. In ihr Liebesleben ließ sie sich von niemandem reinreden, und am allerwenigsten von der eigenen Tochter. Aber eine Schulter zum Anlehnen hätte Thea nicht weggeschoben. Sie sehnte sich nach einem Menschen, mit dem sie die Sonntage verbringen konnte. Gemeinsam Zeitung lesen, frühstücken im Bett oder ein Museum besuchen.

Thea lauschte erneut der Einladung zum Abendessen. „Rufen Sie mich zurück, wenn Sie in Ihrem Kalender eine Lücke für mich finden. Ich würde mich freuen", ertönte der Bariton auf ihrem Anrufbeantworter. Einzig und allein der Klang dieser Stimme setzte eine Welle Glückshormone bei Thea frei. Sie konnte nicht aufhören zu grinsen. Entschlossen griff sie zum Hörer und wählte die Nummer des Professors.

„Hohenstein", brummelte es am anderen Ende der Leitung unwirsch. Am liebsten hätte Thea wieder aufgelegt, doch sie besann sich ihrer Rolle als gestandene Frau und krächzte in den Hörer: „Hier spricht Thea Wagner. Ich habe Ihre Nachricht erhalten."

„Wie erfreulich. Ich bin begeistert, dass Sie anrufen. Wann darf ich Sie ins Idsteiner Nachtleben ausführen?"

Thea kicherte wie ein Schulmädchen, was ihr im nächsten Augenblick unendlich peinlich war. Sie räusperte sich und antwortete: „Vielleicht Freitag oder Samstagabend. Je nachdem, wie erfolgreich ich meine Ermittlung zu einem Abschluss bringe."

„Bedeutet das, Sie haben eine heiße Spur?"

„Unter Umständen. Ich danke Ihnen zumindest für den Tipp mit dem Geheimgang. Das war ein Volltreffer."

Auf der anderen Seite herrschte mit einem Schlag Stille. Nur eine Art Schnappatmung konnte Thea vernehmen.

„Markus? Ist alles in Ordnung mit Ihnen?"

„Sie haben einen Tunnel gefunden?", krächzte es atemlos aus dem Hörer. „Das ist unfassbar. Eine Sensation! Erzählen Sie niemandem davon. Ich muss den Geheimgang zuerst erforschen", rief der Professor aufgeregt.

„Die Arbeit können Sie sich schenken. Die Spurensicherung hat diesen Job bereits erledigt."

„Ich will den Tunnel wissenschaftlich untersuchen. An Beweisen wie Kaugummipapier oder Ähnlichem bin ich nicht interessiert."

„Oh", antwortete Thea überrascht, „Sie möchten die wissenschaftlichen Lorbeeren als erster einsammeln. So viel Ehrgeiz hätte ich Ihnen nicht zugetraut."

„Den wecken attraktive Frauen in mir", erwiderte der Professor galant, doch im nächsten Augenblick kam der Historiker in Hohenstein zum Vorschein. „Wann darf ich den Tunnel betreten? Ich meine, noch scheint er für Ihre Ermittlungen von Bedeutung zu sein, aber wie viel Zeit wird das in Anspruch nehmen? Schließlich muss ich bei der Stadt eine Genehmigung einholen, und das kann dauern. Am liebsten würde ich sofort losrennen und den Tunnel unter die Lupe nehmen."

„Dann sollten Sie in jedem Fall festes Schuhwerk tragen. Was mich jedoch viel mehr interessiert: Wir haben Hinweise gefunden, dass Ihr Sohn und Tyler Hauser den Durchgang längst vor uns entdeckten. Hat Ihr Sohn nie ein Wort darüber verlauten lassen?"

Hohenstein schien nachzudenken, bevor er antwortete. „Sie wissen doch, wie Jungs in dem Alter sind. Abenteuer und Geheimnisse behalten Teenager für sich. Was mehr als ärgerlich angesichts dieser Entwicklung ist."

„Hmm", murmelte Thea. „Wissen Sie, warum die Freundschaft von Johannes und Tyler in die Brüche ging?"

Erneut folgte eine schweigsame Pause, in der Thea hörte, wie der Professor seinen Bart kratzte.

„Ich glaube, ein Mädchen war da im Spiel. Und Tyler ist auf Johannes losgegangen. Behauptete mein Sohn. Ich erinnere mich, dass meine Frau über den aggressiven Kerl geschimpft hat. Dem habe ich aber nicht viel Bedeutung beigemessen. Balgereien unter Jungs gehören doch in diesem Alter dazu."

„Tyler ist gewalttätig geworden? Wegen eines Mädchens?"

„Ich glaube, das war der Grund für die Schlägerei. Aber bitte, fragen Sie mich jetzt nicht, ob einer das Mädchen bekommen hat. Kommen wir lieber zurück zum eigentlichen Grund Ihres Anrufes. Wann darf ich Sie zum Essen ausführen? Oder lassen Sie mich noch zappeln?"

„Wie gesagt", erwiderte Thea keck, „zuerst die Arbeit, dann das Vergnügen. So lange der Fall in meinem Kopf sitzt, kann ich mich nur schlecht auf andere Menschen einlassen."

„Dann muss ich weiter warten und hoffen?", fragte Hohenstein mit gespielt leidender Stimme.

„Wer's Recht hat und Geduld, für den kommt auch die Zeit", zitierte Thea Goethe.

„Attraktiv und schlau zugleich! Da übe ich mich in Geduld, Frau Kommissarin. Ich wünsche Ihnen eine gute Nacht."

Thea legte auf. Ihr war nach einem Abend vor dem Fernseher. Mit einem Glas spanischem Reserva und einer romantischen Liebesschnulze. Doch sie konnte sich partout nicht auf Julia Roberts und Richard Gere konzentrieren. Ihr Herz sehnte sich nach Markus Hohenstein, während der Kopf mit dem Mordfall beschäftigt war. „Pretty Woman" hatte an diesem Abend keine Chance.

27

Der Wind zerrte an Wagners Haaren, als sie in Richtung Polizeistation eilte. Einmal mehr war Thea für ihre pflegeleichte Kurzhaarfrisur dankbar. Es schien, als würde der Wind sie drängen, zackig in ihr Büro zu gelangen. Kurz nach dem Aufstehen hatte sie die Neugierde überkommen. Die Spannung in den eigenen vier Wänden war nicht zum Aushalten gewesen. Wenn Dieter Schlegel nur einen stichhaltigen Beweis gefunden hatte, dann konnten sie den Mörder heute schnappen. Diese Vorstellung erhöhte Theas Schritttempo. Sie nahm zwei Stufen auf einmal, hastete den Flur entlang, warf die Jacke über den Garderobenständer und fuhr den Rechner hoch. Emsig ging sie ihr Mail-Postfach durch. Keine Nachricht von der Spurensicherung. Beherzt griff die Kommissarin zum Telefon. Es war kurz vor acht Uhr, da sollte Schlegel längst im Büro sitzen. Mit den Fingernägeln auf dem Schreibtisch klopfend wartete sie, dass Schlegel abhob.

„Ganz schön ungeduldig, Frau Kollegin", begrüßte sie der Leiter der Spurensicherung.

„Wollen Sie mich wirklich hinhalten?", fragte die Kommissarin unwirsch. „Ab heute zählt jede Minute."

„Ihre Ungeduld soll belohnt werden."

Im Hintergrund war das Rascheln von Blättern zu hören, bevor Schlegel sich zurückmeldete.

„Hören Sie, wir konnten zwei Fußabdrücke sicherstellen. Zumindest für den rechten Fuß den vorderen Teil, und auf der linken Seite den hinteren. Aufgrund der Regenschauer seit dem Mord waren wir nur in der Lage, diese Fußabdruckfragmente sicherzustellen."

Ernüchtert ließ Thea den Hörer sinken. Ein zusammengewürfelter Fußabdruck. Dennoch war sie für jeden Hinweis, der sie der Klärung des Mordfalls näher brachte, dankbar. Erneut nahm sie Blätterrascheln aus dem Hörer wahr. Dann nuschelte Schlegel: „Im Verlies entdeckten meine Leute einen Satz. Unten auf die Steine geschrieben. Mit Edding. ‚Tyler and Jack were here.' Können Sie damit etwas anfangen?"

Thea setzte sich kerzengerade in ihrem Bürostuhl auf. Nur zu gerne hätte sie lauthals gejubelt, doch stattdessen fragte sie begierig: „Können Sie anhand des Abdruckes etwas über die Art der Schuhe sagen?"

Schlegel brummelte, er schien erneut Papier zu bewegen, bevor er antwortete.

„Meine Leute tippen auf Turnschuhe. Leider ist auf dem Abdruck keine Marke oder Ähnliches zu entdecken. Ich schicke Ihnen den Bericht und eine Kopie der Abdrücke rüber."

Zufrieden beendete Wagner das Gespräch. Das Netz war gesponnen, der Täter zappelte zwar noch, doch nicht mehr lange.

Kurz darauf stürmte Kollegin Steinbecker ins Büro.

„Haben wir schon Nachricht von der Spurensicherung?"

Die Kommissarin winkte mit einem Computerausdruck der Unterlagen, die Schlegel prompt per Mail versendet hatte.

„Fußabdrücke. Ich denke, wir sollten Tyler Hauser einen Besuch abstatten und uns ein wenig in Haus und Garten umschauen. Ich kümmere mich um den Durchsuchungsbefehl, und Sie …", Wagner überlegte, „Sie schnappen sich unsere Frischlinge und weisen Seiler, Knapp und Großjohan in ihre Aufgaben ein. Wir brauchen jede Menge Unterstützung bei der Durchsuchung. In 30 Minuten sind alle für den Einsatz startklar."

* * *

Der Wind hatte sich gelegt, und eine graue Wolkendecke lag über Idstein. Mit ihrem Suchtrupp im Schlepptau lief Wagner den Weg zwischen den Doppelhaushälften entlang. Ihre Mitarbeiter waren sichtlich nervös. Auf dem Weg herrschte im Einsatzbus eine kribbelige Stimmung. Im Rückspiegel konnte die Kommissarin erkennen, dass Kollegin Seiler die Spitze ihres Haarzopfes zwirbelte, während Kollege Knapp mit raschen Augenbewegungen die vorbeiziehende Umgebung scannte. Nur Karsten Großjohan schien die bevorstehende Aufgabe gelassen zu nehmen. Er stand zwei Jahre länger im Dienst von Vater Staat und hatte genügend Erfahrung bei Durchsuchungen gesammelt.

Um kurz vor zehn betätigte die Kommissarin energisch die Klingel an der Doppelhaushälfte. Hinter ihr spürte sie die Anspannung ihres Teams. Dabei bestand kein Grund zur Beunruhigung. Die Gefahr, in welche sie ihre Mitarbeiter brachte, war überschaubar. Die Wahrscheinlichkeit, dass Tyler Hauser mit gezückter Waffe die Polizisten hinter der Tür erwartete, tendierte in Richtung Null. Ungeachtet dessen galt es in solchen Situationen auf der Hut zu sein und immer mit dem Unerwarteten zu rechnen. Wagner hatte im Laufe ihrer beruflichen Karriere oftmals Täter erlebt, deren Skrupel nach dem ersten Mord verflogen war. Da niemand die Tür öffnete, schellte Wagner erneut kräftig und in Intervallen. Kollegin Steinbecker trat einen Schritt von der Tür weg, bemüht, einen Blick in die oberen Fenster zu erhaschen.

„Das Vögelchen scheint ausgeflogen zu sein", mutmaßte sie, „es rührt sich nichts."

„Und wenn er uns gesehen hat und durch den Garten geflüchtet ist?", gab Kollege Knapp zu bedenken.

Bevor Wagner etwas erwidern konnte, schwang die Terrassentür des gegenüberliegenden Grundstücks auf und ein Wesen, dessen voluminöser Körper in einem fliederfarbenen Jogging-Anzug steckte, tapste in gleichfarbigen Pantoletten durch den Garten. Beate Bach winkte der Kommissarin fröhlich wie einer alten Bekannten zu und klimperte gleichzeitig mit einem Schlüsselbund, an dem unzählige Türöffner hingen.

„Der Tyler hat vorhin das Haus verlassen. Der aufheulende Motor seines Autos war nicht zu überhören", brüllte sie quer über das Areal, sodass auch die letzten Bewohner der Doppelhaussiedlung sich der Anwesenheit der Beamten bewusst wurden. „Die Tür kann ich Ihnen öffnen."

„Sie haben einen Schlüssel für das Haus?", fragte Wagner überrascht.

Beate Bach lachte auf. „Ich bin doch die Verwalterin. Bei Problemen mit der Heizungsanlage oder den Mülltonnen whatsappen die Bewohner mich kurzerhand an. Ich lasse Handwerker ins Haus und beaufsichtige die Arbeiten, wenn die Nachbarn mich darum bitten. Aber auch in Notfällen zücke ich den Schlüssel. Das ist doch ein Notfall?", vergewisserte sich die mollige Frau. Statt zu antworten, bildete Wagners Team für die Nachbarin eine Gasse zur Tür, als wäre sie die Hüterin des Heiligen

Grals. Bevor die Beamten das Haus betraten, schärfte die Kommissarin Beate Bach ein: „Sie setzen keinen Fuß in das Haus, sondern warten hier. Verstanden?"

Der Unmut war Beate Bach ins Gesicht geschrieben. Missmutig stand sie in der Türöffnung, nachdem die Polizeitruppe an ihr vorbei das Haus betreten hatte. Die Kommissarin und ihr Team arbeiteten sich systematisch durch die drei Stockwerke, ohne auf offensichtliche Hinweise zu stoßen.

Tyler Hauser war in der Tat nicht anwesend. Fluchtgedanken schien er allerdings keine zu hegen. Wagner konnte weder gepackte Koffer noch in aller Eile herausgezogene Kleidung entdecken. Doch wer wusste, was Tyler Hauser längst im Wagen lagerte? Steinbecker und Seiler durchsuchten die Schränke in den Schlafzimmern, während Knapp und Großjohan die Abstellkammern nach Schuhen durchforsteten. Die Doppelhaushälfte war größer, als sie es von außen vermuten ließ. Gott sei Dank besaß der Neubau keinen Keller. Das würde die Suche nach einem Paar Turnschuhen erschweren. Die Kommissarin begann an ihrer Fähigkeit und Intuition zu zweifeln. Befand sich Hauser vielleicht längst auf der Flucht? Verwehrte er seiner Mutter den letzten Gruß am Grab? Wagner trat aus dem Haus und eilte in Richtung Garage, eine schaulustige Beate Bach im Schlepptau. Mit der Ferse trat Wagner gegen das Schloss des Garagentores und öffnete es problemlos, was ihr einen vorwurfsvollen Blick der Nachbarin einbrachte.

„Ich habe Ihnen doch gesagt, dass der Tyler weggefahren ist."

Wagner überhörte das plappernde Weibsbild und konzentrierte sich auf das Innere der Garage. Ein paar Holzregale mit Werkzeug standen an der rechten Seite.

Davor lagerten vier Autoreifen. Am Ende hingen eine Bierzeltgarnitur sowie zwei betagte Fahrräder an der Wand. Der Raum war übersichtlich. Ein Paar verdreckter Schuhe wäre ihr beim Betreten sofort ins Auge gesprungen.

„Wann wurde das letzte Mal der Müll abgeholt?", fragte Wagner. Beate Bach überlegte kurz.

„Letzten Donnerstag kam die Müllabfuhr. Aber nur für den Biomüll. Morgen ist dann der Restmüll an der Reihe."

„Wo finde ich die Mülltonnen?", wollte die Kommissarin wissen, während sie vor die Garage lief und nach grauen oder braunen Containern Ausschau hielt.

„Für die Papiertonnen und den gelben Sack haben wir eine Sammelstelle, aber für Restmüll und Bio besitzt jeder seine eigenen Tonnen. Die stehen normalerweise vor dem Haus, in der Garage oder der Gartenhütte."

Wagner horchte auf.

„Gartenhütte? Sie haben auf den Minigrundstücken noch Platz für eine Gartenhütte?"

„Wir sind stolze Besitzer von sechzig Quadratmeter Garten. Da findet sich noch ein Plätzchen für eine Hütte", erwiderte Beate Bach pikiert, „in Hausers Garten steht nur eine Art Verschlag aus Metall. Verzieht sich bei Regen und quietscht fürchterlich beim Aufschieben."

Der fliederfarbene Jogging-Anzug lief an Wagner vorbei, durchquerte die Garage und öffnete am Ende eine Tür, die direkt in den überschaubaren Garten führte. An der Hauswand wuchsen ein paar Himbeersträucher, daneben die Reste zweier Tomatenpflanzen, die sich an der Wand empor reckten. Die vertrockneten Köpfe einer Sonnenblumenarmee umringten bekümmert den Eingang der blechernen Gartenhütte. Wagner zog kräftig die verrosteten Schiebetüren auseinander. Vom Krach angezogen, steckte Knapp seinen runden Kopf aus der Terrassentür.

„Alles klar bei Ihnen?", fragte der rotbackige Kollege mit dem Lockenkopf.

Wagner winkte den Beamten zu sich.

„Kommen Sie, wir versuchen unser Glück in der Gartenhütte."

Blumentöpfe, Gartenscheren, Rasenmäher und einen Sonnenschirm beförderten sie zusammen ans Tageslicht und lagerten die Fundstücke unter Beate Bachs Blicken auf dem Rasen. Erstaunlicherweise hüllte sich die Nachbarin in Schweigen, während sie den Polizisten bei der Arbeit zusah. Gemeinsam mit Kollege Knapp schob die Kommissarin Fußbälle, eine Hängematte sowie Haken und Schaufel zur Seite, bevor sie in einer dunklen Ecke fündig wurde. Hinter einem betagten Klappstuhl, dessen Stoff Schimmelflecken aufwies, lagen die dreckverkrusteten Turnschuhe. Wagner fischte den zusammengefalteten Papierausdruck der Abdrücke aus der Tasche. Die Kommissarin war bemüht, ihre Freude nicht lauthals herauszuschreien. Beinahe zwei Stunden hatte ihr Team das Haus auf den Kopf gestellt. Es war die Mühe wert gewesen, denn jetzt bestand kein Zweifel daran, wer hinter dem Mord an Sybilla Hauser steckte.

Die Kommissarin wies Kollege Knapp an, den Rest des Teams über den Fund zu informieren. Die Durchsuchung des Hauses war beendet. Jetzt galt es, Tyler Hauser aufzuspüren.

„Heute Mittag findet ja die Beerdigung statt", bemerkte Beate Bach, „die Nachbarschaft hat für einen Kranz zusammengelegt."

„Sie werden hingehen?", fragte Wagner überrascht.

Beate Bach schnaubte verächtlich. „Nein, der weine ich keine Träne nach. Heuchelei liegt mir nicht, aber", führte die mollige Frau aus, „der gesellschaftliche Anstand erfordert eine Geste der Anteilnahme. Kann ich dann wieder abschließen?", fragte sie unwirsch. Überrascht über den plötzlichen Stimmungswandel nickte die Kommissarin. Wagner sammelte flugs ihren Suchtrupp ein, darum bemüht, nicht in Hektik zu verfallen. Sie würden Tyler Hauser noch die Zeit geben, sich von seiner Mutter zu verabschieden. Die Kommissarin war schließlich kein Unmensch. Erst wenn die Trauernden ihres Weges zogen, würden ihre Beamten den jungen Mann wegen des Mordes an seiner Mutter festnehmen. Während der Rückfahrt zur Polizeistation verteilte Wagner eine Reihe von Befehlen.

„Sie haben zwanzig Minuten, um sich auf den nächsten Einsatz vorzubereiten. Wir benötigen drei Dienstfahrzeuge. Steinbecker und ich werden der Beerdigung beiwohnen. Seiler und Knapp postieren sich mit dem Wagen auf dem Parkplatz, an der L3026. Großjohan, Sie schnappen sich Kollege Meinert und halten die Stellung am oberen Friedhofsparkplatz. Auf Augenhöhe zur Trauerhalle. Auf anderen Wegen kann Hauser den Friedhof nicht verlassen. Haben Sie noch Fragen?"

Wagner blickte jedem Einzelnen ihres jungen Teams in die Augen. Nervosität und gespannte Aufmerksamkeit blitzten der Kommissarin entgegen.

„Keine weiteren Fragen? Dann ist die Jagdsaison hiermit eröffnet."

28

Eine überschaubare Menschengruppe stand um das geöffnete Grab, das am Rande des ansteigenden Mittelweges ausgehoben war. Die letzte Ruhestätte der Idsteiner lag an einem Hügel, ein typisches Charakteristikum für den Taunus, in dem Wege und Straßen von Hügeln und Tälern geprägt sind. Es fiel schwer, in dieser Region eine ebene Fläche zu finden, die den Ansprüchen eines Friedhofes gerecht wurde. Die Landschaftsarchitekten hatten mit der terrassierten Anlage die optimalen Bedingungen für einen Begräbnisplatz geschaffen. Eine bröckelige Mauer, gepaart mit einem grauen Stabmattenzaun, grenzte diesen Ort der Ruhe von der stark frequentierten Landstraße in Richtung Taubenberg ab. Rund um Sybilla Hausers letzte Stätte reihten sich Kränze und Gestecke, ein simples Holzkreuz verriet den Namen der Person, die hier bestattet wurde. Direkt am Rande des Grabes stand mit herabhängendem Kopf Tyler, die Hände in die Hosentaschen vergraben, den Blick auf den Boden geheftet. Ein älteres Ehepaar trauerte neben ihrem Tatverdächtigen Nummer eins. Wagner vermutete, dass es sich um die Eltern von Sybilla Hauser handelte. Die Hand der betagten Dame mit den grauen Locken umschloss verkrampft ein Taschentuch, während ihr hochgewachsener Gatte mit dem Vollbart schützend einen Arm um sie legte. Das Bild der trauernden Mutter berührte Thea zutiefst. Sie schluckte, um wieder Herr ihrer Gefühle zu werden. Im Dienst waren Emotionen fehl am Platz.

Hinter der Familie weinte Detlev Siebert um seine Lebensgefährtin. Die Sonnenbrille half nicht, die Tränen des gebrochenen Mannes zu verstecken. Neben Siebert standen die Kollegen der Hochschule. Sogar Silke Weinbauer war erschienen. Ob ein Vertreter der Nachbarschaft seinen Weg zur Beerdigung gefunden hatte, konnte Wagner, die mit Kollegin Steinbecker etwas abseits der Trauernden stand, nicht feststellen. Außer Katharina Klemm und Beate Bach kannte die Kommissarin keine weiteren Personen aus der Nachbarschaft.

Eine frische Böe ließ die Haare der Anwesenden flattern. Der Talar des Pfarrers gab Einblicke auf seine schwarze Beinkleidung, während der Windstoß zeitgleich die Frisur des Dieners Gottes durcheinanderwirbelte. Von der Naturgewalt unbeeindruckt, fuhr Pfarrer Hebel mit seinen Worten fort. Thea mochte die warme Stimme des Gottesmannes, der den Tod als einen Schritt von der Endlichkeit in die Ewigkeit bezeichnete. Die Augen der Kommissarin verfolgten den Sarg auf seinem Weg hinab in die Erde, sie lauschte dem letzten „Amen" des evangelischen Pfarrers und wartete ab. Steinbecker sah ihre Vorgesetzte überrascht an.

„Warum schnappen wir uns den Mistkerl nicht? Steht scheinheilig am Grab der Mutter und hat sie eigenhändig getötet."

„Üben Sie sich in Geduld", riet die Kommissarin ihrer jungen Kollegin, „lassen Sie Tyler Hauser noch die Kondolenzbekundungen entgegennehmen und ein paar Erdkrümel auf den Sarg werfen. Ich würde ihn gerne ohne großes Aufsehen verhaften. Denken Sie an Sybilla Hausers Eltern. Einen Skandal auf dem Friedhof braucht niemand."

Als der letzte Trauergast sein Beileid zum Ausdruck gebracht hatte, trat Kommissarin Wagner von hinten an Tyler Hauser heran. Sanft tippte sie ihm an die Schulter.

„Wir müssen uns unterhalten, da wir entscheidende Hinweise auf den Mörder Ihrer Mutter gefunden haben."

Der junge Mann drehte sich zu Wagner um und strafte die Kommissarin mit einem Blick voller Verachtung.

„Wenn Sie wissen, wer der Täter ist, was wollen Sie dann von mir? Ich habe jetzt keine Zeit, mit Ihnen zu plaudern. Ich muss zum Leichenschmaus."

„Wir haben heute Vormittag Ihr Grundstück durchsucht und in der Gartenhütte Turnschuhe gefunden, deren Sohlen mit Abdrücken am Hexenturm identisch sind."

„Das beweist gar nichts. Es gibt bestimmt mehr als einen Turnschuhträger, der die gleiche Marke wie ich trägt", verhöhnte Tyler Hauser die Kommissarin.

„Wir haben den geheimen Tunnel entdeckt", erwiderte Wagner in gelassenem Tonfall, „ebenso wie Ihre und ‚Jacks' Markierung im Verlies. Soll ich Ihnen noch zusätzliche Beweise aufzählen, bevor ich Sie mit auf die Wache nehme?"

Das folgende Ereignis hatte Thea nicht kommen sehen. Ihre Instinkte ließen nach. Ebenso wie ihr Reaktionsvermögen. Der Faustschlag traf sie unerwartet mitten ins Gesicht. Die Kommissarin ging zu Boden. Kollegin Steinbecker reagierte geistesgegenwärtig und fing ihre Vorgesetzte auf. Tyler Hauser rannte währenddessen in Richtung Parkplatz, sprang in seinen Audi TT und brauste mit quietschenden Reifen davon.

„Verfolgen Sie ihn", krächzte Wagner, die sich auf dem Boden liegend ein Taschentuch an die blutende

Nase hielt, „und fordern Sie Verstärkung an. Er darf uns nicht auf die Autobahn entwischen."

Mit ihren langen Beinen rannte Steinbecker zum Wagen und rief den überrascht dreinblickenden Kollegen Seiler und Knapp zu: „Worauf warten Sie noch? "

Mit Blaulicht und durchgetretenem Gaspedal übernahm Steinbecker die Verfolgungsjagd, wobei der Dienstwagen in der PS-Zahl dem Audi TT unterlag. Sie hoffte inständig, dass Tyler Hauser den Weg nach Niedernhausen einschlagen würde. Über Funk informierte sie Kollegen der Polizeistation, auf den Autobahnauffahrten Sperren zu errichten, und gab eine Fahrzeugbeschreibung durch. Die junge Beamtin fluchte lautstark, als ihr bewusst wurde, dass es auf der Strecke zu viele Abzweigungen gab. Wenn sie Pech hatten, würde Hauser unbemerkt den Weg nach Dasbach einschlagen. Steinbecker gab Gas und sah den Audi TT hinter einem Schulbus hängen. Innerlich dankte sie dem lieben Gott für die vielen entgegenkommenden Minivans und SUVs, in denen Mütter saßen, die ihre Kinder von der Limesschule abholten. Nur drei Fahrzeuge trennten Steinbecker von Hausers Wagen. Leider war ein Stoppen des flüchtigen Autos ohne die Gefährdung anderer Verkehrsteilnehmer auf dieser Straße ebenso unmöglich, wie den Bus zu überholen. Über Funk verständigte sie ihren Kollegen Großjohan und bat um eine Straßensperrung am Seelbacher Kreisel. Da der Schulbus in Richtung Autobahn abbog, entschied sich Hauser für die Landstraße in Richtung Niedernhausen. Steinbecker trat das Gaspedal durch und bemühte sich, den Audi TT einzuholen. Trotz eingeschaltetem Blaulicht ließ sich ein bulliger BMW von dem drängelnden und leuchtenden Dienstfahrzeug nicht beirren. Steinbecker nutzte die nächstbeste Gelegenheit, um den SUV zu überholen. Sie hatte Sorge, dass die Absperrungen am Kreisel eine Schnapsidee waren. Konnten ihre Kollegen in so kurzer Zeit die Abfahrten blockieren? Ihr Herz pochte unbändig, angespannt umklammerte sie das Lenkrad und quälte das Dienstfahrzeug mit 180 km/h am Limesturm vorbei. Sie erspähte auf dem nächsten Hügel gerade noch den Audi TT, bevor das Fahrzeug erneut aus ihrem Blickfeld verschwand. Hauser machte nicht den Anschein, als würde er eine Vollbremsung riskieren und in Richtung Dasbach abzweigen.

„Die Sperrung steht", quakte Großjohans Stimme durch das Funkgerät.

„Der Flüchtige müsste gleich bei euch eintreffen. Haltet euch bereit", antwortete Steinbecker und forderte dem Dienstwagen alles ab. Ohne die Geschwindigkeit zu drosseln, passierte sie die letzte Hügelkuppe vor dem Seelbacher Kreisel. Steinbecker stieg in die Bremse, als sie die blinkenden Dienstfahrzeuge am Kreisel entdeckte. Zeitgleich versuchte Tyler Hauser mit seinem Wagen eine 180°-Drehung, um zurück in Richtung Idstein zu entkommen. Reaktionsschnell stellte sie während des Bremsvorganges ihr Fahrzeug quer und blockierte die L3026. Wie ein angriffsbereiter Stier stand Hausers Auto der Polizistin gegenüber. Steinbecker öffnete vorsichtig die Wagentür, eine Hand an die Dienstwaffe gelegt. Ohne den Audi aus den Augen zu lassen, stieg sie aus und richtete die Waffe auf Hauser.

„Kommen Sie raus, Hauser", rief sie in energischem Tonfall, „wir wissen, dass Sie Ihre Mutter getötet haben."

Während sie sprach, heulte der Audi auf.

Scheiße, dachte Steinbecker, ich muss schießen. Wenn er losfährt, muss ich schießen. Er darf nicht entkommen.

Im nächsten Moment sah Steinecker einen dunklen Wagen auf sich zu rasen. Sie spannte ihren Körper an und schoss. Tyler Hauser riss das Lenkrad zur Seite und setzte seinen Sportwagen in den Graben. Augenblicklich stürmten die Kollegen Großjohan und Meinert mit gezückter Waffe in Richtung Audi, rissen die Fahrertür auf und zerrten einen unverletzten Tyler Hauser aus dem Wagen.

Sarah Steinbecker atmete erleichtert aus und ging zum ramponierten Fahrzeug im Graben. Die gesplitterte Windschutzscheibe erinnerte an ein von Schnee überzogenes Spinnennetz.

Während Steinbecker die Handschellen anlegte, teilte sie Tyler Hauser mit: „Ich verhafte Sie wegen des Mordes an Sybilla Hauser. Ihrer eigenen Mutter."

Ein erhabenes Gefühl, als hätte sie soeben die Welt vor einem Superschurken gerettet, durchflutete den Körper der jungen Polizistin, als sie Hauser zum Dienstfahrzeug begleitete und die Tür hinter ihm schloss. Daran könnte sie sich gewöhnen.

29

Die rotgoldene Herbstsonne wanderte behaglich in den Feierabend. Kommissarin Wagner schob die Tastatur zur Seite. Der Bericht konnte warten. Sie mochte lieber noch den Moment auskosten, den Täter gefunden und vorerst eingebuchtet zu haben. Physisch wie psychisch schmerzte es Thea, dass sie bei der Verhaftung nicht dabei gewesen war. Das Klicken der schließenden Handschellen, das in der Luft hängende Adrenalin, unausgesprochene Worte der Wut und tödliche Blicke, die wie Pfeile durch die Luft schossen. Eine erfolgreiche Festnahme setzte bei Thea einen Schwall Endorphine frei. Und dieses Mal hatte sie es verpasst. Stattdessen hatte sie, aus der Nase blutend, auf dem Idsteiner Friedhof mit dem Rücken an einem Grabstein gelehnt. Es war Pfarrer Hebel, der Thea zu Hilfe geeilt kam, nachdem er Kollegin Steinbecker vom Parkplatz hatte brausen sehen.

„Bleiben Sie ruhig", rief der Mann Gottes. Er beugte sich zu ihr hinab und tastete mit seinen Händen vorsichtig die Region rund um Theas Nase ab. Sie zuckte zusammen.

„Scheint nichts gebrochen zu sein", diagnostizierte Pfarrer Hebel und fügte erklärend hinzu, „ich war früher Amateur-Boxer. Schwergewicht. Da musste ich den einen oder anderen Schlag auf meinen Zinken einstecken. Hat ihn aber nicht schöner gemacht."

Thea brachte ein gequältes Lächeln zustande.

„Verraten Sie mir, warum Tyler Hauser Ihnen eins übergezogen hat?", hakte der Geistliche nach.

Thea zückte wortlos ihren Dienstausweis, während sie spürte, dass ihr linkes Auge bald in blauer Farbe erstrahlen würde.

„Daher kenne ich Sie", murmelte Pfarrer Hebel. „Können Sie laufen? Im Wagen habe ich ein Kühlpack für Ihr Auge. Anschließend setzte ich Sie … beim Arzt ab?"

Thea stand stöhnend auf.

„Kein Arzt. Ich muss auf die Polizeistation. Mein Job ist noch nicht beendet."

Mit kritischer Miene half Pfarrer Hebel der Kommissarin bis zu seinem Wagen, drückte ihr das Kühlpack in die Hand und fuhr sie zurück ins Büro.

Eine Hand am linken Auge, die andere an der Nase, betrat die Kommissarin ihre Polizeistation. Mitleidig starrte Kollege Balter sie an.

„Was ist mit Steinbecker, Knapp und Großjohan? Haben die sich gemeldet?", bellte sie ihren Stellvertreter an. Balters mitfühlenden Hundeblick konnte Thea jetzt nicht ertragen.

„Sind auf dem Weg hierher. Haben den Flüchtigen geschnappt", teilte Balter ihr knapp mit. Hätte nur noch gefehlt, dass er vor ihr salutierte. Mit der Hand wedelnd gab die Kommissarin zu verstehen, dass Balter abtreten konnte. Erschöpft fiel sie in ihren gemütlichen Bürosessel. Sie lehnte sich zurück, zog mithilfe der Fersen die Turnschuhe von den Füßen und legte ebenjene auf dem Schreibtisch ab. Thea atmete tief ein, spürte das pochende Auge, die wummernde Nase und stellte sich innerlich auf ein hartes Verhör ein. Tyler Hauser würde es ihnen nicht leicht machen. Doch sie hatte sich geirrt, was das Entgegenkommen des Tatverdächtigen anbelangte. Kurz nachdem eine strahlende Sarah Steinbecker in das Büro ihrer Vorgesetzten gestürmt war, legte Tyler

Hauser ein umfassendes Geständnis ab. In seinem Bericht hatte er nichts geschönt, war sachlich geblieben und betonte sein geschicktes Ablenkungsmanöver.

„Ich wette, das Verlies hat Sie enorm ins Schwitzen gebracht. Dachte allerdings nicht, dass sie es derart schnell finden. Hatte mir ein paar Tage mehr erhofft", gab er unumwunden zu. Während seines Geständnisses würdigte der junge Mann die Kommissarin keines Blickes. Ob Wut über die Verhaftung oder Scham, eine Frau geschlagen zu haben, die Gründe dafür waren, erschloss sich Thea aus Tyler Hausers Haltung nicht. Sie hatten das Geständnis auf Band, die Kollegen lieferten den Täter direkt in die Justizvollzugsanstalt nach Wiesbaden aus.

Thea lief zur Kaffeemaschine. Sie brauchte dringend einen Espresso. Voller Genugtuung schlürfte sie den Muntermacher. Der Fall war abgeschlossen und sie, Thea Wagner, hatte es noch drauf. Sie konnte die passenden Rückschlüsse ziehen. Für Thea bedeutete das Ende der Ermittlungsarbeiten eine Erlösung. Ihr Denkapparat bekam wieder Freigang und hing nicht in den Wirren des vertrackten Mordfalls. Obwohl sie zugeben musste, dass seit dem Wochenende eine andere Person sich Platz in ihrem Kopf geschaffen hatte. Vielleicht wäre jetzt ein privates Abenteuer mit Markus Hohenstein keine üble Idee. Darüber hinaus würde Sie sich intensiver ihren „Oma"-Aufgaben widmen. In der Fasanerie die Ziegen füttern und anschließend die Zwillinge mit Pommes und Eis versorgen. Gegebenenfalls griff Thea zu Stricknadel und Wolle. Einen Versuch war es wert. Sie schlüpfte in die Turnschuhe, den Kauf hatte sie nicht bereut, und trat ans Fenster. Vor einer Stunde hate sich noch der Verkehr im Kreisel gestaut, aber nach 18:00 Uhr lösten sich die Fahrzeuge scheinbar in Luft auf. Im Spiegelbild der Fensterscheibe begutachtete Thea das angeschwollene blaue Auge. Die Erinnerung an diesen Fall würde noch ein paar Tage anhalten. An die Vorwürfe ihrer Tochter wollte sie lieber nicht denken. Aber ihrem Enkel Tom konnte sie eine aufregende Geschichte erzählen. Seine Freunde im Kindergarten hatten bestimmt keine Omas, die ein blaues Auge und eine geschwollene Nase vorweisen konnten, weil sie Verbrecher jagten.

Theas Magen knurrte unüberhörbar. Seit dem Frühstück hatte sie nichts mehr gegessen. Ihr Team rund um Sarah Steinbecker entließ die Kommissarin nach dem Verhör in den Feierabend, nicht ohne ihre Leistung und Einsatzfreude zu loben. Immerhin war es Steinbecker gewesen, die dem Mörder die Handschellen anlegt hatte. Aus der jungen Beamtin würde eine hervorragende Ermittlerin werden, wenn sie die Chuzpe besaß, der Provinz den Rücken zu kehren und in Wiesbaden oder Frankfurt Karriere zu machen.

Während Thea darüber nachdachte, ob sie bei Charly vorbeischauen oder lieber Take-away-food den Vorzug geben sollte, klopfte es an der Tür.

„Blau steht Ihnen", begrüßte ein jovial grinsender Kommissar Saba die Leiterin der Idsteiner Polizeistation. Mit seinen langen Beinen und einem Paar dunkelgrüner Cowboystiefel durchschritt er das Büro und verharrte vor dem Whiteboard.

„Das haben wir ja prima gelöst", bemerkte der Wiesbadener Kommissar, nachdem er einige Minuten das Buchstaben- und Pfeilgewirr begutachtet hatte.

„Finden Sie nicht, dass es eine hervorragende Idee meinerseits war, ‚Diana' ins Rennen zu schicken?"

Nur knapp verfehlte ein Kugelschreiber Sabas Haupt. Reaktionsschnell war der Wiesbadener Kollege.

„Guter Versuch, aber ich habe drei Teenie-Töchter zu Hause. Da fliegen tagtäglich Gegenstände durch die Luft. Die zwar in der Regel nicht mir gelten, aber wenn ich nicht aufpasse, habe ich schneller, als mir lieb ist, eine Beule am Kopf."

„Unterlassen Sie einfach die Anrede Diana und laden Sie mich zum Essen ein. Ich habe einen Bärenhunger."

Saba dachte kurz nach, zückte sein Smartphone und tippte etwas ein.

„Ihr Ruf eilte Ihnen voraus, verehrte Kollegin. Kein Ermittler im Rhein-Main-Gebiet besitzt eine höhere Aufklärungsrate als Sie. Sie sind eine Jägerin und eine erfolgreiche noch dazu. Freuen Sie sich darüber."

Thea zog skeptisch die Augenbrauen in die Höhe.

„Was ist jetzt mit der Essenseinladung?"

Saba warf einen Blick auf sein fiependes Smartphone. Er überflog die eingehende Nachricht und hielt den Daumen in die Höhe.

„Essen geht klar. Habe die Erlaubnis meiner Frau bekommen. Die ist Lehrerin und muss heute Abend Arbeiten korrigieren."

Thea sprang auf, sank jedoch sogleich rücklings auf den Bürostuhl. Ihr blaues Auge und die pochende Nase hatte sie im Überschwang des Erfolgs vergessen. Mit besorgter Miene schaute Saba auf Thea hinab.

„Ist der Lieferdienst auch eine Option?"

Thea nickte stumm und reichte ihm wortlos die Speisekarte des Thailänders auf der Limburger Straße.

„Mini-Frühlingsrollen und gebratene Nudeln mit Krabben, bitte", gab sie ihre Bestellung auf.

Nachdem Saba das Essen geordert hatte, setzte er sich mit verschränkten Armen auf einen der Besucherstühle und sprach in John-Wayne-Manier: „Jetzt erzählen Sie schon. Wie endete der Fall rund um die lächelnde Hexe."

Thea zauberte eine Flasche südafrikanischen Rotwein aus der Schublade und füllte sich und Saba das Weinglas.

„Das Schicksal nahm bereits am Sonntagnachmittag seinen Lauf. Sybilla Hauser drohte der Freundin ihres Sohnes, die heißt Jette Malsburg, unter vier Augen, sie bei ihren Professoren anzuschwärzen und bei Prüfungen durchfallen zu lassen, wenn sie nicht die Finger von Tyler lässt. Jette war darüber entsetzt, beugte sich aber der mütterlichen Gewalt. Am Abend hatte sie ein Date mit Tyler, der schwer verliebt in das Mädchen war. Er wollte mit ihr zusammenziehen und dachte sogar übers Heiraten nach. Jette hingegen beendete an diesem Sonntagabend die Beziehung zu Tyler Hauser und verließ die Stadt, um bei ihrer Familie in Nordhessen Trost zu suchen."

„Autsch", fiel Saba der Kommissarin ins Wort, „das ist hart für einen jungen Mann."

Ein erboster Blick durchbohrte den Wiesbadener Kommissar angesichts der Unterbrechung. Saba verzog die Lippen zu einem schmalen Strich und deutete mit der Hand an, dass er den Mund mit einem imaginären Reißverschluss zuzog.

„Tyler Hauser ging daraufhin in seine Lieblingskneipe und trank einen über den Durst. Gegen 22:45 Uhr verließ er die Kneipe und torkelte am Wörsbach entlang nach Hause. Unterwegs traf er seine Mutter, die gerade von einem Stelldichein mit ihrem Liebhaber kam. Es gab Streit, weil Sybilla ihrem Sohn immer die

Freundinnen vergraulte und sich selber einen ‚fetten, alten Sack' angelachte hatte. War nicht meine Wortwahl", entschuldigte Thea die Ausdrucksweise. „Wahrscheinlich lag es am erhöhten Alkoholpegel, aber letztendlich schlug Tyler in rasender Wut auf seine Mutter ein. Zuerst war er über sein Verhalten erschrocken, doch als ihm die Tat bewusst wurde, fing er an zu überlegen, was jetzt zu tun sei. Er versteckte die Leiche vorläufig im Gebüsch an der Brücke. Dann lief er nach Hause. Dort zog er sich um, schnappte sich eine schwarze Decke, um zwei Stunden später die Leiche in den Turm zu transportieren."

„Wieso mit zwei Stunden Verzögerung?", fragte Saba irritiert, „Spaziergänger hätte die Ermordete zwischenzeitlich finden können."

Thea lachte kurz auf.

„Wir leben in Idstein. Hier schlafen die braven Bürger sonntags nach 23:00 Uhr friedlich in ihren Betten. Ein junger Mann, der eine Frauenleiche über der Schulter transportiert, wäre dennoch aufgefallen. Daher beschloss Tyler zu warten. Gegen 2:00 Uhr früh machte er sich auf den Weg, um das Opfer im Verlies zu drapieren. Er wusste von dem Geheimgang und erinnerte sich, dass er als Teenager mit einem Freund heimlich im Kerker geraucht hatte."

„Ein Geheimgang? Und keine Menschenseele kannte diesen Zugang? Nicht einmal dieser Turmwächter?" fragte Saba skeptisch.

„Es kursierten Gerüchte in der Historikerszene. Aber Sie wissen ja, wie das ist. Fehlende Gelder, fehlende Genehmigungen von Behörden, da lassen Wissenschaftler lieber die Finger von, wenn es keine handfesten Beweise gibt."

„Also ist die Truppe von Dieter Schlegel einem alten Rätsel auf die Spur gekommen? Das sollte sich doch medienwirksam einsetzen lassen, oder?" überlegte Kommissar Saba.

Eine Antwort blieb ihm Thea schuldig, da Kollege Reichert vom Empfang anrief und mitteilte, dass der Lieferservice mit thailändischem Essen vor der Tür stand. Saba sprang auf und betrat kurz darauf das Büro mit köstlich duftenden Plastikschalen. Bevor Thea in ihrem Bericht fortfuhr, verschwanden ein paar Mini-Frühlingsrollen in ihrem Magen. Mit wesentlich besserer Laune grinste sie Saba an.

„Heute Abend sind Sie mein Retter."

„Das freut mich, aber die Geschichte endet hier nicht, oder? Ich meine, wieso die Darstellung einer Hexe? Und wie kommt man mit einer Leiche auf der Schulter in den Turm ? Und welche Erklärung gibt es für das Lächeln auf dem Gesicht der Toten?"

„Warten Sie auf den Bericht."

„Wirklich?", hakte Saba nach, „im Bericht erklären Sie, was es mit dem Lächeln auf sich hat?"

Thea schob sich eine weitere Frühlingsrolle in den Mund. „Touché! Also, laut unserem Gerichtsmediziner handelte es sich um kein richtiges Lächeln. Zum Zeitpunkt des Todes lag ein Lachen oder zumindest ein Grinsen auf dem Gesicht von Sybilla Hauser ..."

„...hatte Sie sich nicht gerade mit ihrem Sohn gestritten", fiel Saba Thea ins Wort.

„Kurz zuvor. Dann drehte sie sich um und wer weiß, vielleicht freute sie sich, dass ihr fieser Plan aufgegangen war und sie Jette Malsburg losgeworden ist. Zumindest lag zum Zeitpunkt des Todes ein Lächeln in ihrem Gesicht."

„Bei Toten erschlafft aber Normalerweise die Muskulatur, was zu einem friedlichen Gesichtsausdruck führt", wandte Saba ein. „War bei Sybilla Hause vielleicht dich Magie im Spiel und die Hexenszene in Idstein lebt?"

„Nein!", widersprach Thea energisch. „Der Hexenturm und die Drapierung der Ermordeten waren reines Ablenkungsmanöver. Wir sind zwar im Lauf der Ermittlungen auf eine Reihe von Menschen gestoßen, die Sybilla Hauser als ‚Hexe' titulierten, aber eine Wicca war sie nicht. Dafür interessierte sich jedoch Jette Malsburg im Rahmen einer Semesterarbeit für moderne Hexerei und Magie. Davon muss Tyler sich inspiriert gefühlt haben."

„Wicca?", fragte Saba mit vollem Mund.

„Moderne Hexen."

„War aber eine Sackgasse?"

Thea nickte und drehte sich einen Haufen gebratener Nudeln auf die Gabel, der in ihrem Mund verschwand.

„Ich muss gestehen, dass ich an meinen Fähigkeiten zweifelte, als alle unsere Verdächtigen ein Alibi aus dem Hut zauberten."

„Aber diese Arbeitskollegin besaß ein enorm starkes Motiv", betonte Saba.

„Leider auch ein stichfestes Alibi."

„Muss diese Frau jetzt um ihren Job fürchten?"

Thea schüttelte den Kopf.

„Ich habe durchaus Verständnis für Silke Weinbauer. Es war nicht ihre eigene kriminelle Energie, die sie dazu veranlasste, Studienplätze zu ‚verkaufen'. Reiche Eltern und faule Kinder ließen den Geldhahn sprudeln. Sie musste mir hoch und heilig versprechen, die Finger von diesem Geschäft zu lassen. Wenn Sie rückfällig wird, zeige ich sie höchstpersönlich an und melde die Vorfälle der Hochschulverwaltung."

„Eine Polizistin mit Herz", ulkte Saba, „das funktioniert nur auf dem Land. Aber was führte sie auf die Spur von Tyler Hauser?"

Thea spießte die letzte Krabbe auf, bevor sie antwortete.

„Zum einen die Personenbeschreibung von Dieter Schlegel. Er meinte, dass eine Art ‚Akrobat' in der Lage wäre, auf dem beengten Pfad zu balancieren und zugleich etwas Schweres zu tragen. Da erkannte ich plötzlich die Zusammenhänge. Tyler Hauser arbeitet als Zimmermann. Wenn er nicht in luftigen Höhen mit sperrigen Gegenständen auf begrenzten Wegen hantieren kann, wer sonst? Dann befragten wir anstelle des Wirts eine Mitarbeiterin in der Kneipe, und die gab eine andere Uhrzeit an, zu der Tyler den Heimweg angetreten hatte. Sein Alibi war falsch und die Beweise gegen ihn verdichteten sich."

Saba räumte mit nachdenklicher Miene die Reste ihres Mahls in eine Plastiktüte.

„Überproportionale Mutterliebe als Grund für den Mord?", versuchte der Wiesbadener Kommissar den Auslöser zu benennen.

„Ja. Nach der Scheidung mutierte Sybilla Hauser zum Muttertier. Sie verwöhnte ihren Sohn, ließ ihm wenig Freiraum und vereinnahmte den Jungen total. Ich vermute, dass es früher oder später zu einer Eskalation gekommen wäre. Ob mit Todesfolge, ist fraglich."

Eine Weile hingen Saba und Wagner schweigend ihren Gedanken nach, bevor der Wiesbadener Kommissar einen Blick auf seine Armbanduhr warf.

„Zeit, den Heimweg anzutreten."

Er schlüpfte in seine Lederjacke, blieb vor Theas Schreibtisch stehen und wippte mit den Füßen auf und ab, bevor er fragte: „Blut geleckt?"

Thea schmunzelte.

„Es liegt in meiner Natur. Vielleicht sollte ich mich nicht dagegen wehren."

„Nehmen Sie es mir nicht übel, aber der Vergleich mit der Jagdgöttin Diana ist allemal treffend. Warum haben Sie sich bei unserem letzten Treffen derart echauffiert?"

Thea dachte nach.

„Wissen Sie, dieser Fall ... es war wie die Karotte vor dem Maul des Esels. Direkt vor der Nase, aber unerreichbar. Konnte ja keiner ahnen, dass jemand dem Esel die Karotte in den Mund legen würde."

„Ich verstehe."

Kurz bevor Saba die Bürotür erreichte, drehte er sich zu Thea um.

„Und? Rückkehr ins Morddezernat? In Wiesbaden soll ein Stuhl für Sie frei sein. Heißt es. Wenn Sie wollen."

Nachdenklich spielte Thea am Stiel ihres Weinglases und murmelte: „Wir werden sehen."

Weitere Titel der edition krimi

kartoniertes Buch
192 Seiten
12,0 x 19,0 cm
11,00 EUR
ISBN 978-3-946734-79-6
lieferbar

Ebook epub
8,99 EUR
ISBN 978-3-946734-39-0

Franziska Franz
Eisernes Verderben. Ein Frankfurt-Krimi

Jedes Jahr wird der Ironman-Triathlon in Frankfurt für tausende Sportler zum Trainingsziel. Die sportbegeisterten Freunde Harald Falkenberg und Jan Hohmeister haben sich nach einem Streit wieder versöhnt und beschließen nun, gemeinsam für den Ironman zu trainieren.

Doch dann erhält Falkenberg eine geheimnisvolle Drohung per E-Mail. Wird der Streit aufs Neue entfacht?

kartoniertes Buch
304 Seiten
12,0 x 19,0 cm
13,00 EUR
ISBN 978-3-946734-65-9
lieferbar

Ebook epub
8,99 EUR
ISBN 978-3-946734-66-6

Meddi Müller
Schweinebande. Ein Frankfurt-Krimi

Ein Ehepaar wird tot im Gebüsch vor ihrem Haus in der Frankfurter Nordweststadt gefunden. Auf den Bildern einer Überwachungskamera aus der besorgten Nachbarschaft ist deutlich eine Person zu erkennen, die beide vom Balkon wirft. Christian Köhler, Spitzname Shaft, und Sabine Grotewohl, genannt Grotte, übernehmen die Ermittlungen. Was macht den Staplerfahrer einer Großmetzgerei so gefährlich, dass man ihn und seine Frau ermordet? Und warum verhält sich sein Chef so merkwürdig? Was am Anfang aussah wie ein einfacher Mord, entpuppt sich als großer Fall – der Shaft und Grotte an ihre Grenzen bringt.

kartoniertes Buch
280 Seiten
12,0 x 19,0 cm
11,00 EUR
ISBN 978-3-946734-76-5
lieferbar

Ebook epub
8,99 EUR
ISBN 978-3-946734-77-2

Gerhard Koll

Ein Fall für die Akten. Ein Dortmund-Krimi

Der Dortmunder Hauptkommissar Seefeld steht vor einem Rätsel. Wenige Tage vor Weihnachten wird eine Prostituierte in der Nordstadt brutal ermordet, Beweise sind schnell gefunden und ein Verdächtiger sofort gefasst. Doch Seefeld hat seine Zweifel.

Von der Unschuld des Verdächtigen überzeugt, nimmt er die Ermittlungen selbst in die Hand. Warum stehen ihm seine Kollegen im Weg und wer drängt ihn, den Fall ruhen zu lassen? Wollen seine Vorgesetzten nur die Statistik zum Ende des Jahres aufbessern oder ist alles eine fein gesponnene Intrige?

kartoniertes Buch
332 Seiten
12,0 x 19,0 cm
13,00 EUR
ISBN 978-3-946734-59-8
lieferbar

Ebook epub
8,99 EUR
ISBN 978-3-946734-60-4

Andreas M. Sturm
Blutrausch. Ein Dresden-Krimi

Der Mord an einem windigen Anwalt gibt Karin Wolf und ihrem Team Rätsel auf. Waren es seine unsauberen Geschäfte oder seine perversen Umtriebe, die ihm zum Verhängnis wurden? Doch der Täter hat eine Nachricht hinterlassen. Die Parallelen zu einem weiteren Verbrechen legen den Verdacht nahe, dass es sich um einen Serientäter handelt. Geht in der Stadt ein Mörder um, der scheinbar wahllos und mit unvorstellbarer Grausamkeit tötet?